La memoria

695

Gaetano Savatteri

Gli uomini che non si voltano

Sellerio editore
Palermo

e-mail: info@sellerio.it
www.sellerio.it

Savatteri, Gaetano <1964>

Gli uomini che non si voltano / Gaetano Savatteri. Palermo :
Sellerio, 2006.
(La memoria ; 695)
ISBN 88-389-2163-6
853.914 CDD-21 SBN Pal0204947

CIP - *Biblioteca centrale della Regione siciliana «Alberto Bombace»*

Gli uomini che non si voltano

Il potere, per chi del potere ha cura, non si può in alcun modo trasgredire.

SOFOCLE, *Antigone*

Ma sarà troppo tardi; ed io me ne andrò zitto tra gli uomini che non si voltano, col mio segreto.

EUGENIO MONTALE, *Ossi di seppia*

Il potere creatore del poeta ha mani, non si può in alcun modo trasmettere.

SOFOCLE, *Antigone*

Ma sarà troppo tardi; ed io me ne andrò zitto tra gli uomini che non si voltano, col mio segreto.

EUGENIO MONTALE, *Ossi di seppia*

Uno

Da dietro la porta, profumo forte di carciofi bolliti e il ritornello del quiz serale. L'odore denso di casa prevaleva su quelli, meno noti, provenienti dagli altri appartamenti sul pianerottolo al quinto piano di via Croce Rossa.

Aprì, lasciò il giaccone di pelle all'ingresso.

«Placido?», chiese una voce dalla cucina.

«Sono io».

Emme, il nome della scrittrice Yourcenar.

«Marguerite», rispose sua madre al televisore.

Placido le consegnò un bacio sulla guancia, accolto senza distogliere lo sguardo dallo schermo.

Altro nome di Satana, con la enne.

Si sedette accanto a lei, che solo allora lo guardò, posandogli con noncuranza una mano sulla sua.

«Nosferatu», disse sua madre. Il concorrente passò, non sapeva.

«Come va?».

«Benino», rispose Placido.

Con la E: il nome del mitico Pelè.

«Queste di sport non le so. Sei stanco?», chiese sua madre.

Edson.

«No, non tanto. Stanco di fare niente».

Lei strinse un po' la mano, a fargli forza.

Scrittrice, premio Nobel nel 1926, con la D.

«Deledda», fece sua madre. Il concorrente sbagliò, si confuse con Duras. «Ignorante», disse lei, con un certo disprezzo. Da maestra elementare in pensione – la maestra Calascibetta, in servizio per trentatré anni al circolo didattico Perez – non tollerava lacune su nozioni considerate necessarie. «E questo è pure del nord, dove dicono che le scuole sono migliori».

«Papà?», chiese Placido.

La maestra Calascibetta nel cenno degli occhi, verso il corridoio, racchiuse commiserazione, affetto e irritazione. Solo le madri, pensò Placido, riescono a mettere tante cose in un'occhiata.

«È tornato a casa con i tre volumi di Renda sulla storia della Sicilia».

«Oddio», esagerò Placido.

«C'è poco da scherzare, Placido. Tanto sono io che lo sopporto. Prevedo nottata in bianco».

«Ci vado?».

«Ma sì, vai a vedere...», disse sua madre, incoraggiandolo con il mento.

Polizzi violò l'incognita del corridoio al buio, riscatto adulto di molteplici paure infantili: una lama di luce segnava l'ingresso dello studio.

Dalla cucina ancora il frastuono concitato della televisione.

Con la T: fiume che scorre con l'Eufrate in Mesopotamia.

«Tigri».

Suo padre era alla scrivania, segregato nella macchia luminosa della lampada.

«Papà?», mormorò Placido.

Il vecchio non alzò gli occhi dal libro, la fronte china, quasi a toccare la pagina.

«Papà!».

Quando sollevò lo sguardo, suo padre sembrava provenire da un tempo lontano, ormai perduto. E Placido si accorse ancora una volta delle rughe, delle pupille miopi, dei capelli radi e della stanchezza che si aggrumava nei suoi gesti.

«Placido», esclamò, come sorpreso, quasi stupito di ritrovare suo figlio. Di ritrovarlo ancora.

«E allora?».

Il padre sbatté il palmo aperto della mano sulla scrivania:

«Questi professori a me m'hanno scassato...».

«Papà!».

«Hai ragione. Lo so, che non mi fa bene agitarmi. Ma sangue di chi so io! Tre volumi, dico tre volumi sulla storia della Sicilia, c'è tutto, tutto: madonne, sangiuseppe, gesùbambini, ma la vuoi scrivere una riga, una riga, santiddio, su Serafino Polizzi di Regalmare!».

Con la A, compagna fedele dell'eroe dei Due Mondi.

«Anita», si sentì mormorare dalla cucina.

«Papà, perché ti ostini?». Placido cercò di stemperare l'ira del padre.

Ma Serafino Polizzi, uomo peraltro di pacifici e bonari istinti, non riusciva a tollerare che storici e divulgatori non restituissero adeguata dignità al suo illustre nonno, e quindi bisnonno di Placido, che aveva avuto marginale ruolo nei moti palermitani del 1848 e in seguito ancor più fugace comparsa nel diario di una delle camicie rosse al seguito della spedizione dei Mille in Sicilia.

Da quelle due righe, e da una citazione del nome – peraltro errata: Serafino Polizzi da Regalpetra, piuttosto che Regalmare – si era innescata in Serafino Polizzi nipote una furia genealogica che più di una volta aveva stravolto il carattere e il profilo del saggio funzionario di prefettura, ormai in pensione da sette anni, che Placido conosceva come suo padre. Padre di cure e premure affettuose, a condizione che non si finisse a parlare di Garibaldi, di Serafino Polizzi di Regalmare e, in specie, del lavoro di storici e accademici.

Il nonno patriota e il nipote funzionario potevano andare fieri di una menzione, sia pure in nota, nell'opera di Rosario Romeo sul Risorgimento in Sicilia. Ma tolta questa, certo prestigiosa, per il resto la memoria di Serafino Polizzi di Regalmare era affidata esclusivamente all'orgoglio dinastico del nipote che si ostinava a cercarlo nell'indice dei nomi di tutti i libri sull'Ottocento. E ad ogni lacuna lievitava la rabbia del funzionario prefettizio che, per compensare le dimenticanze della Storia, aveva impegnato parte della sua liquidazione in ricerche araldiche e pubblicazioni a proprie spese di opuscoli su vita, morte e pensieri del glorioso antenato. Fino a ristamparne un'operetta morale e postuma, tirata per la prima volta in duecentocinquanta copie nel 1877 da una tipografia di Girgenti, pedagogicamente dedicata ai *Pensieri sull'educazione dell'operaio*, nella quale il patriota ormai deluso dai rivolgimenti storici virava debolmente verso un ideale di equità sociale che respirava ancora di ideologia mazziniana.

«Ma tu lo conosci questo Renda?», chiese suo padre. «Non importa; adesso gli scrivo e così regoliamo i conti una volta per tutte».

Placido si fece accanto a suo padre:

«Sei sicuro?».

«Sicuro? Ma che dici? Sono vecchio, non è che sono rimbambito. Non c'è, ti dico che non c'è. Nemmeno una parola».

Placido entrò nel cerchio caldo di luce. Suo padre si chinò ancor più sul libro.

«Tu come stai?», chiese con l'imbarazzo di ogni padre quando ricorda che il figlio è ormai uomo.

«Così».

«L'appello?».

«Tra sei mesi. L'avvocato è ottimista».

«Certo. Mezzasarma è il migliore a Palermo: se lo dice lui. E poi, ci sarà pure un giudice a Berlino o perfino in Sicilia. Hanno già derubricato il reato, da concorso esterno a favoreggiamento».

«E mi hanno condannato a due anni e mezzo».

«Vedrai, in appello la cosa si risolve. Lo sanno tutti che tu non c'entri, che sono solo calunnie, falsità, infamie».

«Speriamo».

«Speriamo? Speriamo? Placido, tu non devi sperare. Tu devi essere sicuro. La verità finisce per trionfare. Sempre».

«Speriamo, papà, speriamo che è come dici tu».

Serafino Polizzi sembrò annaspare un poco, debole nelle certezze alle quali i vecchi amano appoggiarsi: «Perché? Tu non pensi?».

«Ma certo che è così papà. Certo».

La risposta sembrò rinfrancarlo.

Placido si avviò fuori dallo studio.

«Placido».

«Papà?».

«Che faccio, gli scrivo a questo Renda?».

«Sì papà, male non può fare».

«Allora gli scrivo».

Placido si ritrovò nella cupa ombra del corridoio, cunicolo d'incubi appartenente ad altre stagioni, a una memoria di passi piccoli e incerti.

«Placido», ancora suo padre, dalla rosa di luce.

«Dimmi, papà».

«A volte penso che era meglio se non lo trovavo il questore quel giorno, il giorno prima del concorso, intendo».

«Non è colpa tua, papà. Non è colpa di nessuno. È solo questa città; ma lo sapevamo che era così».

Suo padre non rispose, ma Placido lo immaginò più triste sulle pagine del libro che non volevano parlare di Serafino Polizzi di Regalmare, che non volevano restituire il poco che si era guadagnato o perso nella sua vita.

Con la F: teatro lirico di Venezia.

«Fenice».

E con questa risposta lo sfidante è il nuovo vincitore. Appuntamento a domani, alla stessa ora, linea al tg.

Rientrò in cucina sulla sigla del telegiornale. Seguì i primi titoli. Poi si avvicinò per baciare sua madre.

«Non resti qui a cena?».

«No».

«Ho cucinato i carciofi».

«Domani, forse».

«Dici sempre così».

«E torno sempre, come vedi».

«Ah, Placido, dimenticavo: ha telefonato uno da Roma».

«Uno chi?».

«Non ho capito bene il nome».

«Ma che voleva?».

«Parlare con te».

«Però non sai come si chiama».

«Però ho segnato il numero, è in corridoio, vicino al telefono».

«Almeno questo sei riuscita a farlo».

«Rispetto per tua madre», e la maestra Calascibetta fece finta di mollargli uno schiaffo.

«Prefessorè, se mi tocca lo dico a mio padre», scherzò Placido, esagerando il gesto di difesa. Ma vero era che sua madre mai aveva memorizzato i nomi, ancor meno da quando la intronava una sottile forma di sordità ostinatamente negata.

«Meglio che te ne vai, va».

Ma lo costrinse a portare con sé i carciofi bolliti, dentro un contenitore di plastica («Te li mangi stasera, o domani»).

All'uscita, preso il numero che sua madre aveva scarabocchiato su un foglietto – un cellulare, e questo lo rassicurò perché temeva qualche chiamata dal ministero, foriera sempre di cattive notizie – Placido, con il contenitore di plastica in mano, respirò ancora l'odore di casa sua: carciofi bolliti, legno stanco e qualcos'altro che non distingueva bene. E ripensò al colloquio di appena un'ora prima nello studio dell'avvocato Mezzasarma.

Due

«Stia tranquillo».

«L'aveva già detto un anno fa, avvocato».

«No, non le avevo detto così».

«Sì, mi aveva detto: tranquillo, la vinciamo in primo grado».

«Polizzi, non posso averglielo detto. Le carte le conosce anche lei: con l'aria che tira, il tribunale non si sarebbe messo mai contro la procura. C'era andata bene in Cassazione, che aveva revocato al primo colpo i domiciliari. Ecco, forse ricorda male. Le ho detto di stare tranquillo per la Cassazione, non per il tribunale».

«Ricordo male?».

«Sì, Polizzi: ricorda male. Ma stia tranquillo».

«Sto tranquillo, quindi?».

«Certo: in appello la cosa è più semplice. E con l'assoluzione piena facciamo subito ricorso al Tar».

«Al Tar?».

«Certo, per il reintegro al lavoro. Tranquillo, Polizzi».

L'avvocato Mezzasarma si era alzato in piedi. Polizzi restò seduto, tanto per provocarlo, sapendo quanto il legale fosse suscettibile alle sottili mancanze di rispetto.

«Bene», fece Mezzasarma, tendendogli la mano per salutarlo. E poi ancora: «Bene, bene, bene».

«Insomma, tanto bene non direi», replicò Polizzi alzandosi pure lui, ché non era il caso di esagerare: comunque era sempre il suo avvocato difensore.

Mezzasarma gli mise una mano sulla spalla, paterna: «Tranquillo, Polizzi, tranquillo. Purtroppo, in questa città ne abbiamo viste tante di storie come le sue. E lei sa meglio di me come sono finite: assoluzioni, assoluzioni, assoluzioni».

«Qualcuno condannato c'è stato pure».

«Qualcuno difeso da me?», si allarmò l'avvocato.

«Non lo so. Il commissario Barone da chi era difeso?».

«Da me, in primo grado, e fu assolto. Regolare. Poi decise di cambiare legale».

«E l'hanno condannato».

«Già. In tribunale smontai l'accusa argomento per argomento. Il presidente, mentre parlavo, prendeva appunti».

«E per questo io ho scelto lei».

«Se le dicessi che ha fatto bene, mentirei: ha fatto benissimo. Benissimo».

L'avvocato prediligeva certe forme retoriche, iperboli, reiterazioni e onorari non fatturati.

«E, scusi avvocato, per quanto riguarda...?».

Già sulla soglia dello studio, Mezzasarma aveva dischiuso la porta che lasciava intuire lo sguardo curioso della segretaria, gli sbuffi impazienti degli assistiti in attesa. L'avvocato richiuse di botto, riportò Polizzi al centro della stanza:

«Polizzi, lei mi offende».

«Io?».

«Da quanti anni ci conosciamo?».

«Parecchi».

«Appunto, le ho mai fatto problemi di danaro?». Diceva «danaro», quasi a nobilitarne l'essenza, ad accrescerne il valore.

«No, ma che c'entra?».

«Allora, non ne dobbiamo nemmeno parlare», tranciò Mezzasarma, stringendogli affettuoso l'avambraccio.

«Avvocato, il lavoro è lavoro. E va pagato».

«Polizzi, prima pensiamo all'assoluzione, e poi al resto. Questo povero studio legale si potrà pure permettere di aspettare, no?», e l'avvocato simulò una risata.

Troppo simulata. Placido Polizzi subodorò che da lì a qualche istante sarebbe arrivata una botta da togliere il fiato. E infatti.

«Ma capisco che lei non vuole trovarsi davanti a una sorpresa finale», cambiò tono Mezzasarma. «Capisco e approvo. Facciamo così: diciamo otto per le spese?».

«Otto?»

Mezzasarma aprì le mani, con otto dita a chiarire, a scanso di qualunque malinteso:

«Ottomila euro».

Le otto dita sfarfalleggianti si cristallizzarono nell'occhio invetrato di Polizzi. Mezzasarma ne intuì lo sconcerto:

«Polizzi, sono solo le spese. Tremilacinquecento pagine di fotocopie, diritti di segreteria, senza metterci il fatto che andiamo su e giù da Caltanissetta. Solo le spese, Polizzi, solo le spese».

Placido Polizzi si ritrovò fuori dallo studio dell'avvocato, nel crepuscolo serale di via Gioacchino Di Marzo, stordito dal fumo di panelle fritte stingente da dietro un angolo. Nel tentativo di arrancare verso una qualche consolazione – e gli sembrò di intravederne una, a portata di mano, nel bancone dei dolci del bar Massaro – gli permaneva, come un ronzio da parotite, un sibilo: «Solo le spese, solo le spese, solo le spese». Ottomila euro di sole spese, e da quindici mesi lo stipendio, già scarso, ridotto al minimo, in attesa di giudizio. Prima di tornare a casa, cercò pace nella crema di ricotta di una sfincia di San Giuseppe.

Tre

L'ascensore lo lasciò al dodicesimo piano. Affrontò la rampa che portava al suo attico di cinquanta metri quadrati, acquistato da suo padre quarant'anni prima, quando il funzionario prefettizio Serafino Polizzi ancora non immaginava di poter avere un figlio, né che avrebbe finito per abitare sopra la sua testa.

L'ombra seduta sulle scale lo allarmò.

Il gesto di portare la mano alla cintura, dietro la schiena: ma si ricordò che non aveva con sé la pistola, che non la portava più da quindici mesi ormai.

«Placido, sei tu?».

La voce di Delia.

«Ma che ci fai qui, al buio? Mi vuoi fare morire?», si irritò lui.

«Avrei dovuto farti morire molti anni fa: ora è troppo tardi».

Avanzò ancora sulle scale. Delia si alzò in piedi, prese a seguirlo verso casa:

«Ti aspetto da due ore. Che fine hai fatto?».

«Avevo spento il telefonino e ho dimenticato a riaccenderlo. Ero da Mezzasarma».

«Che dice?».

«Lasciamo perdere».
«Mi potevi avvisare, almeno», si lamentò Delia.
«Perché?».
«Avevamo appuntamento alle sette, do you remember?».
«Vero. Ragione hai».
«Sai che me ne faccio della ragione...».
«Che devo fare? Mi ammazzo?».
Continuavano a rintuzzarsi gradino su gradino, fino al ballatoio scarsamente illuminato dalla luna – fulminata, come al solito, la lampadina – mentre Placido rovistava in cerca delle chiavi di casa. Finalmente, riuscì ad aprire. Entrarono.
Delia osservò con parziale disgusto il timido disordine nell'appartamento: disordine non esplosivo, non artistico, ma caos dimesso, da permanenza provvisoria, da distrazione sciatta. Sul televisore, aperto e senza tappo, il flacone del detersivo per i piatti.
«Come fai, Placido?».
«Cosa?», rispose, riponendo i carciofi di sua madre in frigo.
«Come fai a stare qui?».
«Perché? Cosa c'è che non va?».
«È tutto così...».
«Così come?».
«Non lo so. Così».
«È il mio così. L'unico che conosco. A proposito, vuoi un carciofo?».
«C'è aglio?».
Aprì il contenitore, annusò.

«Sì, c'è l'aglio».

«Placido, facciamo una cosa: ti porto a cena».

Placido replicò con una smorfia di compatimento per se stesso:

«Veramente...».

«Veramente cosa?».

«Su Retequattro danno "L'anno del dragone"».

«Placido!», vibrò Delia. «Basta: l'hai visto almeno sette volte».

Si arrese subito, sapendo di avere torto. L'aveva visto molto più di sette volte, perfino in videocassetta. Se lo riguardava quando aveva voglia di sfondarsi di malinconia, identificandosi con il detective bravo e sventurato di New York con giornalista mandarina cinese, vasca da bagno nel loft e vista su Manhattan. Ma gli toccava vivere a Palermo, al dodicesimo piano di via Croce Rossa – sia pure con vista su Castello Utveggio – senza cinese, senza doccia in salotto e con Delia decisa a portarlo a cena. Sventurato certo lo era, ma senza il lusso del technicolor.

«Dove?».

«Piccola Napoli, va bene?», chiese Delia, ma aveva già deciso.

In fondo non era male: pesce fresco a Borgo Vecchio. Erano già sulle scale, quando Delia si tradì:

«Poi, c'è un dopocena da Valù».

Placido si paralizzò al terzultimo gradino.

«Da Valù? Ancora?».

«Che ti ha fatto Valù? È sempre gentile. Ha invitato un gruppo di musicisti senegalesi».

I soliti senegalesi, i soliti suonatori fintoesotici, i soliti senegalesi di Palermo. Il solito dopocena.

«Chi ha inventato i dopocena?», chiese Placido, rassegnato.

«Quelli che non ti vogliono offrire la cena».

«Gente di cuore».

«Adesso zìttiti e seguimi».

«Obbedisco». E marciò, col piglio del garibaldino stanco.

Quattro

I malaminchiata battevano sui tamburi. Ridevano con tutti i denti. Splendevano neri nella luce tenue delle lampade da design. Gli invitati del dopocena si erano già stancati di tutto quel bum-bum-tam-tam, ma sorridevano con il bicchiere in mano di Absolute Vodka squagliata. Delia era monopolizzata da Valù, affaticata permanentemente dalle numerose case, dai molteplici arredi, dai numerosi architetti d'interni assunti e licenziati negli ultimi dieci anni della sua vita da moglie del commercialista Vito Sutera, docente di diritto amministrativo e provetto truccatore di bilanci societari.

Placido trovò rifugio in cucina. Da quando erano iniziati i guai suoi usciva poco da casa e quando lo faceva si teneva ai margini, sfuggendo occhiate che pungevano come sospetti. Una coppia di cingalesi rimetteva a posto bicchieri e stoviglie, sotto un tetto affrescato che li lasciava indifferenti e forse un po' li rattristava con le sue allegorie.

Sorrisero. Restò a guardarli. Sorrisero ancora.

«Da molto siete in Italia?».

«Cinque anni, signore».

«Siete sposati?».
«Lei mia moglie», disse il cingalese. La donna annuì.
«Avete figli?».
«Uno piccolo, sei anni, signore».
«Dov'è?».
«A casa, con padre e madre di moglie».
«Nello Sri Lanka?».
«Sì, in mio paese».
«E non lo portate in Italia?».
«No. Ancora qui due anni, poi torniamo in mio paese. Quando casa nostra è tutta costruita. Casa nostra bella. Casa grande. Qui in Italia case piccole, troppo piccole».
I senegalesi avevano finito di picchiare i loro tamburi. Qualcuno aveva messo una musica jazz. Gli sembrò di sentire la tromba di Miles Davis, ma tutte le trombe finiscono per assomigliarsi.
La casa di Valù – l'ultima acquistata, ristrutturata e arredata – dalle parti di piazza Bologni, svelava almeno centottanta metri quadrati, a una prima stima approssimativa. Nello Sri Lanka, stando ai due cingalesi, Valù avrebbe sicuramente conquistato tremila metri quadrati, un hangar da aeroporto. I dopocena di Valù nello Sri Lanka sarebbero stati affollati come il Foro Italico nella sera del festino di Santa Rosalia. Ma per disgrazia di Placido, Valù stava a Palermo e non nello Sri Lanka, quindi troppo vicina per sfuggirle.
«Siete tamil?», chiese Placido.
«No, signore. Noi veniamo dal sud», rispose il cingalese, a voce bassa, con un certo timore.
In città quasi tutti tamil erano, induisti e devoti di

Santa Rosalia che veneravano come la dea Kalì, ma Valù perfino in queste cose riusciva a scovare le rarità: due buddisti cingalesi a Palermo.

«È bello il tuo paese?».

«Molto bello, signore. Tu vieni in mio paese: albergo bello, mare bello. Oceano, tanti pesci, molto caldo».

«Quasi quasi. Mi hai dato un'idea».

«Sì, signore». E il cingalese fu contento.

Placido si avvicinò al frigorifero.

«Posso?».

Lo aprì e cercò una bottiglia di bianco. Trovò uno chardonnay Sant'Anastasia e un Maria Costanza. Optò per quest'ultimo, lo aveva bevuto a cena al Piccolo Napoli: polpette di neonata, spaghetti con i ricci e un'oratina alla griglia. Ringraziò mentalmente Delia. Le voleva bene. Lei gliene voleva di più, e questo lo faceva sentire in colpa. Dopo la separazione da sua moglie, un ascesso alla gengiva lo aveva portato da Delia. Gli curò l'infiammazione e nelle settimane successive provò a curare i dolori dei suoi giorni solitari. Ancora, cinque anni dopo, Delia svolgeva funzione lenitiva e terapeutica. Ma si può voler bene al proprio dentista?

«Signore, se tu vieni in mio paese, si chiama Tangalla».

«Bene, lo ricorderò».

«Mare molto bello, più grande che mare di Palermo».

Il mare di Palermo tutto chiuso: dagli antemurale, da Capo Gallo, dalle cabine di Mondello, dalle villette abusive, dagli stabilimenti, dalle discariche illegali. Palermo e il suo piccolo mare.

I senegalesi bevevano birra e ridevano in cerchio fra loro. Colse alcune parole: «Vai a fartela ficcare...». I senegalesi conoscevano bene la cortesia palermitana.

Nel salone, il dopocena languiva nelle spire della tromba di Miles Davis. Delia, appoggiata a un mobile, chiacchierava con uno bassino, Salvo Costanzo, giornalista della Rai. Due anni prima aveva fatto un servizio su Placido, lo aveva chiamato «il segugio». Ricordava bene la frase: «Il segugio infedele, secondo l'accusa, concedeva favori agli arrestati per mafia». Placido, il segugio. Delia lo intravide al di là delle teste, gli strizzò gli occhi, quasi a mandargli un bacio. Un bacio al segugio.

Placido uscì sul terrazzo. Per fortuna non c'era nessuno. Umidità leggera bagnava il cotto del pavimento, lontanissima la primavera. Osservò le luci di Palermo. Qualche auto veloce, là per il Cassaro. Appoggiò la bottiglia sul parapetto, restò con il bicchiere in una mano. Mettendo l'altra in tasca, toccò qualcosa: il pizzino dove sua madre aveva segnato il numero di cellulare. Era quasi mezzanotte.

Mezzanotte è tardi? Dipende. Compose il numero dal suo cellulare. Sentì lo squillo, uno, due, tre. Telefonino acceso, libero. Non è tardi, allora.

«Pronto?», la risposta restituiva una voce quasi sconosciuta. Quasi. «Chi parla?».

«Sono Placido Polizzi».

Un'intermittenza forse di stupore.

«Placido», disse la voce. «Mi riconosci? Chi sono?».

Come minchia faccio a riconoscerti?

«Mi dispiace, no. Chi sei?».

«Placido, sei fatto vecchio. Palermo, facoltà di Lettere, la pantera. Allora?».

Ma perché uno a mezzanotte si mette a fare i quiz?

Palermo, facoltà di Lettere, inizia con la...

«Se me lo vuoi dire me lo dici chi sei, sennò mi rimandi a settembre».

«Placido! Ma come? Sono Silvestre, Silvestre Majorca».

«Tu sei? Sibbio! Scusami, ma passa il tempo e sempre cretino rimani».

«Tu invece sei diventato incazzoso».

«Forse ho le mie ragioni».

«È vero. So tutto. Scusami, scherzavo. Ma invece ti chiamo per una cosa seria. Ti va di farti un viaggetto a Roma?».

«A Roma?».

«A Roma, a Roma. Lo sai dov'è, no?».

«No, dov'è? Nello Sri Lanka?».

Silvestre Majorca

Sì, lo Sri Lanka. Trovi pure il coraggio di scherzare. Beato te. Con tutta la manica di guai che ti ritrovi. Perché pure che uno non si vede da tanto, le cose si sanno.

A parte il fatto che a Palermo tutti sanno tutto e io, non per vantarmi, non mi sono mai perso niente. È il mio mestiere, no? Giornalista: mi pagano per farmi i fatti degli altri. Vero è che da qualche tempo – diciamo una carrettata d'anni – il giornalismo dei giornali non lo faccio più. Ma chissenefrega. È un mestiere finito, strafinito e quando l'ho cominciato dicevano che era già morto. Lo dicevano quelli vecchi, quelli con la sigaretta senza filtro e la bottiglia di Caffè Sport Borghetti nel cassetto. Quelli che brindavano alla notizia del morto ammazzato, perché finalmente avevano trovato l'apertura di prima pagina. Era un lavoro già finito ai tempi miei, ma almeno qualcosa di buono ce l'ho tirata fuori.

Rimpianti? Per carità. Non c'era mai pace, un capocronista che era un gran pezzo di facchino e sempre quattro soldi mi davano. Dice che eravamo un giornale di sinistra, con grande prestigio. Sai che me ne facevo del prestigio. No, per carità: meglio adesso. Lontano da Palermo, a Roma, quattro soldi in tasca non mi mancano e ho pure le camicie con la sigla, come questa. Ho trovato una sartoria artigianale che le fa a due lire. Pure i vestiti: Tasmania Loropiana, e vantaggio manco agli sciancati. Teccà, mancia!

Ma insomma. A parte questo, basta leggere i giornali per sapere i guai di Placido Polizzi. Anzi, l'ispettore Placido Polizzi. Che i cronisti ci hanno riempito lenzuolate: Polizzi di qua e Polizzi di là. Io, per me, non ci credo. Non per il fatto che Placido l'ho conosciuto una vita fa. Ma io non ci credo. Si appresentò alla facoltà di Lettere tutto sbrechis: il giubbotto di pelle quello buono, la maglietta americana, il jeans giusto, no quelli che mi accattavo io al corso Olivuzza, che erano l'imitazione dell'imitazione.

Secondo me, nessuno me lo toglie dalla testa, arrivò a Lettere perché da noi c'era scagliola: picciottelle della bella. Tutte un poco tischi toschi, e pure quelle dei paesi che appena si scrocchiolavano a Palermo dovevi vedere come si emancipavano. Altro che. In quelle case di fuorisede c'era il vivamaria, che non si poteva camminare tra il corso Tukory e via Marinuzzi, notte e giorno ezinghete enzanghete. Insomma, noi stavamo lì che avevamo il calendario appizzato sulla porta con i giorni di occupazione, in facoltà c'eravamo fatti pure Natale e Capodanno, con gli anelletti al forno nelle teglie di domopak, il brindisi con il preside Nino Buttitta, e forse era passato più di un mese. Che dico? Forse cinquanta giorni.

Latino latino arriva Placido Polizzi di qualchecosa – così si presentava, il principe della via Croce Rossa o il barone di viale Lazio, manco me lo ricordo – a naschiare se trovava qualche picciridda di Lettere o di Lingue o di Filosofia, perché lui era iscritto a Giusi Prudenza, come dicevamo noi. Mi ricordo preciso che ci sciarriammo subito, perché non so con quale prosopopea se l'era pigliata con un articolo scritto su «L'Ora». E chi l'ha scritto? E chi è questo cretino? Perciò! Ma allora cretino sei tu? L'ho scritto io quell'articolo. Perché già allora collaboravo al giornale e tenevo il diario dell'occupazione.

Poi però, la cosa si appaciò subito. Perché Placido è uno a posto, grazioso. Se sbaglia è uno che dice: scusa, è colpa mia. Non è che si fa o si tince o si mascaria. No, si accolla il suo si loca, tutto a conto proprio. Perciò a me questa storia che lui faceva i favori ai malacarne non mi convince. No, non è pregiudizio verso i magistrati. Qui la politica non c'entra. Placido è sbirro serio, bravo. E se fa la minchiata lo dice. Per me lo hanno tirato dentro: il trappolone gli hanno fatto. Cose palermitane, cose tinte, infamità. Il suo capo, il vicequestore, quello invece è un'altra cosa: una cosa fitusa. Lui se lo è sucato dentro. Quello faceva le porcherie e Placido non ha capito. Si è fidato e si è fottuto.

Perché questo è il problema di Placido, e io lo conosco da più di dieci anni. È uno che si fida, un poco fesso in questo. Ma ora viene qui, a Roma, si guadagna quattro soldi, che male non gli fanno e forse gli troviamo pure una mano d'aiuto. Sempre cose legali, cose fatte bene, ci mancherebbe altro. Ma se non ci aiutiamo tra di noi, a noi che siamo nati poveri chi ci aiuta?

Cinque

«... è il tema delle riforme istituzionali cartina di tornasole per la maturità del sistema politico di un Paese: vi è chi invoca modifiche bipartisan o comunque di ampio consenso parlamentare. Dibattito appassionante, purtuttavia...».

Purtuttavia Placido sbadigliò. Lo fece platealmente, accorgendosi tardi di essere scrutato dalle file semideserte della platea della sala convegni della Residenza Ripetta. Nascose parzialmente la noia mandibolare con la mano, si risistemò meglio sulla sedia, abbandonando la postura troppo rilassata. Cercò sulle punte delle dita un'unghia da rosicchiare, ma non riuscì a trovarne: il vizio preso da ragazzo e faticosamente abbandonato lo aveva riacciuffato da quindici mesi.

Controllò l'orologio: quasi le undici, stava lì da oltre un'ora. Ma Silvestre non si era ancora fatto vedere. Ritardatario era e ritardatario restava, nonostante fosse più vecchio e più ricco di dieci anni prima. E più stronzo, pure.

«... le critiche delle opposizioni sono uno stanco ritornello che ormai non affascina nemmeno i loro stessi elettori...».

Sul podio degli oratori, il sottosegretario in grisaglia grigia non era nemmeno al primo giro di boa del suo discorso: minacciava almeno altre quindici cartelle, stessa voce, stesso tono, medesima prudente foga inutilmente spesa per l'uditorio sparuto del convegno «Quale Italia. Le istituzioni tra crisi e riforma. Proposte a confronto». Più lungo il titolo che il pubblico, a voler mettere in fila i trentatré presenti che Placido aveva contato e ricontato. Dal programma degli interventi si evinceva che il momento decisivo era rinviato al pomeriggio: la tavola rotonda annunciava un vicedirettore del «Corriere della Sera», un viceministro all'Economia, un vicepresidente del Consiglio, un vicesegretario del partito di maggioranza, un vicepresidente di commissione parlamentare.

I vice dei viceré. Placido ripensò alla definizione che gli aveva consegnato anni prima un ex ministro democristiano, subito dopo l'arresto, in maniche di camicia, nell'attesa in questura del magistrato. «I vice dei viceré», aveva detto l'ex ministro, con un gesto amaro di disprezzo per se stesso ormai al tramonto, di disprezzo per quanti, nelle stesse ore, commemorandone l'innocenza, si preparavano a soppiantarlo.

«... eppure il progetto di riforme che questo governo e questa maggioranza hanno messo a punto non nasce dal nulla: mi corre l'obbligo di sottolineare che già nella precedente legislatura se ne era ampiamente discusso. Qualcuno di voi sicuramente ricorda...».

Placido non ricordava. Non ricordava sicuramente quel che il sottosegretario avrebbe voluto ricordargli, così come molte altre cose aveva dimenticato, e quindi perduto. Cose e parole e momenti che invece credeva importanti, addirittura essenziali: ricordi che già al momento di viverli aveva deciso di annotare, per non smarrirli, per non vanificarli. Ne ebbe un'ansia affannosa. Eppure – purtuttavia, avrebbe detto il sottosegretario – non ricordava più il colore del golfino di Amelia nel giorno di oltre dieci anni prima in cui l'aveva conosciuta, non ricordava più se c'era sole o pioggia nel pomeriggio in cui Manuela si era staccata dal divano per camminare da sola, non ricordava nemmeno perché il martedì precedente, alla vigilia della partenza per Roma, aveva dannosamente litigato con Delia, congedandosi da lei con un astio nel quale galleggiavano le scorie delle sue umiliazioni.

Era partito per Roma senza neanche richiamarla. Per ostinazione, per orgoglio, per gusto dello sfregio. Un addio silenzioso, come un abbandono colpevole. A Roma con una valigia affollata di quasi tutti i suoi maglioni, tutti i suoi jeans, tutti i calzini, un abito grigio, camicie, cravatta e la copia dei *Fratelli Karamazov* che rimetteva in borsa ad ogni viaggio, sperando di concluderne la lettura, prima o poi. Ennesima ragione di colpa.

Nella convocazione, Silvestre era stato vago. Qualcosa che interessava l'onorevole, il «suo» onorevole. Ma per telefono Silvestre non voleva parlare. Aveva accennato a un lavoro, a soldi da guadagnare, a un affare da sbrigare in fretta. Ma al telefono non aveva voluto dire di più. «Lo sai come vanno queste cose», aveva troncato. Si era corretto sbrigativamente dalla gaffe. «Certo che lo sai, se non lo sai tu».

Certo che Placido lo sapeva: lo avevano messo sotto processo per un'intercettazione. Che minchione; proprio lui che si vantava di avere organizzato nella sua carriera da poliziotto più di quattrocento intercettazioni telefoniche e ambientali. Proprio per questo, però, si sentiva tranquillo, perché non immaginava che a tre frasi lo avrebbero crocifisso, sospeso dal servizio, incriminato, rinviato a giudizio, processato e condannato in primo grado. Poche parole nel dialogo tra due mafiosazzi di borgata: «L'amico nostro della questura...». «Eh...'u Pulizzi...». «Iddu, 'ca certo...».

Solo tre frasi lo avevano fregato, incastonate nel castello accusatorio della procura di Caltanissetta, nelle migliaia di pagine degli atti, nella filigrana delle propalazioni del collaboratore di giustizia Filippo Santalucia, in relazione e in controluce ai comportamenti del vicequestore Sarullo e del sostituto procuratore di Palermo Maniace, che dio l'abbia in gloria, ai santi morti dove si trova, avendo pensato bene di togliersi la vita – per vergogna o ribellione, poco importa – la mattina della prima udienza dibattimentale davanti al tribunale nisseno.

«... ora, avviandomi alla conclusione...», disse il sottosegretario.

Placido si avviò all'uscita, senza attendere alcuna conclusione. Un quarto a mezzogiorno: Silvestre e il suo onorevole in ritardo di un'ora e mezzo.

In via di Ripetta si accese una sigaretta, due passi sul marciapiede stretto. Studiò le gambe di una ragazza. Guardò attorno, per vedere se arrivava Silvestre trafelato. A ondate avanzavano i motorini, vendicandosi con sorpassi a destra. Due ausiliari del traffico multavano con flemma le auto in sosta, incuranti delle proteste dei negozianti. Una volante della polizia passò lenta: Placido si sentì osservato dai due agenti di pattuglia, e girò la faccia temendo di essere riconosciuto. Ma nemmeno come imputato era così famoso, nessuno avrebbe saputo riconoscerlo. Forse.

Scoprì la vetrina di una libreria. Entrò.

«C'è una guida dello Sri Lanka?».

«Dello Sri Lanka? Credo di sì», il commesso cercò nello scaffale dedicato al turismo.

«Questa va bene? È ottima. Della Lonely Planet».

«Ah... allora».

«Vanno alla grande».

«Come vanno?», chiese Placido. Non sopportava la frase «alla grande».

«Si vendono molto bene», riparò il commesso.

«Sono contento».

Cominciò a sfogliare la guida. Il commesso non si mosse, era giovane, forse al suo primo lavoro. Nessun altro in libreria.

Placido studiò le foto: spiagge bianche, palme, case coloniali. Andò alla pagina di Tangalla: una colonna e mezzo in tutto. Poche notizie: località di mare, barriera corallina, fondata dagli olandesi. Unico edificio storico la Rest House, residenza degli amministratori, costruita nel 1774.

«Vuole andare nello Sri Lanka?», domandò il giovane.

«No, ci abita un mio amico».

«Allora vada a trovarlo», scherzò il commesso.
«Abita a Tangalla».
«Ah», disse, come se la conoscesse.
«Tangalla non è vicina».
«No, non è per niente vicina», acconsentì il giovane. Placido si sentì preso in giro. Restituì la guida: «Grazie».
«Non la prende?».
«No, per il momento no. Appena decido di partire».
«Le faccio il dieci per cento di sconto».
«Come se avessi accettato».
«Ma questo è il momento giusto per partire: è la stagione secca».
«Per partire è sempre il momento giusto. Infatti, io sono già partito».
«Da dove?», domandò il commesso. Adesso si sentiva un po' preso in giro.
«Da Palermo. Nemmeno Palermo è vicina».
«No, non è vicina per niente».
«E non è nemmeno la stagione secca».
E Placido lo lasciò accanto allo scaffale del turismo, nelle mani ancora la guida dello Sri Lanka.

Sei

Placata la furia del cambio di lezione, spenta l'eco della campanella, il professor Ristoro fece il suo solito ingresso claudicante in classe. Guardò i suoi ventidue studenti, esageratamente schifato:

«C'è puzza qua dentro».

Spalancò la finestra.

«È di cattivo umore», intuì Manuela Polizzi. E ne ricavò il presentimento che sventure si annunciavano, a concluderle malamente una giornata che in fondo si poteva altrimenti dimenticare, come tante altre mattinate al liceo-ginnasio Giovanni Meli.

Il professor Ristoro – ché così veniva chiamato, da tutti e da sempre, ma sottovoce e alle spalle, da quando, in un tempo lontano e indefinito, soleva ripetere a fine lezione, l'identica frase, «E adesso, un po' di ristoro, e per me di ristorazione», estraendo dalla borsa di pelle una mafalda con mortadella – il professor Ristoro aprì il portadocumenti. Non vi teneva più la mafalda con mortadella, che in un tempo indefinito e lontano rappresentava la sua gastronomica protesta contro l'istituzione scolastica; ormai solo libri. La furia iconoclasta si era ammorbidita con l'età e con le nuove stagioni politiche che richiedevano più introverso radicalismo.

Mostrò un libro e dalla copertina i ventidue alunni riconobbero subito il testo di letteratura greca.

«La volta scorsa abbiamo parlato della tragedia. Ricordate, no?», esordì Ristoro. «Abbiamo parlato della sua funzione nella società ateniese».

Scrutò i volti dei ragazzi della quinta B. Vi lesse vuoto e scoramento.

«Picciotti, accendiamo i transistor!», esortò. «Funzione della tragedia nella società greca!».

I ventidue discenti della quinta B non ricordavano, non potevano ricordare perché Ristoro quella lezione non l'aveva mai spiegata. Forse confondeva, forse pensava di averlo fatto, forse l'aveva spiegata in un'altra classe. Ciascuno aspettava che qualcun altro prendesse coraggio e chiarisse l'equivoco. Parlò Traina, dal secondo banco, e fu la fine:

«Funzione catartica: attraverso la tragedia gli spettatori trovavano risposte e sollievo collettivo». Traina, per chissà quale patologia adolescenziale, aveva già letto due volte tutto il libro di letteratura greca e non sapeva più distinguere tra quanto sapeva lui e non sapevano gli altri. E, per giunta, non stava manco zitto.

«Bene. Bravo Traina. Abbiamo quindi parlato dei tragici greci, di Eschilo, Sofocle ed Euripide. Ci torneremo, ma oggi ci fermiamo su Sofocle, sulla tragedia di Antigone».

Il professor Ristoro avanzò tra i banchi, si collocò a metà classe, all'altezza del posto di Manuela. Troppo pericolosamente vicino. Manuela ne avvertì il fiato forte di sigaro toscano.

«La tragedia nasce quando c'è conflitto tra libertà e necessità: la libertà dell'individuo contro la necessità imposta dagli dei, dalle condizioni storiche, dalle leggi, dal potere. Antigone, figlia di Edipo, vuole seppellire il fratello Polinice rimasto ucciso mentre combatteva contro il fratello Eteocle. Il re di Tebe, Creonte, ha decretato che il corpo di Polinice rimanga insepolto, sbranato dagli animali, come nemico della città. Ma Antigone trasgredisce il divieto di Creonte. Condannata ad essere sepolta viva, la ragazza si uccide. Ma il suo fidanzato, Eumone, figlio di Creonte, si uccide per il dolore. Avete capito?».

Ristoro si girò verso Manuela, purtroppo le scoprì un leggero scoramento sulle labbra. E il fatto non gli piacque:

«Hai capito, Polizzi? Ripeti».

«In che senso?».

«Nel senso di quello che hai capito, Polizzi».

«Antigone vuole seppellire il fratello. E nasce la tragedia».

«Che significa: nasce la tragedia?».

«Che muoiono tutti».

«Va bene, ma qual è il punto? Dov'è il conflitto?».

«Fra Antigone e suo fratello».

«Suo fratello?». Ristoro, di cattivo umore, infieriva.

«Cioè, Antigone vuole seppellire suo fratello...»

«E questo lo hai già detto...».

«E, poi, c'è Creonte che ha un figlio...».

«Sì, e allora...».

«E il figlio si ammazza perché è fidanzato con Antigone».

«Bene!», e Ristoro si rivolse alla classe. «La vostra compagna ha fatto diventare la storia di Antigone una telenovela: Eumone si ammazza per amore. Insomma, un dramma passionale. No, picciotti miei, non è una storia d'amore: è una storia di potere! Si vede che Manuela passa troppo tempo davanti alla televisione».

La risata della classe avvampò di vergogna sulle guance di Manuela, fin quasi al dolore.

Sette

«Placido! Ma dov'eri finito? È mezz'ora che aspetto», lo affrontò Silvestre, fermo all'ingresso della Residenza Ripetta.

«Ma che fai, pigli di sopra, come gli sbirri e le buttane? Non babbiare con me, Sibbio».

«Vedi che Sibbio è cosa passata. Sei antico».

Ma sempre Sibbio lo avevano chiamato, anche se Silvestre forse riteneva ormai indecoroso il vecchio nome di battaglia.

Si baciarono, come due che non si vedono da tanto. Da tanto, infatti: da più di dieci anni. Ma Sibbio sempre lo stesso sembrava, né grasso né magro, solo più stempiato, meno arruffato, o forse solo per il taglio di capelli che aveva rimosso il suo codino da studente creativo.

«Bene ti trovo», fece Silvestre. «Veramente bene». E gli toccò la pancia. «Sempre in forma».

«Pure tu, Sibbio», e Placido giurò a se stesso che lo avrebbe chiamato ancora così, tanto per farlo incazzare. «Allora, dopo due ore di attesa, questa prima donna dell'onorevole si degna di incontrarmi, o no?».

«Calmati. I piani sono cambiati. Votazione in aula, tutti richiamati perché il governo rischia di andare sotto. Ne avranno almeno fino alle due. Lo aspettiamo qui. Adesso c'è il buffet».

«No, me lo risparmio. Sulle riforme ho già dato. E c'è pure il rischio che incontro qualcuno che ho arrestato, qualcuno dei tuoi amici».

«Placido! Che fai, il comunista?».

«Io? Ma quanto sei fango. Mi mancano troppe certezze per essere comunista. Semmai se c'era un comunista eri tu, o sbaglio? C'è stato scambio di persona?».

«Sbagli. Non ero iscritto manco alla Fgci».

«Sì, vabbè, ora ci ho creduto».

«E fai bene, perché la storia è così. Ero di sinistra e sono ancora di sinistra. Ma non ho portato il cervello all'ammasso».

«Certo, hai messo il portafoglio all'incasso».

«Appunto. Portafoglio a destra, cuore a sinistra, mente libera. È la stampa, bellezza».

«Lascia perdere, che non fai più il giornalista».

«Se è per questo manco tu fai più il poliziotto».

Placido non replicò. No, non faceva più il poliziotto. Da quindici mesi. Il traffico di via Ripetta si era ingaglioffito: motori accesi e clacson a tempesta. Un'auto blu con sirena chiedeva strada, un agente in borghese sventagliava la paletta dal finestrino. Vanamente.

«Placido, dai che andiamo a mangiare. Offro io», disse Silvestre, prendendolo sotto braccio. «Così parliamo».

«Bravo. Spiegami che ci faccio io qui».

«Chatwin», commentò Silvestre.

«No. Placido Polizzi, Palermo 1968. Vivente».

Placido Polizzi

Vivo e vivente per diciotto passi. Diciotto passi è larga via Libertà, la rambla di Palermo, il viale dei platani che si allunga dalla città vecchia a quella nuova. Diciotto passi. Diciotto passi, uno dopo l'altro.

Dicono che esiste un momento in cui è facile accorgersi di essere vivi. In genere, succede quando la morte passa vicina. La morte è passata a diciotto passi da me, il 25 novembre 1985. Può sembrare una frase ad effetto, ma è veramente così.

È un lunedì. E non fa caldo né freddo, il cielo grigio. La Vespa con la gomma a terra, mio padre mi accompagna a scuola, al liceo Meli. Tornerò a casa in autobus, alla fine delle lezioni. Storia, filosofia, religione, scienze, italiano. Cinque ore di lunedì sono sempre dure, ma l'ultima ora di italiano riapre un po' il respiro, almeno a me.

Adesso, nella distanza che dilata o restringe gli spazi, sembra che le cose siano successe con scansione ineluttabile. Adesso che conosciamo epilogo, amarezza e solitudine, misuriamo la linea d'ombra (oh, Conrad!) tra la nostra giovinezza e la nostra maturità, tra il desiderio di essere parte confusa del tutto e la certezza di ritrovarci fragili e soli. Adesso è facile dire che la morte e la vita hanno scelto per noi, facendo compiere diciotto passi ad alcuni, tenendo lontani altri.

Adesso la concatenazione appare salda e ferrea. La campanella che suona, il boato nelle classi, la fine delle lezioni di questo lunedì di novembre, il pestare di scarpe pesanti e leggere per le scale, la sudata e convulsa precipitazione verso l'uscita da scuola. Ricordo Gioacchino, ma forse il ricordo è successivo o precedente: vuole ripassare greco con me. Ricordo Emiliano, ma anche questa è forse memoria di un giorno diverso: mi dà appuntamento alle cinque alla Statua. Ricordo però, immagine di fuoco e di acciaio, me stesso all'angolo tra piazza Croci e via Libertà, sotto i platani e i ficus.

Diciotto passi alla fermata dell'autobus, dall'altra parte del viale. Là dove già si affollano i piccoletti del ginnasio, scalciando e tirandosi zainetti l'uno all'altro, con la foga dei ragazzi che provano ancora gusto a stringersi e accapigliarsi, a sentirsi vicini. Diciotto passi. Esatti per attraversare la strada, arrivare alla fermata, aspettare l'autobus con gli altri.

Un piede discende il marciapiede. Mi volto, perché sotto le magnolie vedo Gialuce. È lei, con la sua amica miss-chi-so-io. Parla e sorride. Verso di me, credo. Saluto lento, come un cretino, con la mano alzata. Gialuce guarda, ma forse qualcun altro dietro di me. O forse proprio me. Resto a fissarla mentre va via, tagliando in diagonale la piazza. Piazza Croci la chiamano a Palermo, e ora so perché.

C'è un urlo di sirena, forse. Dovrebbe esserci, da qualche parte nel ricordo, ma non sono sicuro, ché tanto nessuno più se ne allarma e stupisce, semmai appena un fastidio, la sospensione di chiacchiere e parole in attesa che lo strepito si allontani. Sento lo schianto, invece, alle mie spalle. Il botto di un incidente, la frenata, l'auto che sbanda.

Dicono che dopo rivedi tutto come al rallentatore. Non è vero. Vedo a velocità reale, quasi da un altro angolo di piazza Croci, me stesso con un piede già sotto il marciapiede, i miei occhi dietro l'auto blu che deraglia, barcolla, si alza di lato, piomba sulla fermata dell'autobus. E il silenzio di via Libertà.

Il silenzio. Ma qualcuno sicuramente grida, perché un ragazzo insanguinato alza un braccio in alto, la bocca spalancata nell'urlo di dolore o paura. Perché questo silenzio? C'è una Timberland al centro della carreggiata, scompagnata e incongrua. Non sento, non sento niente, soltanto il silenzio. Ma non è possibile perché qualcuno corre, urta, sposta. E allora, tutto il rumore della città si raccoglie, si condensa ed esplode.

Le ore e i giorni e i gesti successivi si sovrappongono e confondono. Le assemblee. I funerali. Studenti di altri istituti vengono a trovarci, in una rabbiosa veglia funebre. Gli articoli sui giornali. Il volto tremante del giudice che viaggiava dietro l'auto di scorta, lo stesso che sette anni dopo andrà a morire. I nomi di Biagio e Giuditta, che non ci sono più. Biagio non aveva quattordici anni, Giuditta ne doveva fare ancora diciassette. I nomi dei feriti in ospedale, dei segnati, degli scampati, nel capriccio dei passi – diciotto passi, appena diciotto – che hanno messo insieme studenti del corso B e del corso F, del primo anno e del terzo. Il resto sono solitudini nuove, nuove solidarietà che si saldano e sciolgono in quei giorni di novembre, mentre ciascuno conta i suoi passi, gli incroci, le svolte, il percorso che salva o che perde. Giorni giusti per diventare se non grandi almeno adulti, per sapere finalmente e per sempre che sul cuore della terra non siamo soli, ma affidati a stelle che non vogliono saperne di noi.

Diciotto passi. Diciotto passi, appena. E sono vivo e vivente.

Molti anni dopo, tra libri usati a metà prezzo, sbuca un volumetto rosso, il nome di Giuditta sopra il titolo: *Voglia di risposte*. Poche pagine di soffocante pena. A chiusura, la mamma di Giuditta scrive: «E se quel mattino, il 25 novembre, invece di crogiolarmi felice nel letto al tocco lieve del tuo bacio, avessi aperto gli occhi e ti avessi detto: "Dai, avrai sonno; vieni sotto le coperte a dormire con me. Non andare a scuola neanche questo lunedì"? Se, se, se…».

Se… diciotto passi.

Otto

Al ventunesimo emendamento si confuse. Pigiò il bottone sbagliato, votando a favore. La gomitata del suo collega di scranno, il grossetano Fulco Bastanti, servì soltanto a rendere più evidente l'errore, ché ormai non poteva più riparare.

«Tripodo, che tu fai?», chiese Bastanti, e già rideva, come sempre ad ogni momento della giornata, a meno che non trattasse dei fatti del suo collegio, allora svelava una risata più seria, concentrata, a tratti feroce.

Aurelio Tripodo allargò le braccia, senza commenti. Solo una smorfia di stanchezza. Si illuminò il tabellone, ma la maggioranza – nonostante il voto sbadato di Aurelio Tripodo – aveva retto. Di pochissimo, ma aveva tenuto.

«L'emendamento è respinto. È in votazione...», diceva il presidente, con la fretta di chi vorrebbe andare a pranzo.

Il capogruppo guardò il tabellone, scrutò attorno, individuò prima la risata di Bastanti e poi la pena vergognosa di Tripodo. Gli fece un cenno incazzoso. Tripodo si strinse in sé, contrito, mandando con tutto l'animo suo il capogruppo a farsi fottere, usanza che rinnovava con entusiasmo, mitigato soltanto dalla sensazione di rivivere il disagio provato da studente al liceo classico di Monserrato nell'incrociare per i corridoi il preside Vivacqua che, in un rimprovero muto, gli chiedeva conto e ragione della sua presenza fuori dall'aula in orario teoricamente dedicato alle lezioni.

Sul ventiduesimo emendamento, un deputato dei Comunisti italiani chiese la parola. E aprì una questione di metodo accolta con sincero sollievo dalla maggioranza trasversale dei deputati ansiosi di sfamarsi e dissetarsi alla buvette, dopo quasi tre ore di votazioni palesi, consapevoli che l'argomento appena sollevato avrebbe richiesto circa venti minuti di animata discussione nell'aula momentaneamente svuotata.

Tripodo sciamò via con gli altri lasciando i più ligi, i più pigri e i dormienti sulle pagine aperte del «Messaggero» a seguire con passione l'arrivo delle nuove stenotipiste, tra le quali ce n'era una bionda che aveva già acceso le fantasie erotiche di Fulco Bastanti. Ma perfino Bastanti aveva fame, più che l'amore poté il digiuno, e seguì Tripodo spingendolo verso il Transatlantico, mentre ripeteva:

«Minchia, che tu fai Tripodo? Allora sei un pezzo di scecco!».

Bastanti era capace di ridere ancora alla sua battuta, in un patetico caricatissimo accento siciliano, dopo questi anni di legislatura durante i quali non c'era stata giornata di aula, commissione, seduta plenaria e votazione per appello nominale in cui, incontrando Tripodo, non l'avesse pronunciata almeno tre volte: «Allora sei un pezzo di scecco!». E Bastanti rideva.

«Bastanti, non vengo in buvette. Ho un appuntamento», disse Aurelio Tripodo, sulla soglia dei passi perduti del Transatlantico, dove pochi giornalisti osservavano indifferenti l'esodo dall'aula.

«Allora sei un pezzo di scecco!».

«Sì, Bastanti. Un pezzo di scecco sono».

E Bastanti andò via, ora rifacendo il verso a un leghista. Tripodo lo vide allontanarsi: Bastanti sussultava dalle risate, da gran pezzo di autentico asino e scecco che era.

Nove

La porta si richiuse con un tonfo, vibrò l'intera parete. Era sempre così, ma stavolta Manuela impresse più forza.

«Sei tu?». La voce, dal bagno, in uno scroscio d'acqua.

«Sì», sussurrò Manuela.

«Manuela? Sei tornata?». Ancora, con timbro più acuto.

«Sono io, mamma, sono io».

Sua madre aprì la porta del bagno, ne venne fuori a metà, asciugandosi i capelli: a controllare che fosse veramente Manuela, integra, illesa e salva, finalmente a casa, sottratta alle insidie del mondo.

«Tutto bene?».

«Benissimo», ma la stizza con cui Manuela abbandonava lo zainetto svestendosi del giaccone e l'ostinazione a testa bassa rivelavano il contrario.

«Ci sono le polpette al sugo», disse Amelia, cercando di assumere la dolcezza della madre comprensiva.

«Non ho fame».

«Vabbè, puoi sempre farti un'insalata».

«Allora non mi ascolti? Non ho fame. Lingua italiana: non ho fame. Significa non voglio mangiare, non voglio cibarmi, non voglio...».

«Va bene, va bene. Se non hai fame non mangi», Amelia cercò di mantenere comprensione, autocontrollo, nello stesso tempo fermezza. Così aveva detto la psicologa: comprensione e fermezza. I figli dei separati, diceva la psicologa, hanno bisogno solo di due cose: comprensione e fermezza. Ma la psicologa non aveva figli, forse manco fidanzata era.

«Qualcosa che non va?», domandò Amelia conciliante, ma pronunciandola si accorse di avere scelto la frase più inappropriata.

Manuela la guardò torva. Poi, si infilò nella sua stanza: tentò di ripetere il gesto di dare carattere alla chiusura della porta, ma vi riuscì malamente. Attaccò a tutto volume, per la sessantaduesima volta in dieci giorni, la stessa canzone.

Ore-che-lente-e-inesorabili-attraversano-il-silenzio-del-mio-cielo: la musica occupava ogni spazio della casa e, chissà perché, sollecitava le lacrime di Amelia. Scosse la testa, per non piangere, per non sbattere la testa a muro, per non mettersi a gridare. Comprensione e fermezza. Fermezza e comprensione. Guardò l'orologio: in ventidue minuti avrebbe dovuto asciugarsi i capelli, rivestirsi, intavolare un dialogo con sua figlia, farsi carico delle sue pene, elargire un buon consiglio, scendere di sotto, accendere la Vespa, percorrere un chilometro e mezzo, parcheggiare la moto, bloccare l'antifurto, salutare il vigilantes all'entrata e riprendere posto dietro lo sportello Fidi e investimenti dell'agenzia numero 6 della Banca di credito sicula, via Libertà 197. Un po' troppo, quando la vita ci concede solo ventidue minuti.

Dietro-nuvole-che-straziano-il-sereno…

Manuela non voleva piangere. Non voleva piangere per il professor Ristoro, non voleva piangere per quella stronza di Antigone, non voleva piangere perché suo padre le aveva detto al telefono che non aveva tempo, amore, adesso no, ti chiamo dopo io, un bacio, scusa, ciao. Non voleva piangere Manuela, ma a tredici anni, quasi quattordici, è difficile resistere. Nascose la testa e provò a cedere, piangendo senza sollievo.

E-ancora-tra-nuvole-e-lenzuola-non-farlo-per-un'ora…

Amelia, entrata nella cameretta, abbassò il volume. Manuela non tirò fuori la testa da sotto il cuscino, rimase distesa a pancia sotto, singhiozzando piano. Quando sua madre provò ad accarezzarle una spalla, si scostò ostile. Comprensione: Amelia le rimase accanto, seduta sul bordo del letto. Ormai aveva a disposizione meno di dodici minuti per il suo troppo da fare. Tentò un'altra carezza, poggiando la mano sulla schiena di Manuela: sua figlia non si spostò. Provò a infilarsi anche lei sotto il cuscino, come faceva quando Manuela era bambina (forse rimaneva ancora bambina, non tantissimo, ma ancora un poco).

«Manuela», sussurrò. «Manuela, bambina mia».

Non rispondeva. Ma non reagiva, ed era già qualcosa.

«Manuela, ci sono io. Per qualunque cosa».

Manuela si alzò di scatto, sollevò il cuscino, lasciando sua madre ancora distesa.

«Io volevo papà», singhiozzò. «Volevo papà, ma lui non c'era, non mi ha parlato».

«Lo sai che papà è a Roma».

«Lo so. Lo so. Ma Roma è lontana».

«No, non è così lontana».

«Sì, è lontana. Perché tu non vuoi papà, per questo lo mandi lontano».

Amelia scosse la testa.

«No, non è così», mormorò. «Non è così. Non è giusto. Non è così».

Abbracciami-ancora-tra-nuvole-e-lenzuola...

Comprensione e fermezza. Aveva a disposizione sette minuti: guardò la finestra. Sette minuti. Giusto il tempo di buttarsi di sotto, per non dover rispondere, per non dover spiegare, per avere finalmente un'inoppugnabile ragione di giustificato ritardo al lavoro. Sette minuti. Buttarsi di sotto o scoppiare a piangere, sulla spalla di sua figlia. Scelse la seconda possibilità, priva di comprensione, svuotata di ogni fermezza.

Dieci

Aurelio esplorò corridoi poco battuti. Prese l'andatura di chi sa dove andare e non può non andarci. Ridusse al minimo i saluti, tutto concentrato sulle sue scarpe nere, avanzando tra i marmi di Montecitorio. Girò, svoltò, attraversò un altro vestibolo, prese al volo il cappotto dall'appendiabiti, preparandosi a guadagnare l'uscita, sotto braccio il fascicolo della rassegna stampa neanche sfogliata.

«Tripodo!».

Riconobbe la voce prima di alzare lo sguardo. Domenico Casesa veniva fuori dall'ascensore, nella possanza del suo loden blu, nella magniloquenza dei suoi sessantasette anni, nello sfarzo dei suoi centoventi chili per uno e ottanta di altezza, ricco della fama di ex presidente della Regione ex ministro ex deputato ex senatore e della sventura – sventura per Aurelio Tripodo, s'intende – di attuale consulente politico presso la presidenza del Consiglio, carica che non comportava onere alcuno se non la permanenza a Roma, con copertura di spese quasi illimitata, per sovrintendere ai destini delle derelitte pecorelle siciliane smarrite nella città tentacolare, elette a vario titolo e con meriti diversi nelle liste dei partiti di governo.

«Aurelio Tripodo», disse ancora Casesa, offrendosi all'abbraccio.

Aurelio affondò contro il petto di Casesa, il presidente Casesa, come lo omaggiavano tutti, tranne coloro ai quali era permesso di appellarsi alla sua clemenza e saggezza con l'amichevole vezzeggiativo di Momò. Ma Aurelio Tripodo era troppo giovane per chiamarlo così, anche se l'antica dimestichezza di suo padre con Casesa lo aveva ammesso nel girone già più ristretto di quanti gli si potevano rivolgere usando il pronome di seconda persona singolare.

«Presidente, come stai?».

«Aurelio mio, che dirti? Peniamo».

«Ogni giorno ha la sua pena».

«Esatto, Aurelio mio. E i nostri amici, laggiù, aggiungono dolore alla pena. Hai visto il tuo paesano Vella?».

«Non è paesano mio, presidente».

«Quasi, visto che prendete voti nella stessa zona. Hai visto che ha detto?».

«Quando?».

«Aurelio mio, ma non lo leggi il "Giornale di Sicilia"?».

«Stamattina non ho avuto tempo».

«E sbagli, permettimi di dirtelo. Comunque, Vella dice che il governo regionale è, di fatto, in crisi».

«Ma come? Fino a tre giorni fa sosteneva il presidente Pirritteri».

«E tre giorni dopo ha cambiato cavallo. Gli ho parlato per telefono, dice che ormai Pirritteri è finito, soprattutto ora che è indagato dalla procura».

«E allora?».

«Allora, Aurelio mio, mi tocca scendere a Palermo per vedere di farli sedere allo stesso tavolo. Peniamo, insomma».

Aurelio guardò l'orologio, con un gesto furtivamente evidente.

«Beh, presidente, io...».

Casesa lo prese sottobraccio, ignorando la fretta imbarazzata di Tripodo.

«Aurelio mio, concedi un po' di tempo a questo vecchio. Come vanno le cose dalle parti tue?».

«Bene. Insomma, abbastanza bene».

«Mi dispiace per la storia dell'incarico. Eri già sottosegretario, ma all'ultimo momento... quell'intoppo non ci voleva proprio».

«Pazienza, è andata così».

«Certo, adesso che non c'è più papà tuo, però bisogna stare molto attenti».

«Attenti? In che senso?», chiese Aurelio allarmato, subito pentito di essersi scoperto, di avere replicato d'impulso. Casesa lo fissò irrigidito:

«Attenti. Nel senso che bisogna avere cura degli elettori e degli amici che riponevano fiducia in tuo papà e che ora ripongono fiducia massima in te».

Aurelio sembrò accasciarsi sotto il peso di tutta quella fiducia. Casesa gli mise un braccio di conforto sulle spalle:

«Lo so, Aurelio, non è facile. Ci accorgiamo della mancanza delle persone che ci volevano bene a distanza di tempo, proprio quando dovremmo esserci ormai abituati alla loro assenza. Ma non ci si abitua mai. Mai».

E Casesa gli fu ancora più vicino: aveva perso una figlia di trentadue anni, madre di un bambino, uccisa dalla leucemia. Era successo sette anni prima, ma Momò Casesa ne parlava sempre con occhi acquosi, vicino a commuoversi:

«Vedi, Aurelio, uomini come tuo padre non ce ne sono più. Si è rotto lo stampo. E si vede: in Sicilia, nella politica. Era un cavallo di razza Girolamo Tripodo, e lo sai perché?».

Aurelio Tripodo non disse nulla, non riusciva mai a dire nulla quando si parlava di suo padre.

«Girolamo Tripodo era un purosangue perché sapeva quanto valeva», proseguì Casesa, «anzi, valeva molto di più di quanto voleva far credere. Te l'ho già raccontato quando ci siamo conosciuti?».

Aurelio annuì. Casesa andò avanti, incurante: «Alle regionali del '67 era destinato a essere capolista, ma rinunciò a mio favore. Lo presi per pazzo, ma non avevo capito nulla. Con quella mossa tuo padre riuscì a far convergere su di me i voti di Gullotti e di Aldisio. Ecco, in queste cose era maestro: conciliare l'inconciliabile, individuando la cosa giusta da fare. E, nonostante questo, sapeva rimanere al suo posto, defilato, senza mai mettersi in mostra, lontano dai riflettori, al riparo dalle prime file. Mandava avanti gli altri. Era un tessitore, un sarto della politica, un uomo che ha intuito subito che la politica stava cambiando: anche quando toccò a te. La candidatura era stata offerta a lui, ricordi?».

«Certo, ricordo benissimo».

«Ero stato io a proporglielo. Ero venuto a casa vostra: credevo che, dopo quanto era successo, ci volesse gente nuova, facce non coinvolte con la vecchia classe dirigente. E Girolamo aveva i requisiti: era stato sempre nell'ombra, solo una volta aveva ceduto alla tentazione di fare l'assessore comunale, ma era durata meno di tre mesi. Ecco, io credevo che Girolamo fosse la persona giusta. Ma ancora una volta…».

Casesa rallentò, per aumentare l'attesa.

«Ancora una volta?», chiese Aurelio, compiaciuto di sentirsi raccontare lo stesso aneddoto, sia pure con crescente angoscia.

«Ancora una volta tuo padre aveva capito le cose. Nella stagione della politica-spettacolo, lui e io non avremmo avuto chance. Tuo padre non disse nulla, ti portò in salotto e pronunciò una frase. Ricordi?».

«L'attor giovane in palcoscenico, per i vecchi il biglietto scontato di platea».

«Bravo. Gli attor giovani in palcoscenico, per i vecchi il biglietto in platea, a prezzo scontato. Ma ora papà non c'è più, e a te toccano tutte le parti in copione. Sei diventato grande, ormai».

«Lo so, presidente».

«Sono quasi dieci anni che sei deputato. Nel '96 eri il più giovane».

«Uno dei più giovani».

«La tua esperienza, la tua credibilità, il tuo buon nome sono un credito illimitato».

«Non esageriamo».

«Aurelio, non essere modesto. Illimitato, ti dico.

Ecco perché abbiamo pensato che sei la persona giusta per le prossime amministrative».

«Cosa?».

«Sì, proprio così. Sarai il nostro candidato sindaco».

«Ma dove?».

«Aurelio, che vuol dire dove? A casa tua, nella tua città. Non possiamo permetterci il lusso di sbagliare candidato. Ho preferito dirtelo io, prima della designazione ufficiale».

«Ma io… non posso».

I corridoi di Montecitorio erano di nuovo deserti, rifluiti in aula i deputati: la voce lontana del presidente, dai monitor, riverberava contro il soffitto a cassettoni del Transatlantico scarsamente popolato. Tripodo si sentì intrappolato nella vastità del palazzo svuotato dall'ora meridiana, prigioniero nell'abbraccio di Casesa, nei suoi occhi chiari che inclementi lo interrogavano.

«Aurelio, perché non puoi?». Il presidente Casesa non aveva più lo sguardo acquoso, nessuna traccia di commozione, ma ferme labbra strette in una domanda che non ammetteva diniego.

«Perché non puoi?», tornò a ripetere.

Aurelio non trovava risposte. Annaspò.

«Io non posso. Perché… perché ho paura».

Undici

Lo scatto dei tacchi. Il mento all'insù. Lo sguardo fiero. Poi, di nuovo in posizione di riposo. E quelli, i politici, entravano e uscivano, senza nemmeno guardare. Poteva succedere a volte che si fermava un gruppo di giapponesi, allora si susseguivano a mitraglia i clic degli otturatori: in questi casi Carmine D'Amore pensava che la sua immagine di soldato in ferma breve volontaria, caporalmaggiore dell'ottavo reggimento lancieri di Montebello, sarebbe finita a Tokyo o forse a Kyoto. E pensava che là, in Giappone, in una casa chissà perché identica alla sua di Orta d'Atella, in provincia di Caserta, dove vivevano papà, mamma, i suoi fratelli Antonio e Alessio, i giapponesi avrebbero riguardato le foto e solo allora si sarebbero accorti del soldato sull'attenti, Carmine D'Amore, lanciere di Montebello. «Che bello guaglione», avrebbe detto la figlia del giapponese, in un accento di Tokyo o di Kyoto che aveva i medesimi suoni della parlata di Caivano, il paese di Letizia, sua fidanzata fino al giorno dell'arruolamento e del conseguente incorporamento a Roma, caserma di Tor di Quinto.

D'Amore Carmine, caporalmaggiore, solo in questi casi pensava a Letizia. Ma nel suo turno di guardia all'ingresso di Montecitorio – due ore montanti, quattro ore smontanti – tante altre cose pensava, tra attenti e riposo. I pensieri sull'attenti di Carmine venivano a tratti sviati dall'arrivo di qualcuno visto in televisione. E allora Carmine, ancor più rigido, scrutava di sbieco il personaggio che faceva ingresso a Montecitorio. Berlusconi era passato due volte, attorniato dalle guardie del corpo. E il caporalmaggiore D'Amore aveva riconosciuto Bertinotti, l'unico che salutava anche i soldati di guardia, ma questo non bastava a convincere Carmine che, da quando aveva compiuto diciotto anni, il suo voto lo aveva sempre dato al partito di Fini perché gli pareva uno serio, che parlava poco e diceva cose giuste. Ma Fini mai era passato nelle sue ore di guardia montante.

D'Amore Carmine degli altri non si curava, né li conosceva e tutti ignoravano lui, né sapevano che veniva da Orta d'Atella e che aveva lasciato la fidanzata a Caivano per arruolarsi nei lancieri di Montebello. Non lo sapeva nemmeno Aurelio Tripodo, né mai lo avrebbe saputo, quando uscì dall'ingresso principale della camera dei deputati, sfiorando indifferente il lanciere D'Amore impegnato nelle due ore di guardia montante.

L'onorevole Tripodo portava chiuso nel cappotto blu di Cenci un malessere sordo, risvegliato dal ricordo della trombatura ancora bruciante, dallo sguardo impietrito di Casesa, dal suo imperativo mascherato da offerta. Candidato sindaco: e già Tripodo si vedeva, con orrore, nella poltrona incorniciata di bandiere sotto il ritratto del presidente della Repubblica, nell'ufficio al piano nobile del palazzo municipale, giallo di tufi, quasi leggiadro nelle sue linee liberty, piazzato al lato principale della piazza, crocevia di molteplici affanni, di innumerevoli interessi. E già sentiva il fiato dei suoi paesani in anticamera che parlavano, rivolgevano occhiate d'intesa, prospettavano occasioni di guadagno. Si rivedeva in Sicilia come in fondo a un cannocchiale rovesciato: infinitamente piccolo e meschino, definitivamente lontano da tutto.

Alcuni giapponesi scattavano foto ai soldati di picchetto: Tripodo li aggirò. Il cielo era grigio, non freddo, non da dicembre, ma comunque indifferente al mondo. Dal fondo della piazza, all'angolo con la libreria tedesca, riconobbe un saluto. Silvestre. Non individuò subito chi aveva accanto, ma immaginò che avrebbe dovuto dar conto, simulare attenzione, prestare ascolto e forse concludere con una vaga promessa. Rallentò il passo, mentre l'uomo accanto a Silvestre assumeva identità, non riconoscibile ancora, non identificabile. Eppure familiare.

«Capitano, mio capitano», esclamò Silvestre, ormai a portata di voce.

Tripodo non si aprì al sorriso, chiuso nel suo cappotto blu.

«È da un po' che ti aspettiamo», proseguì Silvestre.

Tripodo si scusò alzando le spalle, ma senza sforzarsi.

«La dura vita del deputato», celiò Silvestre, rivolto al suo accompagnatore. «E poi c'è chi dice che non fanno niente. Adesso ne sei testimone anche tu, Placido: non fanno niente, ma lo fanno duramente».

Placido. Certo, Placido. Tripodo ebbe una smagliatura della memoria, come un frammento di vita vissuta: il tassello mancante tra Placido di dieci anni prima e di oggi. Era lui, non poteva che essere Placido. Forse leggermente più grasso, più gonfio per meglio dire: oppure solo più guardingo, più segnato e amaro. Lo stesso Placido, ma un po' guasto. E Aurelio Tripodo ne ricevette una sensazione che gli vibrò dentro, a destargli ancora malessere, più densa paura.

«Placido, proprio tu. Come va», e Aurelio stese la mano, ma senza una vera domanda, senza svelare interesse.

«A me come ai vivi, ed è già qualcosa. Come va a te?».

«Insomma...».

«Silvestre mi ha accennato...».

Tripodo scrutò Silvestre, inquisitore.

«Aurelio, avevamo concordato, no?», si parò Silvestre.

«Sì, però, non mi avevi detto che...», disse Aurelio, visibilmente indispettito. «E comunque oggi, non è proprio la giornata giusta. Adesso ho una riunione, e poi, più tardi...».

«Ma come?», insistette Silvestre. «Ne avevamo parlato tre giorni fa».

Placido si tirò un passo indietro, alzò le mani aperte: «Ehi, calma. Così non ci siamo. Silvestre mi ha chiamato e sono venuto. Allo stesso modo, prendo e torno a Palermo».

«Placido, aspetta», e Silvestre si avvicinò. «È solo un misunderstanding».

«Che è?», chiese Placido, esagerando.

«Un equivoco», chiarì Silvestre. «Un disguido. Forse con Aurelio ci siamo spiegati male...».

Squillò il telefonino. Manuela. Placido Polizzi fermò tutti con un gesto.

«Sì, bambina mia. No, scusa per prima. La mamma me l'ha detto che ci sei rimasta male. Dimmi: non ti preoccupare, ho tutto il tempo che vuoi», e Placido si allontanò di pochi passi. «Certo, Antigone...».

Lasciò Montecitorio, i passi lenti dei carabinieri di pattuglia e lo scatto sull'attenti dei due soldati di guardia, per entrare nelle parole antiche di Sofocle, tra polverosi eroi morti che si dibattevano sotto il cielo limpido di Tebe, mentre continuava a tenere d'occhio i gesti stizziti di Aurelio Tripodo e le reazioni rabbiose di Silvestre Majorca. Aurelio indicava Placido con un cenno del capo. Quando il traffico sul Corso lasciava brevi pause, volavano spezzoni monchi di frasi: «... vuoi rovinarmi», «... quello che so io...», «... ma chi cazzo ti ha...», «... i guai suoi...».

Chiuse la telefonata con un bacio, prima di riavvicinarsi ad Aurelio e Silvestre.

«Mia figlia. Problemi a scuola».

I due non commentarono, forse dimentichi, induriti oppure soltanto incuranti.

«Allora, che faccio? Torno a Palermo?», chiese Placido.

«No, resti qui», replicò Silvestre.

«Silvestre ti spiegherà tutto, nei dettagli», incalzò Aurelio. «Noi ci vediamo domani mattina. Adesso scappo». E se ne andò, chiuso nel cappotto blu di Cenci, curvo in se stesso, a passo lungo.

Silvestre scosse la testa, fingendo di commiserarlo, ma quasi con affetto:

«A volte lo ammazzerei».

Dodici

Le arancine al burro un tempo le facevano più buone. Ma forse è solo l'inganno del tempo che rende presbite la memoria gustativa. Fortunato Vella divorò l'arancina, la terza in dodici minuti. Il bar Alba, da quando era studente universitario – e tale era rimasto, in un certo senso, mancandogli dieci esami alla laurea in economia e commercio – esercitava magnetica fascinazione sull'onorevole Vella. E non c'era giornata, trovandosi a Palermo, impegni permettendo, che non si facesse portare da quel cretino del suo autista in piazza Don Bosco.

Comunque, ancora buone erano le arancine al burro, anche se le prediligeva col ragù di carne. Restò davanti al bancone della rosticceria, tentato dalla quarta.

«Desidera altro, onorevole?», fece il cameriere.

Con la mano gli lasciò intendere di pazientare: doveva ascoltare i consigli del suo stomaco, senza forzare né accelerare.

Annuì con la testa, mentre il dito indicava un'arancina alla carne.

Ne addentò la testa rotonda, assaporò lo zafferano e i piselli del ragù.

Si scoprì osservato. Cercò di replicare al sorriso, ma non è cosa semplice con mezza arancina tra i denti. L'uomo fece capire che poteva aspettare. Fortunato Vella si voltò verso l'ingresso del bar dove il cretino del suo autista – secco come la morte – pattugliava come un carabiniere in servizio.

«Cretino», pensò Vella. Mai aveva sopportato la magrezza del suo autista, il suo ostinato rifiuto di accettare un'arancina, nemmeno una volta, nemmeno per sbaglio. Gli sembrava sgarbo, tagliatina di faccia.

Ingoiò il resto, si ripulì con i fazzolettini di carta. L'uomo si fece avanti incerto.

«Onorevole, permette? Il caso mi dà la possibilità di questo incontro e mi sembra un segnale mandato dagli dei».

«Questo è professore», meditò Vella, sperando che troppa cultura non gli guastasse la digestione.

«Avrei una proposta da farle», aggiunse l'uomo, masticando il suo mezzo sigaro spento.

«Prego», borbottò l'onorevole Vella, avvicinandosi alla cassa. Ma quando capì che le arancine erano state già pagate, proprio dall'altro, gli si riaccese l'interesse: bastava poco per fare di un incontro casuale, un buon incontro. Quel che si dissero subito dopo, appoggiati al bancone delle cassate, gli offrì nuove e maggiori conferme.

Tredici

Pioveva sul giardino degli aranci. Una lanugine d'acqua si fermava sul cappotto blu, sui capelli di Aurelio Tripodo, sui tetti di Roma ingrigiti nella sera carica di nuvole scure.

Aurelio guardò attorno per vedere se arrivava. Ma il giardino era fermo e vuoto sotto la pioggia lenta, solo una donna con una cerata portava il suo cane a cercare alberi buoni per pisciarvi contro.

L'ansa del Tevere, la muraglia alta del San Michele, la cupola della Sinagoga e più lontana quella di San Pietro. Era bella Roma? Dicevano tutti così, e forse era vero. E certo era più bella di Monserrato, laggiù sulla costa africana di Sicilia, con le case basse, la piazza costeggiata di alberi, i neon a illuminare bar senza storia e con i bicchieri scompagnati. Non era bella la sua città, né quanto Roma né quanto qualsiasi altra città. E se forse c'era stato un tempo in cui si alimentava in Aurelio un ricordo affettuoso, una malinconia dolente, quasi una nostalgia per i pomeriggi sullo spiaggione di punta Falcone affollato di promesse e di ragazze, nei mesi di maggio che annunciavano l'estate, tutto questo si spegneva nella pioggia grigia. La immaginava adesso, livida in attesa della sera, spoglia e dura come i volti degli uomini che fumavano lungo i marciapiedi.

Non pioveva quasi mai a Monserrato, e la pioggia irrompeva violenta di sabbia, furiosa nelle strade allagate, tra lo stupore di tutti, convinti di assistere a uno spettacolo terribile e definitivo, cataclismatico. Nemmeno Roma era bella sotto la pioggia. Ma certo più bella di Monserrato. Certo meno, molto meno, di Parigi. E, davanti ai tetti di Roma, Aurelio Tripodo rivide le luci serali di place de la Contrescarpe, le scritte sui muri – Maison fondée en 1748, Au nègre joyeux, Épicerie, L'île de Crète – la gente che usciva dalla boulangerie di rue Mouffetard con la baguette nuda sotto il giaccone. Amava quella piazza, amava restare dietro i vetri delle finestre, sapendo che presto o tardi sarebbe arrivata Florence, sarebbe entrata a casa con i capelli bagnati, le collere contenute della sua giornata di lavoro, la borsa del computer portatile sulla spalla: un gesto a lanciare lontano le scarpe, il cappotto umido che cadeva tra l'ingresso e il soggiorno. E lui, accanto alla finestra, sorpreso, seppure ne avesse già avvertito il passo sulle scale di legno, da dietro la porta chiusa, avrebbe posato il bicchiere di Chablis e si sarebbe lasciato baciare da un sussurro: «Cosa hai fatto oggi, amore mio?».

Ti ho aspettato, Florence. Ti ho aspettato dietro i vetri di questa casa, 85 rue du Cardinal Lemoine, affacciata al terzo piano su place de la Contrescarpe. Ti ho aspettato spiando i turisti che giocano a fare Hemingway, le studentesse che rileggono Valéry, i vagabondi che fumano Gitanes, gli amanti del café Delmas. Ti ho aspettato nella sera di Parigi, lontano dal mare e dagli scirocchi. Così lontana dalla Sicilia da poter sperare che non esista un'isola con questo nome, da dimenticare che vi si possa nascere.

«Cosa hai fatto amore, mio?». Ti aspettavo, come sempre quando sono qui, da te. Ti aspetto, e torno libero. E mai come in queste ore, dietro i vetri al terzo piano, spiando la ragazza di fronte o l'uomo che legge in piedi, e tutti ci guardiamo l'un l'altro nel perimetro chiuso della piazza, e vicino alla fontana ancora il solito energumeno canta e ricanta *La vie en rose*, fino a spremerne e sottrarne ogni languore, mai come ora tutti quelli che stiamo alle finestre di Parigi ci sentiamo sottratti al mondo, padroni e fuggitivi, forse felici perché solo nella tristezza di una canzone storpiata possiamo apprezzare la nostra misura. Ecco cosa ho fatto, Florence. Ti aspettavo, fermo dietro i vetri: sono a Parigi e vorrei esserci ancora di più.

L'attesa si fece impaziente nel giardino degli aranci. La pioggia costante cominciava a impregnare il cachemere blu. Florence salutò da lontano, per farsi notare. Avanzava veloce sulla ghiaia, gli ultimi passi di corsa. Lasciò scivolare la borsa a terra. Una mano dietro la nuca, lo portò a sé, alla bocca.

«Cosa hai fatto, amore mio?», gli sussurrò, dentro le labbra, nel suo buon italiano arrotato.

Abbracciato a lei, Aurelio si sentì come strappato via, paradossalmente allontanato da Parigi, da place de la Contrescarpe, dalla boulangerie, dal cameriere egiziano dell'Île de Crète, dalla stessa Florence. La strinse più forte.

«Cosa succede, cosa?», ripeteva Florence, baciandolo.

E Aurelio sentì che solo a lei poteva e doveva aggrapparsi, perché solo lei avrebbe avuto la forza che gli mancava per non tornare in Sicilia, tra le case basse di Monserrato, nei bar dai bicchieri scompagnati, vicino a un mare troppo meridionale, sotto la sabbia delle piogge africane.

«Mi devi aiutare, Florence, devo andare via», disse Aurelio, ma non si accorse che lo diceva con voce incerta, gli occhi carichi di pianto o di pioggia, che è poi la stessa cosa. Si nascose in lei, la testa di Florence stretta alla sua, gli occhiali sghembi ormai appannati.

E tra le lacrime riconobbe l'uomo che si avvicinava alla balaustra, affacciato sui tetti bagnati di Roma.

Nello stesso momento Placido si accorse di Aurelio. Ma era troppo tardi per far finta di non aver visto, troppo ipocrita ignorare che si erano riconosciuti.

Aurelio si staccò da Florence.

Placido allargò le braccia. Che poteva fare ormai?

«Il mio albergo è qui vicino, ho fatto due passi», balbettò Placido.

Aurelio si tolse gli occhiali, cercò un fazzoletto nella tasca del cappotto, provò ad asciugarli.

«Lui è Placido, lei è Florence», fece. Ma nessuno dei due intuì il nome dell'altro. Annuirono soltanto.

«Torno in albergo. Buonasera», disse a voce bassa Placido. Aggiunse: «Scusate».

Sentiva i suoi passi sulla ghiaia del giardino, sentiva gli sguardi di Aurelio e della donna su di sé. Placido si chiese perché si fosse scusato. Ma non riuscì a rispondersi, cercò solo di arrivare presto e con dignità all'uscita del parco. Pioveva ancora.

Placido Polizzi

Scusate.

Tra le molte cose che uno avrebbe potuto dire – e ce ne erano: spiritose, disinvolte, ciniche, feroci o semplicemente di circostanza – prevale la parola più stupida. O meglio: quella che mi fa sembrare un coglione. Scusate. Scusate di che, poi? Semmai voi dovete scusarvi. Semmai Aurelio dovrebbe scusarsi: prima mi fa venire fino a Roma, mi affida a Silvestre, fa finta di non saperne nulla, imbastisce una scena pietosa di equivoci e fraintendimenti, mi tratta quasi fossi uno dei suoi galoppini in attesa di udienza, assume la parte dell'uomo sovraccarico di pensieri e preoccupazioni, segue il copione del personaggio impegnato e poi, come un burdunazzo, si ammucca con una signorina nella villa comunale.

Scusate.

È colpa mia se Silvestre mi ha prenotato una stanza all'hotel Sant'Anselmo? È colpa mia se ho fatto due passi, tanto per prendere aria, per pensare ai fatti miei, per schiarirmi le idee, e insomma, per ragioni che non devo spiegare né giustificare, ho visto il giardino aperto e sono entrato? No, non è colpa mia. Il caso. Bastava dire questo: guarda che coincidenza. Oppure: chi non muore... Potevo anche uscirmene così: manco l'avessimo fatto apposta. Altrimenti, più subdolo: nenti sacciu, siciliano sono. Sennò, letterario, citando Borges: il giardino dei sentieri che si biforcano. Proverbiale: se tutte le strade portano a Roma, quelle di Roma portano qui. Ma era meglio non dire niente, girare lo sguardo, perduto sull'imbrunire romano e andare via sotto il pulviscolo lieve, come in un film francese, con un rado tocco di pianoforte in sottofondo.

E invece.

Scusate.

Ma perché non si scusa Aurelio? A parte che dovrebbe scusarsi perché se oggi si fa trovare in un luogo pubblico – deserto, va bene, ma comunque pubblico – con una che non è sua moglie né sua sorella, vuol dire che sta sfruttando la propria posizione professionale, istituzionale per meglio dire, a fini privati. Il ragionamento può sembrare esagerato, ma non lo è. Non lo è per chi ha conosciuto Aurelio Tripodo una quindicina di anni fa. Veniva dal paesello, con i calzini bianchi e i mocassini neri. La questione non è tanto estetica, ma restituisce la natura della persona. Gente di paese, gente poco pratica. Silenzioso era, del genere che parla poco, ascolta e osserva. Un po' gli è rimasto, nonostante tanti anni di politica e di frequentazioni importanti qui a Roma. Riservato, ma non certo un cantarano di posto che dove lo metti sta. Lo aiutavano lineamenti eleganti, quasi belli, dietro i quali si avvertiva un'intelligenza viva, una tenacia dissimulata e soprattutto un'ambizione tenuta a freno con la modestia, con il ragionare pacato di chi è cresciuto nelle parrocchie, con il piglio di chi sorveglia le parole altrui per scoprire il punto in cui il vetro del discorso si smeriglia e scheggia.

Solo una volta mi trovai ad ascoltarlo durante un'assemblea. Era già febbraio inoltrato e il movimento si stava sfrangiando nella stanchezza, nell'ossigeno mancante degli esami rinviati a data da destinarsi, nelle impellenze di rendiconti familiari e chiamate alla leva che precipitavano nelle vite di ciascuno. Cattolici, democristiani e moderati in genere cercavano di puntare sui bilanci piccolo borghesi delle famiglie degli studenti, soprattutto dei fuori sede, per mettere la parola fine all'occupazione. Se a Roma, a Milano, a Firenze le università ancora friggevano di sacri fuochi, noi a Palermo eravamo dentro le aule da molto più tempo: ormai certe facoltà erano paralizzate da quattro mesi.

Intasati di fax, si era perso perfino il gusto delle frasi ad effetto. Dai muri pendevano messaggi che ricordavano i primi furiosi ed eccitanti giorni quando tutto sembrava sul punto di accadere: «Chi non occupa, preoccupa», «Occufaxiamo», «Universitari in lutto per la morte del diritto allo studio», «Che differenza c'è tra il '68 e il '90? Ventidue». Ma i fax sbiadivano, come il nostro entusiasmo.

Si doveva decidere. I democristiani avevano portato in assemblea un po' di gente mai vista, certi studentuzzi con le facce da contadini, ragazze con i fermaglini della nonna e i maglioncini da azione cattolica. Aurelio prese la parola. Mai gli avevo dato molta importanza: un saluto, quattro chiacchiere, un po' di sfottò sul suo abbigliamento da provinciale. E poi ero stato lontano dalla facoltà di Lettere negli ultimi tempi, dopo che era finita con Gialuce: avevo preferito tornare un po' dalle mie parti, a Legge.

C'era uno che la tirava per le lunghe: «È opportuno sottolineare che è proprio l'occupazione che ci ha consentito di conquistare e creare spazi, luoghi e occasioni per conoscerci e confrontarci... abbiamo scoperto come sia disgregato il nostro sapere, il nostro stesso pensiero frantumato e mutilato dall'assenza di occasioni di confronto e di scambio... abbiamo riscoperto il valore del gruppo come insieme di persone che pensano, lavorano e si confrontano collettivamente invertendo il processo di atomizzazione in atto...». Noia di sbadigli.

Poi, toccò ad Aurelio. Quasi sempre c'era chi rideva, chi intonava cori, chi se ne fotteva e altri che, se proprio andava male all'oratore di turno, cominciavano a gridare scemo-scemo. Invece, nell'aula magna della facoltà di Lettere tutti ascoltarono Aurelio. Non ricordo bene cosa disse, perché di tempo ne è passato, ma qualcosa cambiò: gli studentuzzi con le facce contadine e le ragazze dell'azione cattolica sorridevano ad Aurelio Tripodo, lo sentivano come loro, ma meglio di loro. E pure i quattro caporioni con i maglionazzi della sinistra alternativa – Che Guevara e Luca Orlando, Pina Bausch e Tian'anmen – annuivano, avendo compreso che Aurelio offriva a tutti una soluzione onorevole.

Parlò poco, con voce abbastanza bassa, senza gridare. Non ricordo le parole, le frasi, nemmeno i concetti. Mi colpì solo una frase, verso la fine: «Non altre, ma nuove forme di lotta. L'occupazione non finisce, né qui, né ora, né domani. Si rinnova e va avanti».

Si rinnova, e va avanti.

Si rinnova, e va avanti.

Bella idea, tutti d'accordo. Sconfitta la posizione cedevole – anche perché, furbamente, Aurelio aveva parlato da cattolico – l'occupazione in effetti andò avanti. Ma durò ancora pochi giorni, perché già dentro le parole di Aurelio c'erano i germi del disfacimento. Bastò lanciarli nella mente di tutti, mascherandoli con un alibi per ogni anima buona o cattiva, e farli fermentare. Aurelio aveva capito che non si poteva chiudere tutto lì, e subito. Lo aveva capito anche perché aveva interesse che la situazione durasse ancora un po': stava emergendo, cominciava ad avere credito e ascolto. Doveva consolidare la posizione. E doveva consolidare altro.

Lo intuii alla fine dell'assemblea, avvicinandomi per salutare. A cinque passi di distanza da Aurelio, una mi tagliò la strada per abbracciarlo. Bravo, disse la ragazza. Quando si girò verso di me, la riconobbi: era Gialuce. Giacoma Luce, detta Gialuce. Né lei né Aurelio si accorsero di me, mentre già sfilavo via dall'aula magna della facoltà di Lettere.

Cinque anni dopo – mi ero sposato quando Amelia era rimasta incinta, Manuela andava già all'asilo – non ricordo chi mi disse che Aurelio Tripodo e Giacoma Luce Petyx si erano maritati nella chiesa di Santa Maria della Catena alla Cala: numerosi invitati, illustri ospiti. Non ci restai male, ma avrebbero potuto mandarmi almeno la partecipazione. Pensai che mi sarebbe piaciuto non andare al pranzo di nozze. Così, tanto per fare un dispetto.

Quattordici

L'autista di Venezia 9 decise finalmente di scendere dalla Fiat Multipla. Si sgranchì la schiena, sbadigliò: l'ultimo volo da Roma era in ritardo di quarantacinque minuti.

«Malura e malannata», pensò Franco Schirò, respirando l'aria del mare di Punta Raisi che batteva nero contro la scogliera. Tre suoi colleghi giocavano a carte sul cofano di una Bravo.

L'autista di Venezia 9 accese una sigaretta. Già sapeva che d'inverno, a sera e a metà settimana, non ci sarebbe stato un solo passeggero per il suo taxi. Ma ormai aveva già consumato quattro ore agli arrivi dell'aeroporto, in mensa aveva cenato con una parmigiana di melanzane costata sette euro, tanto valeva aspettare l'ultimo volo.

L'auto blu era ferma da mezz'ora accanto alla sua Multipla: i vetri oscurati, lo stemma della Regione, a motore acceso. Ne venne fuori l'autista, con il vestito grigio, la giacca senza spacchi che usano solo gli autisti e gli addetti delle pompe funebri. Si avvicinò al tassista e chiese di accendere.

Restarono entrambi a fumare, nel vento notturno di mare.

«Tanto la benzina la pago io», mormorò Franco, quasi fra sé, indicando con la sigaretta l'auto blu a motore acceso.

«Lo sdisonorato dice che sente freddo», replicò l'autista, continuando a fumare. Soffiava fumo e disprezzo verso l'uomo immobile sul sedile posteriore della Lancia Thema, l'uomo che lo aveva raccomandato per farlo assumere alla Regione, sfruttando una risibile invalidità falsa: ma gli era capitata la sorte infausta di dovere continuare a servirlo perfino quando avrebbe preferito dimenticarsi di lui tra un'elezione e l'altra. «Là dentro fa un caldo che pare Mondello a luglio. Mi si sono gonfiati pure i piedi».

Movimento agli arrivi. Valigie, abbracci, impermeabili chiari.

L'autista spense la sigaretta sotto il tacco, si precipitò sulle scale, incontro a un uomo alto, con un lungo loden: con premura gli tolse di mano la valigetta, mentre faceva strada, con ossequio, verso l'auto ferma. L'autista incrociò lo sguardo di Franco Schirò mentre il passeggero in arrivo prendeva posto accanto all'ombra nascosta dai vetri oscurati: fece una smorfia, quasi a voler dire che era solo lavoro, a lasciare intendere che era gentilezza da pantomima, a manifestare ancora il suo sdegno per i suoi passeggeri e padroni.

«Qua dentro si muore di caldo!», esclamò Domenico Casesa, cercando di aprire il finestrino dell'auto. Ma era bloccato.

«Ti prego Momò, sono raffreddato», replicò l'altro, soffiandosi il naso con un fazzoletto bianco.

«E questa calura più male ti fa, Vella», disse con fermezza Casesa. Poi, rivolto all'autista: «Per favore, mi sblocchi il finestrino».

Una ventata di aria fresca, dal mare, entrò nell'abitacolo dell'auto che già infilava lo svincolo per Palermo.

Vella si rintanò nel suo angolo, il fazzoletto a difesa estrema contro le folate frizzanti che spazzavano via gli ultimi residui di aria calda.

«Ti venisse il cimurro», pensò fra sé l'autista, gli occhi alla strada.

«Allora?», domandò Vella.

«Allora che? Non lo sai? Dice che ha paura».

«Paura?».

«Dice che ha ricevuto delle lettere minatorie».

«Non lo sapevo».

«Perché non ha fatto denuncia. Dice che prima vuole capire da dove viene questa mano».

«E da dove vuole che venga? Da Monserrato viene».

«E tu che ne sai?», replicò Casesa, quasi infastidito.

«E che ci vuole? Si vede che suo padre aveva promesso qualcosa a qualcuno. E adesso vogliono verificare se il figlio mantiene gli impegni».

«Non mi convince, Vella. Girolamo Tripodo era amico mio, era un galantuomo».

«Tutti galantuomini siamo, Momò».

«Tu no. Tu sei una cosa fitusa».

«Vero è», pensò l'autista. Casesa gli piaceva, gli era sempre piaciuto.

«Magari quelle lettere le hai fatte mandare tu», mormorò Casesa.

Vella sobbalzò nel suo angolo, si soffiò il naso con forza: «Ma che vai dicendo, Momò? Io. Ma che fai, scherzi?».

«No, non scherzo, perché sei abbastanza cretino da farlo. Perché ti sei convinto di riuscire a prendere tutti i voti di Monserrato. E magari pensi che facendo paura a Tripodo, lui non si presenterà candidato».

«Momò, ma che dici?», Vella piagnucolava, raffreddato.

«Lascia perdere, Vella, che mi fai pena. Comunque, ti spiego una cosa. Ascolta bene: Tripodo sarà candidato sindaco a Monserrato? Va bene?».

«Certo, Momò».

«E non darmi ragione. Ascolta in silenzio. Perché, anche se tu non lo capisci, io sto lavorando per te. Tripodo candidato sindaco. Se perde, sarà l'occasione per spingerlo a mettersi da parte. Se vince, farà il sindaco e quindi avrà così tante congiunture che non gli permetteranno più di fare il deputato, come gli spiegheremo a tempo debito».

«Certo. No, volevo dire: ti seguo».

«Bravo, seguimi. A quel punto per te si aprono tutte le possibilità: una candidatura al parlamento oppure, se nel frattempo il presidente Pirritteri finirà in galera come pare che finirà, spendiamo il tuo nome come presidente di garanzia della Regione».

«Ma che sicurezza...».

«Vella, in politica sicurezza non ce n'è. Se volevi la sicurezza facevi il maestro di scuola elementare, come tuo padre».

«No, dico...».

«Vella, non dire. La politica non è la tabellina del cinque: cinque per cinque, venticinque; cinque per sei, trenta. In politica cinque per cinque può fare ventiquattro o ventisei, a seconda se lo diciamo noi o se lo dicono gli altri», diceva Casesa, con pazienza didattica. «Mi lasci qui», ordinò all'autista, quando furono in via Libertà.

«A casa sua, presidente?», chiese l'uomo alla guida.

«Sì, grazie».

Prima di scendere, Casesa guardò per la prima volta Vella, il volto coperto dal sudario del fazzoletto: «Buona la dichiarazione che hai fatto su Pirritteri».

«Era quello che volevi, Momò?».

«Sì, bravo. Stai imparando».

Casesa rimase a guardare l'auto blu che scivolava via nelle luci basse di via Libertà.

«Non imparerà mai. Questi qui non imparano mai niente», pensò, e si accorse di averlo fatto a voce alta. Sparì nell'androne del palazzo. Una sirena si allontanò veloce, forse dalle parti di piazza Politeama.

Quindici

«No, Silvestre, grazie lo stesso. A domani, allora».

Non aveva voglia di seguire Silvestre che proponeva una festa con tartine cariche di maionese, onorevoli dancingday, scosciate da flash fotografico, giornalisti opusdei, giovanotti abbronzati dai cravattoni grossi come nodi di gomena. Disteso sul letto dell'albergo, Placido passò in rassegna i canali televisivi, si fermò su pochi fotogrammi immediatamente familiari.

Mickey Rourke entra nella lavanderia cinese.

Provò a chiamare sua figlia. Per malasorte rispose Amelia, impastata di sonnolenza.

«Dormivi?», chiese Placido.

«No, ma quasi. Hai parlato con Manuela?».

«Sì».

«Me l'ha detto. Ci teneva».

«Lo so. Sono giorni un po' caotici».

Chinatown è in subbuglio.

«E quando mai...».

«Che fai, ricominci?».

«Placido, datti una bella calmata. I guai non li hai solo tu».

«Non ho detto niente, ma questo sarcasmo...».

«Placido, lascia stare. Ho sonno, e domani è un altro giorno».

Amelia riattaccò mormorando un saluto.

Un giorno avrebbe dovuto ringraziare quella donna, pensò. Aveva creduto di amarla, per un breve tempo: ma non se ne ricordava più, se non nell'eco di una sensazione nebulosa, nella flebile percezione di averla abbandonata per distrazione o per sciatteria, perso dietro ad altre storie, al suo lavoro – quando ancora gli sembrava utile, indispensabile in una città come Palermo. Avrebbe dovuto ringraziare Amelia, per aver fatto crescere Manuela al riparo dall'astio e dal rimpianto, per avere continuato a proteggerla perfino adesso che sua figlia poteva trovare nuovi argomenti per vergognarsi di un padre così. Ma a Palermo molti padri che dovrebbero indurre mortificazione finiscono per istillare orgogli malsani. Chissà Manuela. Non ne avevano mai parlato, e forse toccava a Placido aprire il discorso, ma non trovava mai il momento giusto. Forse Amelia lo aveva fatto: se così era, un'altra buona ragione per ringraziarla. Avrebbe trovato prima o poi il momento giusto anche per questo.

La testa mozzata di Mamma Cocaina gronda sangue sulla tavola del generale birmano.

Placido provò a comporre il numero di Delia, forse avrebbe dovuto scusarsi. Il telefono squillò a vuoto, poi la linea si interruppe. Placido riprovò, ma adesso rispondeva il ritornello della voce automatica.

Mickey Rourke al funerale della moglie ammazzata.

Placido decise di spegnere la luce, lasciando la tv accesa. Sognò di addormentarsi prima della fine del film.

Sedici

Le sembrò di avvertire un rumore, un disturbo anomalo nella quiete notturna della casa.

Si ritrovò sola nel letto. La sveglia sul comodino segnava le tre. Percepì l'assenza di Aurelio, la sua parte ancora con le lenzuola intonse. Non se ne stupì, ché altre volte era successo.

Si alzò. Scalza sul parquet di legno andò verso il brusio che rompeva l'oscurità silente. La stanza dei bambini era socchiusa, vi si avvicinò fino a sentire il respiro leggero disteso nel sonno. Intuì la cacofonia balba del televisore acceso, immaginò che Salomè avesse premuto il tasto del telecomando abbandonato sul divano, nei suoi gatteschi vagabondaggi.

Volume alto, troppo alto.

Appena entrò nella stanza, un'ombra si mosse con uno scarto repentino. Fu scossa da un sussulto di spavento, prima di accorgersi che era Aurelio, chino sul divano, nel chiarore tenue della tv. Accese la luce. Entrambi restarono abbagliati, lievemente storditi.

«Che fai?», chiese Gialuce, spostando i capelli scivolati sul volto.

«Niente», rispose Aurelio, ma a disagio, fin troppo a disagio.

Gialuce spense la televisione che si zittì con un singhiozzo.

Silenzio.

Dal telefonino di Aurelio proveniva una voce sottile, femminile.

Aurelio capì che anche Gialuce aveva sentito.

Schiacciato il pulsante rosso, la voce si spense.

Silenzio.

«Che fai, al buio, come un ladro a casa tua», domandò Gialuce. E lo disse fredda, senza punto interrogativo.

«Non volevo disturbare».

«Hai già disturbato».

«No, guarda che stai equivocando».

Gialuce non rispose. Girò le spalle per tornare a letto. Aurelio accennò qualche passo verso di lei:

«Gialuce, aspetta...».

«No, non aspetto», poi tese un dito contro il suo petto. «Tu dormi qui. Per questa notte».

«E...».

«E poi si vedrà».

Diciassette

Mai era accaduto che Aurelio chiudesse una conversazione bruscamente. Le resisteva addosso una vaga impressione di disagio, ma non provò a richiamare. Non chiamava mai, aspettava sempre che fosse Aurelio a farlo: non avrebbe sopportato una risposta evasiva, sgarbata o di circostanza.

Non aveva sonno. Il letto sfatto della camera d'albergo parlava ancora di loro due.

Aurelio si era rasserenato negli abbracci e nelle carezze. La testa appoggiata sul cuscino, Florence ne seguiva con un dito il profilo, la pelle scura, le ciglia lunghe: un ragazzo del sud che aveva messo da parte tante cose per una carriera politica decisa dal padre, per un matrimonio deciso dalla moglie, per un presente deciso dalla fortuna che lo aveva sempre assistito fin da quando aveva rinunciato a scegliere per se stesso.

Ma Florence, nelle parole che vagavano nella camera d'albergo, in questo incontro romano che come tanti altri somigliava sempre a un commiato finale – sul tavolinetto della stanza, il biglietto di ritorno per Paris-Charles De Gaulle segnava già l'ora e la rotta dell'addio, fissato per l'indomani mattina – intravedeva la scheggia infranta, il vetro incrinato. La paura di Aurelio, la sua stanchezza e i suoi timori delineavano la possibilità di uno scarto di direzione.

«Il francese lo conosco, non bene, ma», aveva detto Aurelio.

«No, non è vero. Lo parli bene».

«Sei troppo indulgente».

«Sai che non lo sono», protestava Florence.

«Ma allora veramente pensi».

«Certo. Tutti cercano storie nuove. Tu puoi scrivere, leggere, scoprire talenti».

«Non è facile».

«Ma si può fare, se lo vuoi».

«Lo sai?», e già divagava. «Ho creduto che con la politica si potesse fare tutto. Ogni sogno realizzabile, possibile. Bastava soltanto valutare le forze in campo, indirizzarle, piegarle. E bastavano le parole per fare tutto questo. Nei primi anni, appena eletto, credevo veramente si potesse migliorare, fare cose giuste, aiutare gli altri. Ma non conoscevo la gente e non volevo credere a quanto sosteneva mio padre».

«Cosa diceva?».

«Che la gente non vuole sogni, ma certezze. Piccole, magari. Meschine, ma certezze. Un favore. Una cortesia. La promessa di un interessamento. Poi, ti accorgi che è solo questo: richieste, richieste, richieste. A ciascuno una risposta, magari vaga, magari falsa, ma una risposta: una certezza, dunque. Succede lo stesso quando vai da un medico per un male difficile e ti attacchi a una sua parola, la parola che vuoi sentire: curabile, casistica positiva, in via di recupero, non allarmante. Passa il tempo e scopri che le parole non servono più ad illudere, al limite a consolare».

«Sei troppo amaro».

«Che ne faccio ormai della politica? Ma non so fare altro. Anzi, non so fare niente».

«Non è vero. Sei laureato in lettere. Hai grande intuito, Aurelio. E adesso ci sono molte coproduzioni che partono: progetti di cinema tra Italia e Francia. Guarda, proprio domani ho un appuntamento alla Titanus».

«Fiction?».

«Sì, un kolossal in costume. Storie di cappa e spada, amori e tradimenti. Storie così tu ne potresti scrivere tante, ne sono sicura».

«Ma non scrivo più da dieci anni».

«Le cose che mi hai fatto leggere sono fantastiche, Aurelio».

Si era schermito, dissimulando la timidezza. Lei gli si era accostata, baciandolo sul collo:

«Fantastiche. E lo sai che non sono indulgente. Vieni a Parigi, ti piazzi a casa mia e scrivi».

«Ogni tanto guardo dalla finestra, cucino, ti aspetto».

«Sì, mi aspetti. E quando arrivo facciamo l'amore».

«E la cena che ho preparato?».

«Cena fredda», rideva, cominciando a strofinarsi contro di lui.

«E poi leggiamo insieme cosa hai scritto. E se qualcosa non mi piace ti punisco».

«Come?», rispondeva Aurelio, un po' ansante.

«Ora ti faccio vedere, mon amant».

Quando diceva così, Aurelio si squagliava. E Florence era sicura di amarlo.

Diciotto

Lo scricchiolio degli pneumatici andò a spegnersi sotto la magnolia gigante. Davanti alla villa, mastro Nardo ripuliva l'ingresso dalle foglie secche.

«Professore, oggi abbiamo fatto mattinata?».

«Il lavoro è lavoro, mastro Nardo».

«E la terra è sempre troppo bassa», replicò mastro Nardo calandosi per raccogliere le foglie accartocciate della magnolia. Contadino era stato in gioventù a Cefalà Diana, e contadino rimaneva, pure se da trentacinque anni viveva a Palermo, col posto fisso da custode alla Fondazione Morrison Pajno.

Dell'impero economico che a metà dell'Ottocento aveva costruito in Sicilia la famiglia inglese Morrison, commerciando vino di Marsala e imparentandosi con altri ricchi come i Pajno, i Florio, i Berlioz, i Whitaker, in una inestricabile genealogia di mogli, amanti e affari, erano rimaste questa villa liberty a Palermo e un'isoletta al largo di Trapani, entrambe trasformate in museo, con libri, raccolte di fossili, reperti archeologici e memorie di un tempo in cui ancora ci si poteva illudere che all'avidità andasse affiancata, a titolo giustificativo, una ricca biblioteca, antichi manoscritti, paesaggi ad olio e beneficenza agli orfanelli.

Natale Tripodo assaporò il rumore dei suoi passi sul vialetto breccioso. Da quando era direttore culturale della Fondazione Morrison Pajno, prati all'inglese, ficus giganti, palme nane e decori disegnati da Ernesto Basile, gli restituivano la serenità inseguita per anni. Abbandonato il traffico della città, superato il cancello, al di là del muro di cinta della villa, respirava aria di modi cortesi, sopravvissute consuetudini feudali, intimità distaccata con mastro Nardo e gli altri impiegati della Fondazione che, dentro di sé, definiva la servitù.

«Professore, come mai così presto? Le porto un caffè?».

Bastò un cenno della testa e la zà Mena, moglie di mastro Nardo, scomparve nel cucinotto della villa per mettere sul fuoco la moka. Natale Tripodo, risalendo le scale di legno verso il suo ufficio, avvertì profumo di dolci sfornati. La sensazione coincise con la voce della zà Mena al di là delle pareti affrescate:

«Ho fatto i buccellati, gliene porto due professore».

Natale Tripodo arrivò al suo ufficio convincendosi ancora una volta che la ricchezza è felicità perché sottrae fatica al desiderio: a lungo aveva respinto ciò che ormai gli appariva come inequivocabile certezza.

Di fronte alla scrivania, il ritratto a figura intera del capostipite della dinastia economica che dava il suo nome alla Fondazione: Samuel J. Morrison. I favoriti fino al mento, la floridezza sotto il panciotto, i capillari rossi sul volto a tradire un'alimentazione eccessivamente proteica. Imprenditore. Archeologo. Mecenate.

Un filibustiere, in realtà. Fuggito dalla contea di Liverpool nel 1822 dopo il catastrofico fallimento della sua ditta di legnami, inseguito da creditori e soci, Samuel aveva girato il Mediterraneo su un brigantino per approdare infine a Marsala. Una sera, dopo la più terribile sbronza della sua vita, ormai sul punto di suicidarsi roso dal rimorso per moglie e tre figli lasciati in Inghilterra sul lastrico, nel fondo della bottiglia aveva visto accendersi l'ultima possibilità di riscatto. Ai suoi conterranei, ormai sazi di Porto, il vino dolce e liquoroso di Marsala, sarebbe sicuramente piaciuto. Morrison aveva trentadue anni: in breve diventò il più grosso esportatore di vino siciliano verso il Regno Unito. Divorziò dalla moglie, mandò pochi soldi ai creditori rassegnati, ancor meno ai suoi figli, e sposò la maggiore di tre sorelle palermitane, bruttina e zitella, ma con un padre titolare di molti beni al sole.

Natale Tripodo osservò il quadro:

«Complimenti, mister farabutto», disse. Non riusciva a confessare a se stesso che, in fondo, ammirava quel grassone senza capelli e le guance da alcolizzato.

La zà Mena arrivò con il caffè e i buccellatini.

Mena: un nome degno di Giovanni Verga, e pure questo piaceva a Natale Tripodo. La donna uscì richiudendosi la porta alle spalle.

Sulla scrivania, la foto di Natale con suo padre. Era il 1966, aveva otto anni e sua madre era ancora viva. Era stata scattata sul balcone di casa, a Monserrato. Girolamo Tripodo tiene una mano sulla spalla del figlio, in abito blu. Anche il padre è in giacca e cravatta. È il giorno della prima comunione, e ancora ricorda l'emozione e il digiuno fin dal mattino e il dubbio se un sorso d'acqua pregiudichi la purezza. Purezza smarrita appena sei mesi dopo, con la morte della madre, seguita dal nuovo matrimonio di Girolamo e dall'arrivo degli altri due figli. Da allora, nei ricordi di Natale, suo padre non gli avrebbe mai più posato una mano sulla spalla come faceva nella foto in bianco e nero.

Si alzò per chiudere la porta a chiave, malgrado sapesse che né mastro Nardo né sua moglie né nessun altro si sarebbe permesso di entrare nell'ufficio senza preavviso. Da un armadio tirò fuori una scatola piena di carte e documenti. Trovò subito il quaderno dalla copertina nera, rigida, gli angoli consunti dall'uso. Lo sfogliò come aveva fatto altre volte. Recuperò la scrittura paterna: distesa, lunga, frettolosa propria di tutti i medici, ma da sempre per lui decifrabile. Fin da ragazzino, era l'unico a saperla decodificare, perfino meglio del farmacista di Monserrato che pure riusciva a districarsi tra decine di enigmatiche prescrizioni firmate da Girolamo Tripodo. Al liceo, la capacità di riprodurla gli era tornata utile per siglare qualche giustificazione per assenze arbitrarie.

Tutto segnava Girolamo Tripodo. Ma negli ultimi anni, quando ormai temeva che la morte avrebbe potuto portarselo via senza preavviso, come infatti avvenne, era diventato pedante. Non era un diario, il suo. Piuttosto un manuale all'uso della politica. Girolamo aveva registrato i nomi dei grandi portatori di voti, riportando accanto il minimo e il massimo dei consensi che riuscivano a spostare. Per alcuni indicava la professione: sindacalista, ufficio collocamento, parroco. Accanto a qualche nome c'era solo una lettera maiuscola: M. Natale sapeva che erano i nomi dei mafiosazzi di Monserrato o almeno di alcuni che si ritenevano tali. E lo sapeva anche Girolamo Tripodo.

Aveva fatto bene a portare via il quaderno.

C'era solo lui, di notte, in ospedale, quando Girolamo era morto. Aurelio, a Roma, non era riuscito a trovare un aereo per tornare in tempo a Monserrato. Meglio così. Cosa avrebbero dovuto dirsi, d'altra parte? Da troppi anni i fratelli non si rivolgevano più la parola e l'agonia del padre non avrebbe fatto ritrovare un dialogo che nessuno dei due oramai cercava. La moglie di Girolamo era stata convinta a tornare a casa, sotto sedativi. Alle tre del mattino, nella stanza d'ospedale erano soli, come un tempo, come nella foto sul balcone. Girolamo non aveva la forza di parlare. Gli stringeva la mano e piangeva. Natale sperava che le ultime parole fossero per lui, per loro due così vicini e legati.

«Il quaderno nero... è per Aurelio», aveva sussurrato Girolamo.

Aurelio.

Girolamo guardava Natale negli occhi e forse sapeva che suo figlio non avrebbe mantenuto la promessa, nemmeno questa fra le tante che aveva fatto a suo padre e che, rabbiosamente, aveva disatteso.

«Il quaderno di Aurelio. È importante».

Non aveva più forza. Ed era morto.

Natale, nella stessa notte, aveva preso dalla casa del

padre il quaderno, assieme a poche altre cose, documenti e qualche libro.

Alcune pagine erano sigillate, i bordi chiusi con punti metallici.

«Da leggere solo in caso di mia morte». Ancora la calligrafia di suo padre, a stampatello.

Natale Tripodo alzò gli occhi: dalla finestra la luce verde, riflessa dalle foglie della magnolia. Samuel J. Morrison, dalla tela, non sembrava stupito né indignato.

«Ne avrai fatte di peggio, mister farabutto».

Con pazienza, cominciò a forzare le graffette che tenevano chiuse le pagine. Il caffè ormai era freddo nella tazzina.

Diciannove

Il commesso dietro al vetro blindato esaminò la foto, poi alzò lo sguardo su Placido, tornò a studiare il documento. Il suo collega lo imitò, ma presto si rintanò nella sua apatia. Polizzi provò una leggera inquietudine, prossima all'inizio della sofferenza: troppo recente era il ricordo del momento in cui i suoi colleghi gli avevano notificato l'ordine di arresti domiciliari della procura di Caltanissetta, quando con pietà mista a malanimo avevano sbrigato le formalità di rito. Formalità replicate al sequestro del passaporto, ai trasferimenti in aula, a ogni passaggio burocratico del processo: gli stessi sguardi su Placido, diffidenti e compassionevoli.

Finalmente ottenne il passi per salire agli uffici parlamentari di Palazzo Teodoli, nel punto in cui via del Corso, facendosi più stretta e congestionata, incrocia via del Parlamento. Un altro commesso in blu, con il nastrino tricolore al braccio, lo fermò all'uscita dall'ascensore, controllò il badge attaccato al taschino della giacca, con un certo sussiego guidò Placido Polizzi.

La donna, davanti al computer occupato a tutto schermo dall'immagine di un bambino vestito da Carnevale, gli fece cenno di aspettare, continuando a rispondere al telefono.

«… ti dico che mi ha mandato due messaggini… alle tre di notte…».

Placido tossì.

La donna coprì la cornetta con una mano.

«Prego?».

«Appuntamento con l'onorevole Tripodo».

«È sicuro?».

«Certo».

«A quel che so io, oggi non dovrebbe venire».

«Lo chiami».

«Non posso», scoprì la cornetta, vi parlò dentro: «Ti richiamo dopo. Ho un problema».

«Non sono un problema», si stizzì Placido.

La manata sulla spalla lo smosse in avanti.

«Placido!».

Silvestre.

«Cos'è questa storia?», fece Polizzi, spazientito.

«Quale?».

«Aurelio non c'è?».

«C'è. Certo che c'è», e gli diede un'altra manata. Scherzò con la segretaria: «Rosanna, hai detto ancora una volta le bugie?».

«Sei un cretino», replicò lei, ma già aveva ripreso il telefono in mano.

«E tu sei bellissima, ma bionda finta».

«Scemo».

Silvestre portò via Placido. «È bionda finta. Ho le prove, sai?».

«Mi fido», mormorò Placido.

Venti

Nero d'Avola. Borse di Gucci. Cioccolata torinese. La cioccolata certo sarebbe piaciuta ad Aurelio, era come un bambino. Cravatte Hermès. Amaro Averna. Vodafone. Mc Donald's. Caffè Illy. Aurelio non poteva bere molto caffè, per la gastrite. Florence si distolse indispettita: Aurelio, sempre Aurelio. Il volo Air France tardava. Il suo telefonino taceva; un silenzio cupo. Aurelio non richiamava. Né per salutare, né per spiegare, né per scusarsi.

L'assistente chiamò il volo per l'aeroporto Charles De Gaulle. Un gruppo di turisti si spostò in blocco verso l'uscita numero 7. Rumorosi, si davano la voce l'un l'altro, con l'eccitazione dei ragazzini in gita scolastica, ma erano tutti adulti, alcuni anziani e Florence li immaginò nelle loro case, i figli ormai grandi, le stanze vacanti, le rade visite dei nipoti. Meglio partire, sì meglio andare via; lasciarsi dietro corridoi vuoti, telefoni muti, porte chiuse.

Controllò ancora il telefonino. Nemmeno un messaggio. Niente. L'assistente annunciava l'imbarco dei passeggeri con posti a sedere dalla fila 18 alla fila 31. Florence guardò il suo biglietto: 12C. Aspettare. Il telefono vibrò, rispose di fretta, tirando fuori un curioso accento assonnato e ansioso:

«Pronto?».

«Florence Galli? Buongiorno, sono Sante Fortis, ci siamo incontrati ieri, ricorda?».

«Certo».

«I miei legali hanno letto la proposta di coproduzione. È inutile dirle che siamo fortemente interessati, anche se abbiamo qualche dubbio rispetto alla distribuzione... vedo che qui, nell'appunto che lei mi ha lasciato...».

L'hostess annunciò l'imbarco dalla fila 1 alla 16.

«Mi scusi, ma sto per imbarcarmi su un aereo», interruppe Florence.

«Ah, capisco... allora ci vogliamo sentire nel pomeriggio? Anzi, no. Nel pomeriggio sono impegnato. Facciamo domani. Oppure le mando una mail, il suo indirizzo è sulla carta intestata, giusto?».

«Sì, facciamo così. Aspetto la sua mail, poi ci sentiamo...».

«Bene. Buon viaggio allora».

«Grazie».

Buon viaggio. Florence staccò la conversazione e con una certa irritazione, ma perché poi?, disattivò il telefonino. Buon viaggio.

«Il suo documento, prego...», fece la hostess.

«Ecco».

L'assistente staccò il biglietto, si schiuse nell'espressione imposta da contratto, riconsegnò tagliando e documento:

«Bon voyage».

Buon viaggio. Prima di calare nel tunnel che la portava all'aereo, Florence si voltò indietro. Forse dal fondo della sala sarebbe sbucato Aurelio, una valigia leggera, l'impermeabile sul braccio, trafelato nella sua altezza a farle cenno di aspettare. Ma questo succede solo nei film e Florence sa che i film sono l'approssimazione alla realtà, per come la realtà dovrebbe essere.

Aurelio non arrivò. Non sarebbe arrivato. Florence andò sola verso il suo volo Air France, nell'odore di nafta e aria condizionata. Buon viaggio. Pensò che era una scena per un film, ma non riuscì a capire se buona per i titoli di testa o di coda. Si convinse che la sua vita aveva bisogno di uno sceneggiatore più cinico di lei.

Ventuno

Gialuce guarda dritto, ma sprovvista di sorriso, soltanto uno sguardo distratto, leggermente assente. Eppure così bella, forse proprio per questo. Aurelio la abbraccia da dietro. Sullo sfondo della foto incorniciata, una spiaggia di palme esotiche, da soggiorno in resort, tutto compreso nel prezzo.

«Sri Lanka, prima che nascessero i gemelli», disse Aurelio, scuotendosi. Scarabocchiava su un foglio quadrati e vortici.

«Tangalla?», chiese Placido.

«Esatto. La conosci?».

«Sì».

«Ci sei stato?».

«Quasi».

Aurelio guardò Silvestre, in piedi che fumava:

«Quasi? Che significa? O ci sei stato o non ci sei stato».

Silvestre alzò le spalle, come a dire: «Lascia stare, non ti applicare». E non fu chiaro se rivolto ad Aurelio o a Placido.

«C'è stato un mio amico», sussurrò Polizzi. «C'è nato. Prima o poi vado a trovarlo».

Aurelio sorrise, per la prima volta. Ma lo fece come arrendendosi, facendo mostra di non capire. E in effetti poco capiva. Placido lo aveva trovato al limite dell'intronamento, facile a confondersi, debole nel cedere allo sconforto. Prostrato. Tripodo si guardò le dita macchiate. Disse fra sé:

«Questa Montblanc perde inchiostro».

Placido Polizzi si scostò dalla foto incorniciata, per riavvicinarsi al tavolinetto basso del salottino. Aurelio allargò le braccia, interrogativo:

«Allora? Che te ne pare».

E indicò ancora i cinque fogli aperti sul tavolino, allineati l'uno accanto all'altro.

«Sono lettere anonime», commentò Placido.

«A questo c'eravamo arrivati pure noi», replicò Aurelio, quasi stizzito. Tirò fuori un fazzolettino di carta, provò a togliere l'inchiostro dalle dita.

«Ma non sono tutte della stessa mano», continuò Placido.

«E anche per questo non ci voleva molto».

Senza raccogliere, Polizzi proseguì nel suo ragionamento:

«Vedi: due sono generiche, scritte con il sistema antico delle lettere ritagliate dai giornali».

La prima diceva: «TRIPODO, I DEBITI SI SALDANO». La seconda sembrava il seguito della prima: «ONOREVOLE TRIPODO, CHI MUORE NON PAGA I DEBITI. MA CHI RESTA PAGA, ANCHE CON LA VITA».

«Queste due sono arrivate in successione, a distanza di pochi giorni», precisò Aurelio. «Subito dopo...».

«Dopo cosa?».

«Dopo la morte di papà», bisbigliò Aurelio, guardando altrove. Continuava a pulirsi i polpastrelli, con foga.

Polizzi allontanò dalle prime le altre tre lettere: erano, quest'ultime, fondamentalmente diverse, nella forma e nel contenuto. Scritte al computer, maggiormente articolate. Si dilungavano su alcuni dettagli della vita privata di Aurelio: un riferimento alla moglie, un paragrafo dedicato al padre, definito «vecchio boiardo della politica, che ha cercato di ripulirsi la faccia saltando sulle spalle del figlio». Non contenevano autentiche minacce, se non la promessa vaga di rivelare scandali e retroscena nelle lettere seguenti. Ma l'annuncio non si realizzava. Solo nell'ultima, in ordine d'arrivo, l'anonimo spiegava che le rivelazioni sarebbero state fatte «a qualche ufficio di procura, a qualche magistrato speciosamente zelante».

«Tra le prime due e le ultime, quanto tempo è intercorso?», chiese Placido.

«Ecco, guarda il timbro sulle buste: sono passati due mesi e mezzo», spiegò Aurelio. Silvestre annuiva, come se ormai conoscesse la storia a memoria.

«E in questi due mesi e mezzo chi sapeva delle prime due lettere anonime?».

«Solo io», affermò Aurelio Tripodo. «E Silvestre, naturalmente».

«E tu ne hai parlato con qualcuno, Sibbio?».

Silvestre scosse la testa, senza rispondere, spegnendo la sigaretta nel posacenere.

«Nemmeno con mia moglie ne ho parlato», incalzò Aurelio. «Per non allarmarla».

«E non hai nemmeno fatto denuncia».

«Ma stai scherzando? Lo so come finiscono queste cose: poi dicono che uno se le è mandate da solo, per farsi assegnare la scorta», reagì Tripodo.

«E magari qualche magistrato comincia a fare indagini».

«Appunto, e così da vittima diventi colpevole, indagato, sotto inchiesta. Mascariato e sputtanato».

«Capisco».

Placido Polizzi rigirò le buste tra le mani. Le prime due portavano il timbro di Monserrato. Le altre, invece, avevano timbri postali diversi: Bologna, Lucca, Torino.

«Chi ha mandato le prime», ragionò Placido, «voleva farti sapere da dove arrivavano. Chi ha spedito le altre, invece, ha voluto allontanare da sé ogni sospetto: è probabile che sia qualcuno che conosci, qualcuno di cui ti fidi o che ritieni vicino a te».

«Tu dici?»

«È un'ipotesi. Qualcuno che sa maneggiare un computer, qualcuno che ha una buona cultura. Vedi, usa parole come "boiardo" oppure "mandato parlamentare", e proprio per mimetizzarsi ogni tanto fa finta di sbagliare. Però, in questo modo, svela che è siciliano, perché attinge al bagaglio dialettale. Leggi qui: "Lei è un grande tragediatore". Un siciliano che manda le sue lettere da posti lontani dalla Sicilia, ma sbaglia a far finta di sbagliare perché si tradisce».

«Certo, non ci avevo pensato», annuì Aurelio Tripodo.

«Ma siamo punto a capo. È normale che invidie e nemici stiano in Sicilia», aggiunse Silvestre.

«È vero. Ma i primi vogliono qualcosa da te, dal tuo mestiere di politico. Gli altri, invece, vogliono solo colpirti», chiosò Polizzi, rivolto a Tripodo.

«Perché?».

«Questo lo sai tu, Aurelio».

«Io?», e Tripodo guardò Silvestre.

«Soltanto tu», incalzò Placido.

«Ma io non ho idea».

«E allora rifletttici, e poi ne parliamo», replicò Placido, alzandosi in piedi, per annunciare la conclusione dell'incontro.

«Te lo giuro, Placido, non ho nessun sospetto».

Placido parlò a Silvestre:

«Di te si fida. Aiutalo a ricordare qualcosa».

Prima di abbandonare la stanza, Polizzi fece in tempo a vedere Aurelio Tripodo affranto, incapace di cancellare dalle dita le macchie di inchiostro della stilografica. Il giovane onorevole sembrava molto più vecchio rispetto alla foto scattata a Tangalla.

Ventidue

L'inverno di Roma sa essere crudele. Senza cedimenti, il cielo sopra i Fori Imperiali smorzava ogni luce e colore: compatto, di un grigio umido, sbiadiva su rovine e capitelli, illividiva il Colosseo, rallentava i passi delle colonne di turisti che di tanto in tanto levavano in alto la testa, solo per avere conferma che ancora non piovesse. Invano, piccoli pakistani offrivano ombrelli a sette euro l'uno, anch'essi sperando nelle prime gocce d'acqua.

Gialuce provò ad immaginarsi negli occhi della turista difesa da una cerata gialla che si muoveva piano al bordo dei mercati di Traiano. Da laggiù riusciva a vederla, ferma dietro una finestra che dalla salita del Grillo si affacciava sulle stesse rovine? Forse la turista poteva intuirne il profilo. Gialuce provò a invidiare la donna in giallo: viaggiava probabilmente da sola, poteva muoversi con lento stupore nel traffico convulso, nella lingua rapsodica degli italiani a lei stranieri, soffermandosi a rileggere la sua guida per restituire senso e memoria alle vecchie pietre esposte al cielo plumbeo che le rendeva più morte e inutili.

«Carissima, scusami se ti ho fatto aspettare». Alle sue spalle, la voce risuonò piena d'affetto. Paterna, se si vuole.

Gialuce si allontanò dalla finestra affacciata sui mercati di Traiano, abbandonando la turista in giallo. Andò incontro a monsignor La Tona, provando a inginocchiarsi per baciarne la mano.

«Ma no, ma no. Alzati, lasciati abbracciare», disse il monsignore, fermando la genuflessione di Gialuce che si trovò chiusa nell'abbraccio di raso scuro, nell'aureola di ostia e sagrestia che circondava padre Gaspare La Tona. Repentina memoria di chiesa antica, a Gialuce sembrò di trovare d'incanto il fastidio della sua prima confessione, il silenzio di San Francesco di Paola nell'ora del meriggio, la sensazione di pagina liscia del libretto del catechismo, il profumo d'incenso che pungeva il naso ai funerali di suo padre. E ne ricavò sollievo o piacere: il piacere di piangere.

«Giacoma, ma che succede?». Monsignor La Tona allentò l'abbraccio, per riprenderlo presto in funzione consolatoria. «Bambina mia, quanti pensieri e pene ci sono in questa testolina». E le carezzava i capelli, come un padre, se così si può dire.

«Cosa devo fare? Cosa?», Gialuce smozzicava di pianto la stessa domanda.

«Vieni qui, sediamoci. Parliamo un poco, figliola mia. Aspetta che facciamo portare un tè. Al latte, ricordo bene?».

Gialuce si lasciò condurre. In silenzio attesero l'arrivo del giovane prete che portò teiera e tazze di porcellana bianchissima. Nella stanza il sottile tintinnare dei cucchiaini coprì il brusio sommesso del traffico di via dei Fori Imperiali.

Poi, Gialuce parlò.

Monsignor La Tona ne raccolse annuendo piano i sospetti, le recriminazioni verso Aurelio, le ultime distratte assenze del marito, l'estraneità che egli mostrava verso di lei, verso i suoi figli, verso la vita stessa. Segmenti di parole e discorsi, ripetuti nella sala di tende pesanti e mobili di legno antico, restituivano il profilo di un uomo spaurito e tentato dalla fuga, sovrastato da pesi eccessivi. Monsignor Gaspare La Tona bevve il suo tè fino all'ultimo sorso, ormai tiepido.

«Giacoma mia», e don Gaspare posò la tazza accanto alla teiera. «La vita ti pone davanti a un'altra prova. La più difficile, se mi è concesso. Ma sono sicuro che saprai superarla. Bambina, quando ti conobbi, ormai molti anni fa, anche se io sono vecchio e tu sempre giovane, avevi negli occhi la forza di tuo padre. O meglio, l'energia che tuo padre aveva avuto e che ancora conservava, e conservò in qualche modo fino all'ultimo giorno della sua esistenza».

Gialuce sentì ancora l'incenso del funerale pungerle gli occhi e il naso. Ma ormai era decisa a cacciarlo indietro, ad avere lo sguardo asciutto.

«Un giorno, eri già studentessa, ricordi?, la terza B, classe di ragazze belle e fresche come te, un giorno durante la mia ora di religione pronunciasti una frase che sembrò cattiva, ma non lo era: soffre chi vuole soffrire, soffrono i deboli, i poveri di spirito. Era così, no?».

Gialuce abbassò la testa.

«Parlammo a lungo, anche con le tue compagne, e si discusse sul perché nella nostra vita c'è sofferenza. E tu ripetevi che pur se è vero che a tutti la vita riserva sofferenze, c'è modo e modo di soffrire, perché la sofferenza non può umiliare la nostra dignità umana, non può dare spettacolo. Dicesti così, vero?».

Gialuce acconsentì in silenzio.

«La morte di tuo padre fu sofferenza per te. E ciò che avvenne, prima e dopo, fu ragione di altra sofferenza. Ma ricordo che nel giorno del funerale di papà, tu in prima fila, abbracciata a tua mamma, non versasti lacrime, non chinasti mai la testa, gli occhi sempre puntati sulla bara. Dall'altare, riflettevo su quanto avevi detto, pochi anni prima in classe. E pensavo, invece, a mia madre, alla mia gente, alla gente della mia famiglia – tu sai che vengo da una famiglia umile, mio padre era muratore, mia madre casalinga ed eravamo cinque figli».

Monsignor La Tona si fermò. Provò a versare un po' di tè nella tazza, ricavandone solo uno scolo scuro e denso. Lasciò perdere.

«Ebbene, quando morì mio fratello Guido, tutti piangevano e offrivano spettacolo di sofferenza per se stessi e per gli altri, perché era l'unico modo che conoscevano per gridare il loro dolore. Tranne io, perché pensavo che siamo chiamati a doveri più alti, a più alti sentimenti. Ero un bambino e pregavo il Cristo sulla croce, pensando che perfino lui aveva pianto e invocato il Padre, ma perché la sua sofferenza e la sua morte dovevano redimere tutti gli uomini. Ma noi? Noi chi siamo per urlare il nostro dolore, per renderne partecipi tutti? Il nostro spettacolo di sofferenza non guarisce né redime, ma ci rende solo insicuri e soli. Ed è chiaro che tutti lo siamo, ma alcuni di noi sono chiamati a più alti doveri. Abbiamo scelto di essere così. L'hai scelto tu. L'ho scelto anch'io».

Monsignor La Tona mostrò con il braccio la stanza dove si trovavano, la finestra sui Fori Imperiali, le insegne dell'antico ordine cavalleresco di cui da cinque anni era guida spirituale e morale, nonché presidente del consiglio d'amministrazione di una catena di fondazioni e ospizi di vecchiaia con sedi e filiali in tutto il mondo, in terre fedeli e infedeli.

«Nostro Signore ha voluto per me tutto questo, perché lo servissi e glorificassi il suo nome, con la preghiera e le azioni e le opere. Mi ha chiamato, quando ero ancora un ragazzo nella mia povera casa di Caltavuturo dove sono cresciuto. Se avessi saputo tutto ciò ne avrei avuto sgomento. Terrore. Ma il suo disegno era grande e imperscrutabile e a questi più alti doveri mi ha chiamato, nonostante ne fossi indegno. Ma ho dovuto rendermi degno di Lui, del suo progetto, come la freccia inconsapevole scagliata dall'arco non sa il suo bersaglio, ma ad esso è diretta. La freccia deve solo assolvere il suo ruolo: rimanere dritta, non spezzarsi né infrangersi, non sbandare né piegarsi».

Un leggero calo di tensione elettrica rilasciò un'intermittenza che somigliò a un battito di palpebre, ma il lampadario continuò a splendere nella mattina sempre più fosca.

«Tutto questo lungo discorso, cara Giacoma, vale per me. Ma vale anche per te».

«Ma io che posso fare, monsignore?».

«Chiamami padre Gaspare, come a scuola. Tu devi stare accanto a tuo marito».

«Ma è lui che non è più capace. Non è più capace di essere un marito, di essere un marito leale, intendo».

«Tuo marito è un bravo ragazzo. Ma debole. Non ha scelto la sua vita. Suo padre l'ha scelta per lui».

«Suo padre non c'è più».

«Ma ci sei tu, Giacoma. E gli sarai madre. E padre. Perché hai un dovere nei suoi confronti, nei confronti dei tuoi figli».

«E io? Io non ho doveri verso di me?».

«Certo, il più grande. Il dovere di essere salda. Il dovere di non dare spettacolo, di non offrire al mondo la debolezza di tuo marito. Perché tu, nonostante qui abbia pianto, non sei debole. Sei forte, e i forti decidono per sé e per gli altri. Nostro Signore Gesù era forte, ma, consentimi l'eresia, era più debole del Padre Nostro. Tu sarai il disegno, la luce, non a caso il tuo nome è Giacoma Luce. Sarai il padre, sarai...».

«E Aurelio?».

«Sarà il Cristo in croce». Monsignore si volse al Gesù ligneo crocifisso al muro: «Che Dio mi perdoni».

Aurelio aveva bisogno di un padre. E lo ha avuto, presente e vicino, fino a quando la morte non glielo ha portato via. Gli uomini che hanno un padre si sentono ancora figli, malgrado essi stessi abbiano figli, pure quando non sono più né giovani né vecchi, ma dovrebbero essere solo uomini. Uomini senza aggettivi, s'intende.

Per le donne è diverso. Le donne possono vivere senza un padre. Le donne non trovano padri, ma soltanto amanti o complici, mariti o vittime. Non hanno bisogno della morte di un padre per diventare adulte. Per gli uomini è invece necessario.

Aurelio racchiude in sé fragilità e forza, in un conflitto dove spesso è la parte più debole a prevalere. La sua parte da figlio. Era così quando l'ho conosciuto. Intelligenza tersa, capacità di persuasione, ma al fondo un'incertezza nascosta, come certe timidezze mascherate da spavalderia.

A me non interessavano molto le cose del mondo. Ancor meno le cose di Palermo: è vero, si moriva, si uccideva, si scannava. Ma succedeva solo in tv, magari rivedendo a sera una strada o una piazza conosciute, illuminate dai lampeggianti della polizia. Fu distante perfino l'incidente nel quale restarono uccisi due studenti, e certi pomeriggi si tornava a passare con le amiche dalla fermata di piazza Croci, discutendo di come eravamo state esattamente lì, a pochi metri, e fortunate. Ma erano chiacchiere, senza pena.

C'erano le manifestazioni, i cortei, ma per me era solo una giornata di vacanza, magari per incrociare i ragazzi dell'ultimo anno: sognavamo di esserne innamorate, ma nemmeno sapevano di noi. Non volevo partecipare del mondo e di Palermo, forse perché la città non mi era amica.

Allo stesso modo, mi trovai nella facoltà occupata. Avevo un ragazzo, Placido, che invece sapeva e voleva sapere del mondo e della nostra città nemica. Mi impauriva; avvertivo che aveva scelto di essere dentro le cose con il furore e la coerenza di chi è destinato a soccombere. Finì la nostra storia, peraltro breve, e incontrai Aurelio.

Doveva essere l'inverno tra l'89 e il '90, perché era il mio primo anno di università, lo sentii parlare nella facoltà occupata, mi ricordò il protagonista di un libro appena finito di leggere: Rubè, non ricordo l'autore. Come Rubè, Aurelio aveva una sua oscura bellezza e la capacità logica di disossare il pensiero avversario fino a scarnificarlo. E, nello stesso tempo, aveva in sé un destino ondivago. Rubè moriva in piazza, una bandiera nera in una mano e una rossa nell'altra. Mi lasciai trascinare da Aurelio, fin dove cominciai a guidarlo io.

Per fortuna, Aurelio aveva un padre. Un padre come il suo, s'intende. Gli regalò direzione e tenacia che ad Aurelio mancavano. Non ci fu bisogno di plasmarne il carattere: bastò che suo padre riempisse il vuoto. Come un corpo cavo, Aurelio ospitò l'acciaio di suo padre, vi avvolse attorno il velluto dei suoi pensieri, della sua docilità. Era morbido, fluido, predestinato a non restare mai chiuso e intrappolato, capace di sfuggire e rimanere indenne.

Il vecchio Tripodo non c'è più e Aurelio cerca la sua anima d'acciaio, per avere una rotta. Ma non può trovarla in sé, perché non l'ha mai avuta, perché la sua anima è un sogno sognato da un altro. Forse la cerca in un'altra donna perché non può accettare che possa essere io a fornirgli l'ossatura che gli manca: come può accettarlo dalla madre dei suoi figli, dalla donna che in questi dieci anni ha avuto accanto? Sarebbe come confessare i propri vizi a un estraneo e poi scoprire che è il proprio vicino di casa. Insopportabile.

L'anima d'acciaio io ce l'ho, perché ce l'aveva mio padre. Non l'ho ereditata, l'ho rubata. Perché le uniche virtù dei genitori riusciamo a sottrarle a loro insaputa, quando non si accorgono di noi, quando sono distratti o presi da se stessi, quando dimenticano di essere padri e madri e tornano ad essere semplicemente uomini e donne, come forse erano prima che nascessero i figli.

Non posso permettere che Aurelio mi abbandoni, che lasci me, la nostra casa, la nostra famiglia. Non è possibile che questo accada, perché non potrei sopportare un altro abbandono. Padre Gaspare dice che non piangevo ai funerali di mio padre, ma guardavo la bara a ciglio asciutto. Non sa, padre Gaspare, che fissavo la bara di legno scuro per concentrare meglio tutto il mio odio verso papà. Papà che aveva scelto di andarsene. Papà che aveva deciso la strada più breve e più corta per scivolare via all'arresto, alla confisca dei beni, alla vergogna pubblica, ai titoli dei giornali che ci ferirono nei lunghi mesi del 1992. Papà volò giù da un viadotto dell'autostrada per Catania. Un incidente, dissero tutti. Ma io ero certa che non lo fosse. Ne ero certa perché conoscevo mio padre meglio di mia madre, di mia sorella, di chiunque altro. Perché io ero e sono come lui. Ecco perché lo odiavo. Ecco perché adesso, da morto, non posso far altro che amarlo.

Ventitré

Si fece offrire un altro bicchiere di inzolia dal cameriere. Da qualche parte, arrivava una nenia. Etnofusion mediterranea, diceva il biglietto d'invito. Nel rumore, Placido riuscì a captare le parole: «Palermo tu, tra le rovine del '43 c'è sempre qualche nuovo viceré...». A ridosso del buffet, nelle sale, dovunque, tra la folla si incrociavano saluti, ogni tanto scattava un abbraccio, simulato dalla sorpresa di ritrovarsi insieme nello stesso posto. Anzi, dal compiacimento di ritrovarsi tra i cinquecento invitati all'inaugurazione della mostra.

«Tesori dei mari di Sicilia» era scritto nei cartoncini pieghevoli, ripetuto sui tabelloni stampati. Vecchie anfore ricoperte di conchiglie, vasi greci a pezzi, ancore di navi puniche corrose dal salmastro. Sul soffitto, scivolavano immagini marine, navigazioni puniche, spume e onde, riflessi salini dello stagnone. Dietro una barriera di teste, si intravedeva lo slancio del Satiro danzante. Nella sala accanto un cono di luce illuminava la testa dell'Efebo di Motya. Esplodevano commenti di esagerato stupore: i più erano indifferenti a tutto, tranne al fatto di trovarsi nel luogo dove si celebrava l'evento culturale dell'anno.

Placido pensò che se c'era pure lui, non doveva essere un ricevimento molto esclusivo. Non sapeva che a Roma prevale comunque la promiscuità. Silvestre gli aveva girato un accredito facendolo pesare, ma bastava un'occhiata per rendersi conto che gli inviti erano stati distribuiti a godipopolo. Ogni tanto, si faceva largo tra la folla una signorina ansiosa, con un fascio di cartelline sotto il braccio, seguita da un grappolo di telecamere in cerca di volti noti da intervistare.

Placido Polizzi aveva perso l'abitudine ai luoghi affollati. Provò una vertigine: troppi sguardi addosso, indiscreti. Forse era solo un'impressione, ma dal giorno dell'arresto non reggeva più le guardate insistenti. Preferì rinculare in un angolo. Da lì, individuò un conduttore televisivo, la valletta di un quiz, una faccia famosa di cui gli sfuggiva il nome, l'ex segretario di un partito di sinistra, un consigliere della Rai, il direttore di un giornale di destra, un presidente della Repubblica in pensione. Alcuni facevano finta di non vedersi, altri mostravano cordialità trasversali, «bipartisan» avrebbe letto sui giornali dell'indomani. Sulle teste, si alzò il braccio di Silvestre, facendo mostra di averlo localizzato. Si avvicinò:

«Hai ceduto alla mondanità, come vedo».

«Sempre meglio che cenare in albergo», replicò Polizzi.

«Sta arrivando Aurelio».

«Bene».

«Con sua moglie, non fare alcun cenno alla questione».

«Se è per questo, me ne sto andando».

«No, resta. Ricordati che Gialuce non sa niente».

«Nemmeno io so niente».

«Mi sembra un buon approccio».

«No, è la verità. Non so veramente niente. Ho bisogno di parlare con Aurelio. Da solo».

Silvestre si irrigidì:

«Perché?».

«Devo chiedergli qualcosa».

«Cosa?».

«Allora non capisci, Sibbio. Ho bisogno di parlargli da solo. Senza di te, insomma».

«Ma io so tutto di Aurelio. Sono più di un fratello».

«A volte ci sono cose che non vogliamo far sapere nemmeno ai nostri fratelli. Anzi, soprattutto a loro. Stai tranquillo».

«Non lo so. Non mi sembra una buona idea».

«A me sì».

«Parliamone domani, va bene?», tagliò corto Silvestre. «Ah, ecco Aurelio. Ci vediamo».

Rimasto solo, Placido vide entrare Aurelio accanto a sua moglie. Dieci anni dopo, Gialuce sembrava più alta di allora. Più bella, vestita di scuro, un filo di perle al collo. Perfino da lontano le si intuivano piccole rughe sulle tempie, disegnate dallo sforzo di dominarsi, di controllare le reazioni. Placido immaginò che avesse indossato la sua espressione migliore. Gialuce rispettava il suo pubblico. Scomparve alla vista di Placido, coperta da altre teste, da altre donne in scuro, da altri uomini in giacca grigio antracite.

Ventiquattro

Amelia bussò piano.
«Dormi?», sussurrò.
Nessuna risposta.
Socchiuse la porta. Manuela era al suo tavolo, di spalle.
«Studi ancora?», chiese Amelia.
Manuela reagì di scatto, sorpresa e scoperta. Chiuse di colpo il libro che aveva davanti.
«Perché non bussi prima di entrare?».
«Ho bussato, non mi hai sentito».
«Ti ho sentito, ma voglio stare sola».
Comprensione e fermezza. Amelia restò alla porta: «È tardi. Sei stanca. Vieni di là, guardiamo un po' di tv e poi andiamo a dormire».
Manuela sbuffò, senza rispondere.
Amelia lo interpretò come un nulla osta, il permesso a spingersi più avanti. Lo fece.
«Non ti avvicinare», disse Manuela, restando ferma di spalle.
«Va bene, non ti preoccupare. Lo sai che...».
«No, non so niente. Non so mai niente».
«Cosa non sai?».

«Non so niente. Di niente».

«Non capisco, Manuela».

Amelia avanzò ancora, fino a trovarsi in piedi accanto a sua figlia. Tra le mani, Manuela aveva una foto, girata sul dorso. Amelia le prese il mento tra le mani, la fece voltare verso di sé. Negli occhi di sua figlia c'era voglia di pianto.

«Tu e papà...».

Amelia intuì il pericolo di una discussione difficile. Si pentì di essere entrata nella camera di sua figlia, poi si vergognò di essersi pentita.

«Posso?», chiese, allungando una mano verso la foto rivoltata.

Manuela gliela offrì.

Era una foto di loro tre, Manuela aveva cinque anni. Una foto scattata a San Martino delle Scale in una domenica d'inverno. Avevano giacconi pesanti. Placido teneva Manuela sulle spalle, Amelia lo abbracciava. Guardavano tutti e tre verso l'obiettivo. Avevano pranzato lì, e la foto era stata scattata quando stava calando il crepuscolo, per questo aveva una luce tenue, una nebbia leggera già appartenente al passato.

Amelia osservò la foto. Decise di parlare.

«Te l'ho già detto. Ci siamo lasciati pochi mesi dopo. Non ce la facevo più».

«Perché?».

«Tuo papà allora lavorava tanto, tantissimo. Sempre fuori, sempre in ufficio. Aveva la testa ai latitanti che doveva arrestare. Notti e notti in giro, dietro a quelli là. E io ero sempre sola. Sola con te. Come adesso».

«Non hai avuto pazienza», le rinfacciò Manuela.

«No. Non è così. Ne ho avuto tanta. Troppa».

«Bastava aspettare».

«No, Manuela. Non c'era solo il lavoro. C'era altro».

«Che significa?».

«Significa che tuo padre aveva, come dire, una passione per una donna. Una sua collega. Era una che era passata anche da qui, con lui, tra un turno e l'altro. Ti aveva portato qualche regaluccio. Una volta cenò perfino con noi».

«Quando l'hai saputo?».

«Forse sempre. Lo immaginavo. Ho aspettato. Ho cercato di parlare con tuo padre, ma lui sfuggiva, cambiava discorso. Hai ragione tu, non ho avuto pazienza. Mi ero umiliata troppo, a forza di aspettare». Amelia parlava lenta, a fatica. «Vedi, Manuela, ciascuno di noi ha il suo piedistallo, più o meno alto. E ciascuno di noi è disposto a discenderne un gradino, due, tre, cento. Poi, un giorno, si arriva all'ultimo scalino e allora si deve scegliere: superarlo e rinunciare a se stessi oppure tornare indietro, per salvare quanto si può delle proprie idee, dei propri pensieri, della propria dignità. Io non ce l'ho fatta a scendere ancora. Sono tornata su».

«E l'hai lasciato».

«Sì. Poi quella donna fu trasferita. Tuo padre venne a dirmi che voleva tornare con noi. Ma io ero già scesa troppo, non potevo fare l'ultimo passo senza rinnegarmi. Non l'ho voluto fare, non ho saputo».

«Non me l'avevi mai raccontato».

«Non cambia molto. Forse dovevo avere più pazienza, come dici tu. O forse ora sei grande e puoi capire».

Manuela aprì il libro, in realtà un album di foto e ritagli di giornale. Uno era sull'arresto di Placido Polizzi.

«Però questo cambia», sussurrò Manuela. Era la prima volta che affrontavano l'argomento che era sempre stato aggirato con circospezione.

«Tuo padre forse non è stato un buon marito, ma è un poliziotto bravo. E un uomo onesto. Vedrai, finirà questa storia e verrà fuori la verità».

«Devo avere pazienza, allora?».

«Sì, pazienza».

Manuela parlò con una diversa voglia di pianto: «Posso dormire nel tuo letto stanotte?».

Venticinque

Tailleur scuro, calze nere, tacco alto, la sicurezza delle donne molto giovani. Avrà avuto al massimo ventitré anni. Scuoteva i capelli consapevole di attirare concupiscenze maschili. Schiudeva luce: la sua bellezza bionda disegnava un cerchio di seduzione. Placido covava verso donne così attrazione e dispetto. Sentimenti contraddittori: non potrò averti, ma nemmeno tu potrai avermi.

Prevalse l'attrazione. A passi vaghi, facendosi largo tra le correnti opposte di chi entrava ed usciva – i primi ancora curiosi, gli altri ormai annoiati – Polizzi si avvicinò alla ragazza. Lo spacco della gonna lasciava intravedere una gamba forte, da pallavolista. Lasciava strascichi luminosi su tutti quelli che incontravano i suoi occhi, i suoi denti, la sua risata. Placido ripensò alla Remedios di Gabo Márquez, fatale perché inconsapevole. Ma si può essere fatali anche per eccessiva coscienza. Placido si avvicinò ancora, certo che a una donna così si poteva perdonare tutto, perfino una frase intelligente.

Polizzi stava già affrontando la distanza ultima, quando si ritirò d'impeto. Venivano incontro Gialuce e Aurelio. La ragazza bionda li accolse con stupore gioioso. Abbracciò Gialuce, poi Aurelio. Rimase stretta a lui, senza alcun timore della moglie. L'onorevole Tripodo le sussurrò qualcosa, prima di congedarsi con un buffetto sulla guancia. Come a una figlia. A una sorella. Marito e moglie si addentrarono verso il cuore della mostra, dove ormai tutti aspettavano il ministro che avrebbe portato il suo saluto, senza il quale nessuno sembrava voler abbandonare il proprio traguardo.

Placido ricordò che Aurelio aveva una sorella. Ma era una bambina. Riprendendo la sua manovra di avvicinamento, ebbe il tempo di rendersi conto che le bambine crescono, come le sorelle. La ragazza adesso prestava ascolto a un uomo senza capelli, dal cranio leggermente sudato: gli collocò un catalogo sotto il braccio, prima di sospingerlo cortesemente verso un punto indefinito, al fondo della fuga di saloni. Placido Polizzi riuscì a leggere il cartellino attaccato al bavero del tailleur: Federica T. – Ufficio stampa.

«Potrei avere anch'io un catalogo?», chiese Placido, senza mostrare soverchio interesse.

«Prego, per quale testata?», e il sorriso di Federica adesso ricadde su Placido.

«Sikania... una rivista siciliana... si occupa...»

«La conosco. Sono siciliana».

«Ah. Di dove?».

«Monserrato. E lei?».

«Palermo».

«Mi piace Palermo, in realtà la conosco poco».

«Piace solo a chi la conosce poco».

«Sempre a parlar male della Sicilia», disse, scuotendo la testa.

«Non è mai abbastanza».

«A me la Sicilia manca, da anni vivo a Roma».

«Fattela mancare ancora. È l'unico modo di amarla. Da lontano».

Federica si chinò sul tavolo carico di cataloghi. Una vela bionda le coprì il volto; riportò i capelli indietro, scoprendo l'orecchio piccolo, esaltato da un brillantino.

«Mi potrebbe dare i suoi dati... sa... per la nostra rassegna stampa».

«Placido Polizzi... ma diamoci del tu... tra colleghi».

«Magari. Sono appena laureata in scienza della comunicazione», poi si accostò a Placido, con un bisbiglio che sembrava un bacio. «Questo è il mio primo lavoro. Non dirlo a nessuno».

«Lo giuro», esagerò Placido, con aria solenne. «A Monserrato conosco una persona. Aurelio Tripodo».

«È mio fratello», esclamò Federica, con il compiacimento di chi ritrova un familiare scomparso da tempo. «Anche lui è qui».

«Infatti, l'ho visto. Ma posso chiederti un piccolo favore?».

«Prego».

«Ho sollecitato un'intervista a tuo fratello, ormai da tempo. Ma il suo segretario mi rimanda sempre alle calende... Non è che gli daresti un mio messaggio, ma senza cadere nelle grinfie del suo segretario».

Federica strinse gli occhi, con aria circospetta:

«Missione segreta?».

«Segretissima», le fece eco Placido.

«E io che ci guadagno?».

«Il mio numero di cellulare e la mia gratitudine incondizionata».

«Non è granché, ma ci posso stare».

Placido Polizzi scarabocchiò un biglietto: «Onorevole Tripodo. Vorrei intervistarla per un faccia a faccia a tutto campo. Mi chiami. P. Polizzi». A grandi caratteri, vergò il suo numero di telefonino. Consegnò il messaggio a Federica, strizzandole l'occhio:

«Mi raccomando, acqua in bocca e nessun testimone».

«Agli ordini, capo, sarò all'altezza del mio compito», rispose Federica in tono marziale, rispettando la facezia. E conservò in tasca il biglietto.

Placido Polizzi accennò un saluto militare, da ufficiale e gentiluomo, prima di andar via. Ma Federica lo trattenne per la manica della giacca:

«E il catalogo non lo prendi?».

«No. La cosa più bella di questa mostra l'ho appena vista».

E Placido si allontanò, orgoglioso della frase: gli era venuta proprio bene.

Ventisei

Qualcuno parlava in italiano, la lingua che da suo nonno, attraverso suo padre, risuonava anche in lei. Ma non capiva. Non riusciva a capire. Una voce da vecchio. O forse no. La voce era impastata.

Teneva le braccia tese per sbrogliare il groviglio di parole che a intermittenza si ammutoliva in un rantolo. Ma trovava solo buio. Procedeva a tentoni, cieca. La voce, ormai un lamento, proveniva da un luogo indefinito davanti a lei, forse a destra, più in alto. Si voltò, richiamata dal suo nome pronunciato a tono alto e vibrante: «Florence». Non c'era nessuno. Solo una finestra aperta. Dove si trovava lei il buio era spesso, ma la finestra inquadrava un cielo terso, implacabile, compatto.

Fu il cielo ad attirarla. E sotto il cielo il mare. C'era luce, eppure Florence sapeva che era un mare notturno. Florence scrutò le onde, non grandi, non forti, ma continue e incessanti. Un punto, un corpo, una testa emergeva dal mare. E Florence sentì ancora le parole in italiano che non capiva, quasi una lingua sconosciuta, indecifrabile. Il punto tra le onde si avvicinò. Veloce. Troppo veloce. Florence avvertì le gambe di piombo. Aurelio annaspava in mare. Gridava ma l'acqua gli riempiva la bocca. Urlava suoni muti, appelli soffocati.

Immaginò o sognò di trovarsi su una barca. Immaginò o sognò di sporgersi: tendeva le mani in avanti, ma Aurelio veniva ricacciato indietro, risucchiato dalle onde, sommerso dalla spuma. Non gridava più adesso, chiedeva aiuto con occhi spalancati e stupiti. Gambe di piombo. Florence non aveva voce. Non riusciva a gridare. Aurelio muoveva la bocca, ma Florence non comprendeva le parole. Era sicura che se le avesse intuite, Aurelio si sarebbe salvato.

Aurelio parlava una lingua monca. I movimenti furono poi chiari a Florence, sia pure senza suoni, perché il mare era muto. «Muoio», diceva Aurelio. «Muoio».

Florence si svegliò.

Annaspò nel letto, prima di accorgersi di aver sognato.

Pioveva. Un'auto circumnavigò la fontana della piazza, segnando la sua traiettoria con le tracce bagnate delle ruote.

Florence si alzò. Era sudata. Appoggiò la fronte al vetro gelido della finestra. La luce rossa del neon di fronte ripeteva sempre le stesse parole: Le requin chagrin. Un uomo con un impermeabile chiaro svoltò all'angolo di rue Mouffetard, tenendosi rasente al muro. Place de la Contrescarpe era quasi ferma, solo il getto della fontana sfidava la pioggia invisibile. Florence chiuse gli occhi, ritrovò il volto di Aurelio boccheggiante tra le onde. Riaprì gli occhi. Il neon rosso si spense, con un ultimo guizzo.

Florence tornò verso il letto. Sistemò il mare smosso di lenzuola e coperte. Provò a dormire, ma il grido muto di Aurelio non riusciva a scacciarlo via. D'improvviso capì che non avrebbe mai potuto aiutarlo.

Ci sono parole Aurelio mio che nascono antiche quando vengono scritte perché già da troppo tempo vivono e premono dentro di noi e sono parole che appartengono ad ogni storia d'amore anche se sono di abbandono e di separazione perché quando la passione e il trasporto sono più forti le teniamo in serbo come un esorcismo o una vaccinazione infantile o il segno dell'antivaiolosa sul braccio che potrebbe servirci il giorno in cui l'epidemia tornasse a spargere i suoi bacilli.

Vedi? dico Aurelio mio eppure lo faccio mentre mi preparo a dirti che mio non sei e non sarai e non potrai essere mai ma appunto per questo «mio» nella lontananza nel riverbero nella pena e nella consapevolezza che resterai mio e con me per sempre.

Ti ho detto tante volte che sei l'uomo della mia vita e lo dicevo a spaventarti perché ricordo il tuo leggero recedere a proteggerti mentre ti sussurravo sei l'uomo della mia vita e perfino adesso nel decretare la fine di questa nostra storia perfino nel momento in cui cerco termini miti per addolcire le colpe – tue certo non di altri non mie – perfino nell'ora più triste si dice così no? perfino ora so che sei l'uomo della mia vita.

È strano che i momenti finali ci rimandino sempre a quelli iniziali forse non a cercare consolazione ma a individuare indizi che confermino i nostri pessimismi d'esordio quando nella luce dell'incanto si cercava di scoprire la fessura nascosta o il difetto latente o la ragione riposta che avrebbe segnato l'epilogo.

Tuttavia il ricordo del nostro incontro è la compagnia più dolente che sappia trovare in questi giorni e in queste ore al punto che non riesco a distaccarmene anzi mi sembra dolcemente doveroso rivedere ogni immagine e trattenere ogni gesto e conservare ogni parola proprio per trovare in essi la forza di dirti addio ancora una volta e definitivamente addio ma questa volta sapendo che è veramente per sempre.

Noi che viaggiamo spesso e in alto dove gli uomini non dovrebbero volare tendiamo a renderci uguali e anonimi probabilmente sperando che il capriccio dei venti e delle correnti non si accorga di noi e per questo abbiamo gli stessi vestiti gli stessi cappotti le stesse valigie come quelle nostre due borse nere scambiate sul nastro dell'aeroporto di Bruxelles quando io presi la tua e tu la mia per accorgercene solo a destinazione ormai giunti per strade e ragioni diverse nello stesso albergo di Strasburgo.

Non fu difficile restituirci i bagagli una volta che le targhette svelarono le nostre distrazioni ma fu invece più complicato riappropriarci interamente di noi stessi perché ciascuno aveva lasciato dentro il proprio bagaglio quella parte di sé di cui l'altro aveva bisogno o forse questa è solo una spiegazione eccessivamente elegiaca di un incontro casuale che ebbe modo di crescere nel freddo e nella neve di due notti svuotate dalla noia placida della piazza centrale di Strasburgo.

Ricorderai la prima notte piena del nostro amore di parole e la seconda di parole d'amore.

La pienezza di quelle due notti e la densità delle nostre parole altre volte le ho ritrovate in questi tre anni qui a Parigi o in Italia con te ma forse mai ho sentito come le parole ti riuscissero stentate e insufficienti tu che pure ci vivi dentro quando insieme sfiorammo da clandestini la notte di Monserrato e tu mi indicasti da lontano la tua casa e le tue strade.

Adesso hai paura perché dici che ti vogliono mandare laggiù e tu pensi di morirvi e sostieni che io ti debba aiutare ma ignori i miei inviti e scarti le mie indicazioni e ti sottrai all'unica via d'uscita che ti offro non per amore ma per egoismo per averti vicino per ripeterti che se è vero che sei l'uomo della mia vita vorrei questa vita o parte di essa accanto a te.

Ma non vuoi e dici che non puoi e allora nemmeno io posso pensarmi tua se ti allontani ancora di più e non voglio aspettare la tua morte o più probabilmente la morte del nostro amore perché vale per me la favola del soldato Ierocle che getta la borraccia prima di avventurarsi nel deserto se la sete deve bruciarmi che già mi bruci e se devo entrare nella solitudine sono già sola.

Sono già sola e non voglio esserlo di più sapendo che tu non sei abbastanza vicino a me.

Sono già sola eppure ti terrò sempre con me.

Guarda com'è strano l'amore quando sta per finire.

Ventisette

Gli elefanti si strofinavano l'uno contro l'altro. Una giraffa scartò allarmata: poi riprese a brucare le foglie estreme. Da dietro gli alberi lo strepito delle scimmie, incessante. Un pavone lanciava il suo grido, da qualche parte. Placido Polizzi superò la pigrizia degli ippopotami, si lasciò alle spalle l'idiozia pelosa del bue muschiato, ignorò la fissità del lama. Studiò la mappa, girò a destra, si ritrovò davanti ai felini.

Il leone, la tigre, la lince, il puma. Ma la pantera non c'era. La gabbia era vuota. Placido Polizzi restò deluso. Non metteva più piede in uno zoo da trent'anni: l'ultima volta c'era stato con suo padre. Non c'era lo zoo a Palermo, solo in certe notti ruggiva per l'artrosi Ciccio, nella sua gabbia piena di solitudine e umidità. Un giorno pure il leone di Villa Giulia decise di morire.

Suo padre l'aveva portato allo zoo di Roma, quando ancora si chiamava così. Placido osservò i nuovi cartelli: bioparco. Bah. Forse la caligine del ricordo sovrapponeva emozioni diverse, ma Placido era sicuro che da bambino davanti alla pantera nera aveva provato un brivido: il pelo lucido dell'animale, la sua indolenza, lo sbadiglio che spalancava il rosso della gola e il bianco dei denti erano stati l'acme della meraviglia. O forse no. Forse la pantera era arrivata dopo, nella stagione in cui era diventata simbolo e speranza: una pantera si aggirava per la campagna romana, una pantera nera che nessuno riusciva a catturare, che tutti intravedevano. A nulla servivano le battute, le ricerche, i battaglioni di forestali e carabinieri sguinzagliati tra la periferia e i campi, dove la città non è più se stessa ma solo case e strade che non portano a niente.

La pantera restò libera, incarnando il primo sussulto di ribellione – o forse l'ultimo – di una nidiata che non aveva più muri da difendere o da abbattere né mattoni per costruire il proprio monumento, come avevano fatto i fratelli maggiori.

Placido Polizzi cercò meglio nella gabbia, ma la pantera forse era nascosta dove la tana si faceva più buia. Magari era scappata di nuovo, ancora vagava per le campagne, libera oppure morta di vecchiaia e di tristezza. Polizzi si pensò vecchio e triste. Invidiò la pantera che non si era fatta catturare. Ecco perché la gabbia era vuota. Dentro invece erano finiti Placido e Silvestre e Aurelio e Gialuce e tutti gli altri che avevano pensato di dare un simbolo ai loro vent'anni senza farli diventare la supponenza del '68, la malagrazia del '77. Numeri del secolo vecchio, per Placido e i suoi coetanei solo anni di nascita o della prima comunione: mementi privati. Ma la pantera no, non l'inverno tra il 1989 e il 1990 coinciso con i loro vent'anni, l'età che nessuno può barattare; l'ultima stagione in cui si poteva ancora fingere di credere e credere di amare. Da lì a poco, nell'estate dell'anno successivo i ventenni di Palermo si svegliarono all'eco del tritolo di Capaci e di via D'Amelio. Qualcuno, come Placido, equivocando, sbagliò a sognare altre pantere con i colori biancoazzurri della polizia.

Squillò il telefonino, era Aurelio:

«Sono ancora a casa. Esco tra poco. Dove sei?».

«Allo zoo».

«Lo zoo?».

«Il bioparco, chiamalo come vuoi. Entra e vai a sinistra, di fronte alla biglietteria c'è un bar: ci vediamo lì».

Il suono delle mascelle aperte nello sbadiglio gli fece alzare la testa in alto. La pantera era lassù, distesa su un ramo dell'albero. Prima non l'aveva vista. «Nemmeno tu ce l'hai fatta a restare fuori», disse ad alta voce Placido. Non c'era nessuno che potesse ascoltarli. Il felino affilò gli occhi gialli alla luce del giorno. Poi, stirò la schiena, indifferente.

Ventotto

Leopoldo annusò le ruote di una Passat, ma non riscontrò nulla di interessante. Per scrupolo vi lasciò uno schizzo solo perché così diceva il suo istinto. Attratto da una lucertola sul muretto di mattoni, non fu abbastanza veloce da riuscire a catturarla. Gironzolò sul marciapiede, puntando prede immaginarie.

Tito Penna ripulì con il giornale la panchina. Si mise comodo, da lì teneva Leopoldo a tiro di fischio. Come d'uso, aprì il «Messaggero» partendo dalle ultime pagine, antico vizio di chi lavora al cinema e in tv. Passò veloce sui flani dei film, soffermandosi sulla pubblicità dell'ultimo James Bond: forse sarebbe andato a vederlo. Ma sapeva di mentire a se stesso, ché non metteva piede in un cinema da dodici anni.

Leopoldo abbaiò, ma Tito Penna rimase indifferente; conosceva il suo cane. Da quando i figli erano cresciuti e andati via da casa – uno a Boston, l'altro a Lucerna – Leopoldo era l'unica creatura vivente che era riuscita a restargli accanto per più di sette anni consecutivi. Nemmeno sua moglie era arrivata a tanto, preferendo scappare in Kenya con un regista di documentari sugli animali dopo sei anni di matrimonio, fregandosene dei loro bambini che aveva abbandonato a Roma con Tito.

Leopoldo scavava nell'erba dell'aiuola.

Alla pagina «Giorno & Notte» con le cronache frivole di feste e ricevimenti, la più compulsata del quotidiano, Tito Penna notò la foto di Sante Fortis. Non ci voleva proprio. Fortis brindava con Nicole Kidman, a Roma per promuovere il suo ultimo film. Per farsi del male lesse l'articolo: Fortis, grande produttore, re del botteghino, nuovi progetti, contratto miliardario, Rai, Mediaset, George Clooney, viaggio a Los Angeles, Oscar, David, Nastro d'Argento. Ladro. Pusillanime. Traditore. Ma questi tre aggettivi non erano nell'articolo, restarono sulle labbra di Tito Penna.

Leopoldo scattò avanti, tornò indietro e deluso venne a guaire tra le gambe di Tito.

Sante Fortis era un pezzente quando Tito Penna lo aveva raccolto dalla strada. Lo aveva accolto a casa. Gli aveva dato un lavoro. Gli aveva insegnato un mestiere. Gli aveva spiegato perfino come vestirsi e comportarsi perché era più rozzo di uno spaccapietre. E come era stato ripagato? Fortis gli aveva rubato il suo progetto migliore. Letteralmente: aveva preso un soggetto dalla scrivania di Tito ed era andato a venderlo a un altro. Risultato: successo del film, rovina finanziaria di Tito Penna.

Leopoldo trafficava davanti al cancello verde di una villetta elegante, saltando per afferrare qualcosa.

Ecco chi è Sante Fortis, un mascalzone. Altro che Nicole Kidman, anzi qualcuno dovrebbe avvisarla di stare alla larga. Però Tito Penna aveva pagato tutti i suoi debiti: venduti la villa sull'Appia, il cavallo, il pony, i quadri di Schifano e De Chirico, la Jaguar, il cabinato di sedici metri ormeggiato a Cala Galera. Tutto in vendita. Ma non c'era nessuno che poteva lamentarsi di non essere stato pagato da Tito Penna.

Leopoldo, stupidissimo cane, si è infilato sotto il cancello e spunta solo la coda.

A Fortis non sembrò sufficiente. Fece una soffiata alla guardia di finanza contro Tito Penna per quattro fatture false, cose che nel cinema fanno tutti per pareggiare i conti. Peccati veniali. Ma la finanza ci imbastì sopra un'operazione esemplare che, poco poco, mandava Penna in galera, e forse sarebbe stato meglio perché gli era toccata una multa di centocinquanta milioni di lire dell'epoca. Poi dice che uno non mette più piede in un cinema da dodici anni, ma se Tito Penna vedeva un film gli veniva il mal di mare.

Leopoldo uggiolava. Ignorò il richiamo del padrone. Tito Penna ripiegò brusco il «Messaggero», lasciò la panchina e decise di farsi valere:

«Leopoldo, qui!».

Il cane non obbedì.

Tito Penna arrivò fino al cancello verde. Il cane ormai ringhiava. Tito Penna lo colpì con il giornale arrotolato alla pagina con la foto di Sante Fortis. Leopoldo rinculò guaiolando.

«Che cosa c'è?», chiese Tito Penna al cane, abbassandosi. Ma non vide nulla. Fantasie canine.

Decise di tornare a casa. Mentre riagganciava il guinzaglio a Leopoldo, si accorse della busta gialla sotto il cancello. La raccolse, accompagnato da un latrato di Leopoldo. Non gli piaceva quella busta e infatti l'aveva aperta a morsi. Tito Penna si ritrovò in mano il contenuto: alcuni fogli di carta tenuti da una graffetta.

Il frontespizio era a grandi caratteri, stampati al computer. Sembrava un messaggio di minaccia. «PENSA AI TUOI FIGLI. PENSA A TANCREDI E DIAMANTE».

Tito Penna scartabellò tra i fogli di accompagnamento. Fotocopie di pagine scritte a mano. Era una grafia un po' confusa. Decifrò alcune frasi: «... la politica ha un costo e un prezzo; non serve scandalizzarsi o impaurirsi, semmai occorre affrancarsi...». Poco più avanti: «... figlio mio, mi addolora svelarti fatiche e obblighi che avrei preferito assolvere io, come ho sempre fatto, lasciandoti fuori da tutto, ma se mi stai leggendo allora vuol dire che non ho più modo di parlartene viso a viso...». Tito Penna andò alla fine: «Prega per me, Aurelio, e perdonami».

Inquieto, Tito Penna sfogliò le altre fotocopie. Parevano scritte da un ragioniere: colonne di nomi e accanto cifre. Provò a leggere: «Impresa Ing. De Vito di San Cipirello: appalto strada provinciale Ravanusa, 2 per cento di un milione 750 mila euro. Ospedale San Michele: ristrutturazione ala est, interessamento per ditta Rag. Falsetto, da concordare. Dott. Gnoffo di Bagheria, amico di Abbate (M) Porto Empedocle deve avere nulla osta da Asl per convenzione. Non trascurare. Pericolo».

Tito Penna sudava. Ficcò i fogli dentro la busta. Lesse l'intestazione: on. Tripodo. Lasciò tutto tra le sbarre del cancello verde. Ci mancava questa, ci mancava. Per molto meno il tenente colonnello della guardia di finanza lo voleva arrestare. Tito Penna gettò perfino il «Messaggero» in un cestino, aperto sulla pagina con la foto di Sante Fortis: andava di corsa strattonando Leopoldo che perdeva tempo a tutti gli alberi.

Ventinove

Aurelio Tripodo nemmeno chiese come mai Placido gli avesse dato appuntamento allo zoo. Ma Polizzi intuì subito che non era il caso di parlare di pantere, libere o in gabbia che fossero. Aurelio aveva occhi cerchiati di stanchezza e tratti stravolti.

Mostrò una lettera, scritta al computer:

«PENSA AI TUOI FIGLI. PENSA A TANCREDI E DIAMANTE».

«Conoscono il nome», disse Aurelio.

«Dove l'hai trovata?», chiese Placido.

«Tra le sbarre del cancello di casa mia, l'ho notata uscendo poco fa».

«Non c'era altro?».

«E cosa doveva esserci d'altro? Non ti basta?».

«Adesso...».

«Adesso cosa? Sanno dove abito, qual è la mia auto, come si chiamano i miei figli. Possono fare male a qualcuno».

«Devi avvisare la polizia. Non puoi fare altro».

«No, è impossibile».

«Perché?».

«Te l'ho spiegato. Deve esserci un altro modo».

«Forse puoi mollare tutto», sdrammatizzò Placido. Un barrito fece schiamazzare le scimmie.

«Mollare mia moglie? I miei figli? Mollare per andare dove? Dimmelo tu, Placido, tu che ci sei riuscito a mollare tutto prima che tutto ti cadesse addosso. O forse no? Forse anche a te le cose sono precipitate sulle spalle: l'arresto, il processo, la separazione, i guai, i soldi e i conti da pagare. Non posso mollare perché soltanto questo tesserino della Camera dei Deputati, questi quattro amici e cani di partito che mi girano attorno sono la mia salvezza. Pure se mi hanno già fottuto una volta e adesso si preparano a farlo ancora. Lo capisci, vero, Placido?».

«Era una battuta...».

«Tu pensi che io sia contento di me, vero? Del mio cappotto», e Aurelio si tirava il bavero, quasi a strapparlo, «del mio ufficio, della mia segreteria, di quel disgraziato di Majorca. E invece questa è l'unica possibilità che mi è data. Da privilegiato, certo. Da uomo potente. Ecco, questa è la parola che vi piace dire: uomo di potere. Invece lo sai cosa siamo, Placido, ominicchi che sperano di essere adeguati. Perché questo potere, queste macchine blu, queste ambizioni, questi posti di ministro e sottosegretario, questi consigli di amministrazione, sono come scafandri troppo larghi. Ci ficchiamo lo scafandro addosso, scendiamo giù sotto i mari, sapendo che dobbiamo stare dentro questa prigione impermeabile per respirare, per reggere la pressione, per non rimanere schiacciati dal peso del mare. Ecco perché nessuno se ne libera, semmai qualcuno viene espulso, cacciato via, rigettato a riva. Nessuno può tirare fuori la testa da questo mare, ma tutti vi si vogliono immergere».

Aurelio aveva alzato la voce. Alcuni bambini con i cappellini rossi, alunni di una scuola materna, in fila per due, ridevano nella loro direzione, in attesa che la maestra consegnasse a ciascuno il biglietto d'ingresso.

«Simone, torna nella fila!», gridò l'insegnante a uno dei bambini attratto da un pavone a passeggio.

«Dobbiamo stare in fila», commentò Aurelio, distratto dalla sua fissazione. «Al nostro posto. Anche quando vorremmo stare altrove».

Placido, senza sapere bene perché, posò una mano sul braccio di Aurelio. Si ricordò che erano stati amici, molto tempo prima, quando si poteva essere leali pure se la tua ragazza sceglieva l'altro.

«Cosa si può fare?», chiese Aurelio. «Aiutami tu, Placido».

«Ma il potere, per chi del potere ha cura, non si può in alcun modo trasgredire».

«Parli come un poeta greco», commentò Tripodo.

«Hai dimenticato. Antigone».

«È vero. Eschilo».

«No, Sofocle. Il vecchio Sofocle».

«Già, Sofocle. Trasgredire. Ma ci vorrebbe più coraggio o forse meno. Bisognerebbe credere a un Olimpo di dei implacabili».

«Aurelio, per aiutarti...».

«Lo so, devo aiutarti io. Ma io non so, Placido. Non so più chi temere».

«Pomeriggio parto, torno a Palermo. Le minacce arrivano dalla Sicilia», disse Placido, fingendo di andare a colpo sicuro, ma non sapeva da dove cominciare.

Aurelio rimirava un punto fisso oltre gli alberi.

«In Sicilia… vogliono rispedirmi in Sicilia, a Monserrato. Vogliono buttarmi lì per farmi morire. Vogliono incastrarmi».

«E allora scappa, tirati fuori», disse Placido. Poi, quasi sussurrando: «C'è qualcuno che ti vuole bene, no?».

«Florence, dici? Non vuole aspettarmi più, mi ha detto addio. Con una mail, capisci? Eppure potrei andarmene a Parigi, restare ore nei bistrot di Montmartre, vivere soltanto dentro la mia giacca e nelle mie tasche, aspettando lei. Ma mi manca il coraggio per raggiungere una donna che amo, mi manca la vigliaccheria per lasciare mia moglie, i miei figli. E non ho più tempo, non ho più molto tempo».

«La pantera è in gabbia», disse a sproposito Placido.

«La pantera…», commentò amaro Aurelio. «L'hanno presa la pantera, vero? Prendono tutti, prima o poi».

Da lontano sembrò arrivare l'eco di un ruggito. O forse uno sbadiglio di noia felina.

Trenta

Tirò fuori dalla tasca il tesserino, lo pinzò al bavero della giacca. I commessi dentro il gabbiotto gli offrirono un'occhiata distratta. Salutò due giornalisti dell'Ansa, lanciò un bacio a una cronista parlamentare della Rai. Attraversò la sala stampa di Montecitorio a passo lesto, ma non abbastanza da sfuggire a Sandro Cardona, corrispondente saltuario per «La Sicilia» di Catania.

«Majorca! A te cercavo».

«E mi hai trovato», rispose Sibbio.

Cardona lo prese sottobraccio: «Come sta il tuo onorevole?».

«Bene. A proposito, hai ricevuto il comunicato sull'aeroporto di Enna?».

«Come no. Già archiviato. Ci ho scritto una notizia. Il giornale mi ha detto che esce domani. Un bel casino: secondo me non lo faranno mai».

«Ce ne faremo una ragione», replicò Sibbio, cercando di divincolarsi.

«Aspetta. Che mi dici di questa storia della candidatura?».

«Quale candidatura?».

«Majorca, cosa leggi qui?», e Cardona si indicò la fronte.

«Niente, vedo solo un paio di corna».

«Cornuto sì, ma non ci ho scritto mica cretino».

«In effetti non c'è scritto».

«Appunto. Il tuo onorevole Tripodo si candida a sindaco di Monserrato e tu pensi che questa non è una notizia? Non hai fatto il giornalista anche tu?».

«Sì, ma ai tempi miei le notizie erano una cosa seria».

«Adesso invece le notizie sono minchiate. E, quindi, se la candidatura è una minchiata vuol dire che è una notizia».

«Inutile chiederti chi ti ha raccontato questa minchiata».

«Majorca! Lo sai meglio di me che la fonte è sacra e inviolabile».

«E allora fidati della tua fonte. Io non commento».

«Bene. Allora vuol dire che confermi. Io la scrivo sul giornale di domani, se il tuo onorevole ci ripensa e vuole dichiarare qualcosa sai dove trovarmi».

«Certo», tranciò Majorca, allontanandosi, «in galera».

«Vaffanculo».

«Sempre dopo di te, Cardona».

Trentuno

Il conducente di Venezia 9 gridò, facendosi avanti tra i taxi parcheggiati alla come-viene-viene: «Placido! Placido!».

Abbagliato dal riflesso del mare, appena fuori dalla sala arrivi dell'aeroporto, Polizzi faticò, ma solo dopo avere indossato gli occhiali scuri riconobbe Franco.

«Placido. Sei arrivato con il Roma o con il Milano?».

«Arrivo da Roma».

«Quello delle 15? Portò un poco di ritardo, vero?».

«Quaranta minuti».

«Placido, buono ti trovo», esclamò Franco, squadrandoselo dalla testa ai piedi.

«Come i vecchietti».

«Ma che dici?! Io sono vecchio. Ho sei anni più di te, tu sei del '69, no?».

«No, del '68».

«Vabbè, quattro, tre, sempre tanti sono». Franco sembrò accorgersi soltanto allora della borsa al piede di Polizzi: riuscì a prenderla ignorando il tentativo di Placido di fermarlo.

«Devi andare in Palermo? Aspetti qualcuno? Vieni, ti ci porto io».

«Lascia perdere, Franco, prendo l'autobus».

«Ma che fa scherzi?».

«Ma tu devi lavorare».

«Non ti preoccupare, Placido, ti ci porto gratis», diceva, avviandosi verso la sua Multipla. «Tanto per oggi ho finito, malura c'è: a Palermo non vuole venire nessuno, tornano solo quattro emigrati che non vogliono spendere due soldi».

Aveva già infilato la borsa sul sedile posteriore. Placido salì davanti, accanto al posto di guida. Franco mise in moto, fece manovra, salutò i suoi colleghi, urlando dal finestrino:

«Picciotti, sapete che vi dico? Cornuti!!».

Si allontanò nel coro di insulti degli altri tassisti.

Imboccata l'autostrada prese il pacchetto di sigarette, ne offrì a Placido, se ne accese una per sé.

«Ti ricordi, Placido, il campetto al Papireto?».

«Altri tempi», mormorò Polizzi, quasi tra sé.

«Un bel sinistro avevi. Non giochi più?».

«E chi ce l'ha il tempo, Franco...».

«Già. Il lavoro, i figli. Tu ne hai uno, no?».

«Una figlia, di quattordici anni».

«E... per il lavoro?».

«Insomma...».

«Le cose che hanno scritto i giornali... Placido, ascolta un amico che ti conosce da quando eri ragazzino: tutte infamità sono. Tu sei un galantuomo, non ci posso credere».

«Grazie Franco».

«Grazie di che, Placido? Mi dici grazie: e che ci conosciamo da ieri? Grazie lo devi dire ai tuoi colleghi, gli sbirri e cornuti che ti hanno buttato tutto quel fango addosso. E pure i giudici...».

«Lascia perdere, Franco».

«Sì, meglio che lascio perdere che poi mi viene l'ulcera».

Gettarono le sigarette dai finestrini, ascoltando soltanto il rombo del motore. Sfilarono davanti agli obelischi della strage di Capaci. Si lasciarono dietro la solitudine di Isola delle Femmine.

Placido frenò il desiderio di mangiarsi le unghie, stava tentando di troncare il vizio.

Allo svincolo di via Belgio, il cartello stradale verde che indicava le direzioni (Agrigento, Sciacca, Messina, Palermo centro) illuminò Placido.

«Franco, ma tua moglie non è di Monserrato?».

«Come no, pure quel disgraziato di mio cognato. Lo sai che adesso ha venduto la casa di mio suocero e non vuole dare manco una lira a mia moglie?».

Franco detestava suo cognato prima ancora di conoscerlo. Franco, in realtà, mal sopportava tutti i suoi cognati, e tra sorelle e fratelli della moglie ne aveva più di sette. Di uno solo parlava bene: «È mio cognato, ma è un bravo cristiano».

«Allora mi fai un piacere? Fammi sapere qualcosa di Tripodo, Aurelio Tripodo».

«L'onorevole?».

«Sì».

«Ma che vuoi sapere?».

«Quello che riesci a sapere: amicizie, parentele, affari».

«Il padre dell'onorevole sì che era un cornuto».
«Cornuto come?».
«Uno che sapeva campare. A 'sto disgraziato di mio cognato l'ha sistemato lui alle poste. Chiamata diretta, mi capisci?! Senza concorso. Il vecchio Tripodo era un vero cornutazzo».
«E il figlio?».
«È un orfano».

Trentadue

Fortunato Vella non sapeva se dallo scalone di Palazzo dei Normanni fosse mai disceso Ruggero d'Altavilla o Federico di Svevia. Non lo sapeva né gli interessava saperlo. Forse Fortunato Vella nemmeno sapeva chi fossero Ruggero d'Altavilla e Federico di Svevia, intuiva soltanto che erano morti da sufficiente tempo da non rappresentare alcuna minaccia. Divideva il mondo tra coloro che servono e tutti gli altri, considerati addirittura dannosi: magna parte dell'umanità, in poche parole, era per Vella inservibile o dannosa.

Per questo non voleva nemmeno superficialmente sapere se qualcuno prima di lui avesse mai abitato il palazzo reale, fossero pure imperatori o viceré. L'unico fatto certo era che, grazie a trentaduemila voti di preferenza, da tre anni Fortunato Vella discendeva – perché in salita faceva uso dell'ascensore che lo lasciava al piano dei gruppi parlamentari o nell'anticamera di Sala d'Ercole – da tre anni discendeva lo scalone del palazzo ignorando chi lo avesse fatto prima, ma cogliendo perfettamente l'essenza regale e il prestigio che promanavano dal privilegio di poterne calpestare i gradini.

«Carissimo onorevole». Il saluto del suo collega Saro Miranti, eletto dalle parti di Siracusa, gli confermò quel che mai riusciva a dimenticare, nemmeno nei momenti di intimità con la trentasettenne palermitana che da sei mesi gli concedeva i suoi favori: era deputato regionale, guadagnava ventimila euro al mese, ne recuperava altri centomila l'anno con sistemi che sfuggivano alla sua coscienza – coscienza peraltro ben allenata a fottersene – ma non al suo conto in banca. E a dispetto del vecchio Girolamo Tripodo che tantissimi anni prima, quando Vella era un giovanissimo democristiano, aveva sentenziato saccente: «Vella, sei troppo ignorante, nemmeno un analfabeta ti darebbe il voto».

Girolamo Tripodo non arrivò mai al di sopra di consigliere comunale: adesso è morto. Ignorante, ma con il diploma di ragioniere comprato in un istituto privato, presidente dell'ordine provinciale dei ragionieri e gravido di sette incarichi di revisore dei conti, Vella discende invece la scalinata di Palazzo dei Normanni. Questa è la vita. E Vella prevede altro per sé: assessore regionale o presidente o forse deputato nazionale o, perché no?, sottosegretario o ministro. Se non ci fosse quel cretino di Aurelio Tripodo. Momò Casesa intigna, lo vuole sindaco di Monserrato e racconta che sarà il modo per farlo fuori, per neutralizzarlo. Ma Vella sa bene che un sindaco, a meno che non sia deficiente, piglia voti e finisce sulle pagine dei giornali molto più di un senatore. E allora, da sindaco, Aurelio Tripodo, se putacaso si rivelasse meno cretino del previsto, potrà far fruttare i voti del padre e allora chi lo scalza più da Montecitorio. Ci manca solo che metta in piedi il suo gruppo, di amici e alleati, magari nel collegio di Vella.

La lenta e pacata discesa di Vella si colorava di amarezza, ché bastavano appena i nomi di Girolamo e Aurelio Tripodo ad avvelenargli i pensieri, quando squillò il telefonino.

«Prooonto?», recitò, con pacata e regale lentezza.

La risposta servì a fargli accelerare il passo.

«Aspetta, aspetta che qui non posso parlare».

Risalì lo scalone monumentale – proprio lui, con il suo cappotto lungo ai piedi, affardellato di venti chili in soprappeso – puntò ai bagni, chiuse la porta e vi si appoggiò.

«Allora? A domicilio, perciò. Bene. Reazioni? Agitato, quindi. Agitatissimo. E ci credo bene. I figli sono figli. Va bene, ci vediamo quando torni. Ah, sei già tornato? Bene».

Finita la conversazione, si lavò le mani, guardandosi allo specchio. Fischiettava la Cucaracha, ma senza sapere nemmeno perché, solo sentiva che ci stava bene.

Serrò il rubinetto dell'acqua calda. Passò le mani nei capelli, ancora folti nonostante i cinquantadue anni. Ma costretto a cedere al suo istinto, a decenni di battute grevi consumate al circolo di cultura del suo paese dove meno di dieci soci su centoventidue leggevano i giornali inforcati sulle stecche, preferendo di gran lunga le stecche del biliardo e le carte del baccarat, sbottò:

«Aurelio Tripodo, pigliati questo gran ciulluni nel...».

Lo scroscio del palmo della mano sinistra sull'avambraccio destro coprì l'ultima parola. Vella restò allo specchio, fiero nella sua soddisfazione. Poi, lasciò i bagni.

Non sapeva molte cose Fortunato Vella, né seppe mai che, subito dopo, da uno dei cessi uscì in silenzio, riaggiustandosi i bottoni dei pantaloni di sartoria, Momò Casesa. Avanzava a testa bassa, ripensando alle parole che aveva appena sentito. Brutte parole che a Momò Casesa non piacquero proprio.

Trentatré

Nei pomeriggi deserti i corridoi delle scuole sono abitati da cattive nostalgie. Placido Polizzi procedeva sbirciando nelle aule vuote. Il liceo Meli non era più lo stesso della sua adolescenza: diverso l'edificio, praticamente ignoto. Da genitore, non amava frequentare il rito periodico del ricevimento dei professori, quando agli angoli di classi morte si ripetono frasi usurate: «... dovrebbe impegnarsi di più... si è integrata abbastanza bene... ha buone attitudini ma scarso entusiasmo...».

Questa volta però non aveva potuto declinare l'ordine, un po' astioso in verità, di Amelia. Evidentemente, voleva vendicarsi dei suoi giorni a Roma. Evidentemente, voleva far pesare che nel momento in cui Manuela aveva avuto bisogno, lui non era abbastanza vicino e attento. Vabbè, normale amministrazione.

In effetti aveva trovato Manuela un po' disfrizziata, vittima di uno scoraggiamento che le due ore impegnate a leggere insieme interi passi dell'*Antigone*, nella traduzione italiana, non erano riuscite a scalfire. Lei stessa aveva suggerito, con una frase distratta e leggermente scorbutica, che avrebbe preferito che al colloquio con i professori ci andasse Placido. «Soprattutto con quel caino di Ristoro», aveva detto. Si erano lasciati con la promessa di passare insieme il sabato: se non pioveva si poteva perfino andare a Mondello per un piatto di spaghetti con i ricci.

I saluti degli altri genitori. L'ansia dei premurosi. Il finto distacco degli insicuri. L'assenza degli indifferenti. La vanagloria dei padri e delle madri dei ragazzi predestinati ai primati scolastici. Assolse il suo compito partendo, come sempre, dagli insegnanti più ininfluenti, che comunque reclamavano la loro quota di attenzione. Mai ignorarli, Placido sapeva che avrebbero potuto incattivirsi: religione, educazione fisica, inglese, matematica. Ma al ginnasio deus ex machina è il professore di italiano, greco e latino.

All'insegnante di religione, un parroco giovane dalla faccia paciosa, chiese un'indicazione:

«Chi è il professor Ristoro?».

Il prete prese a ridere nascondendosi:

«Non si chiama Ristoro. Non lo chiami così, è irritabile. Si chiama Tripodo, professor Natale Tripodo».

«Tripodo come…».

«Per carità! Non gli faccia il nome dell'onorevole. È suo fratello, mi pare, non so bene. Lo detesta: lui era comunista, in gioventù, adesso si professa libero pensatore indipendente».

«Diffidare degli indipendenti», scherzò Placido.

«E lo dice a me?», il prete indicò la croce sul bavero della giacca. «Sono suddito dell'unica monarchia teologica d'Europa».

Il prete era simpatico: strizzò l'occhio a Placido quando lo vide accostarsi al professor Tripodo detto Ristoro.

Trentaquattro

Aperta la porta, la cameriera accennò un saluto, al solito muta e sfuggente, ma questa volta più furtiva e imbarazzata. Si ritirò veloce in cucina.

Aurelio Tripodo lasciò la borsa, gonfia della bozza del disegno di legge, come gonfia era la sua testa di numeri e norme che per tutto il pomeriggio aveva esaminato in commissione Trasporti. Non riusciva a maledire abbastanza il momento in cui aveva accettato di essere relatore della riforma sul riassetto delle ferrovie minori.

Si affacciò nella stanza dei bambini. Tancredi già dormiva. Diamante stese le braccia.

«Papà, sei tornato?».

«Sì, gioia mia».

«Mi racconti una storia?».

Aurelio si sedette sul letto.

«Quale?».

«Una storia che sai tu...».

«Quella dell'elefante che vola, ti piace?».

«Siiiiiì... anche io volo, domani».

«Dove voli?».

«Dalla nonna. L'ha detto la mamma. Però con l'aereo».

Diamante giocava sempre di fantasia, rispetto a Tancredi più concreto e pacato.

«Vedi? Ho la valigia pronta». Vero: la valigetta di Diamante, un mini-trolley rosa, era accanto all'armadio.

«Dove andate con l'aereo?».

«Ma non senti? Dalla nonna, a Palermo», replicò piccata Diamante. «Allora, mi racconti la storia?».

«Aspetta, devo andare dalla mamma. Appena torno te la racconto», e Aurelio si alzò dal letto di sua figlia.

«Però torni. Promesso?».

Gialuce in camera da letto stava richiudendo la valigia grande, capace di contenere mezza casa. Notò il marito, ma non disse nulla, continuando a trafficare con le cerniere.

«Partite?», domandò Aurelio, ma era una domanda stupida.

«Secondo te?».

«Potevi dirmelo, almeno».

«Te lo sto dicendo, infatti. Anzi, lo vedi tu stesso».

«Sei sicura?».

«Sicurissima. Ho già perso troppo tempo, qui, appresso a te».

«Sbagli».

«Certo, sbaglio sempre», soffiò per spostare i capelli dalla fronte. «Invece, dovrei stare qui? Per fare cosa? Aspettare che tu decida cosa vuoi fare della tua vita, di me, dei tuoi figli?».

«Decidiamo assieme».

«No. Tu non sei capace, tu hai bisogno che qualcuno scelga per te. Ti sto facendo un piacere. Vado a Palermo, prendo aria, lascio casa libera e tu puoi sempre dire che ti ho lasciato. Meglio di così...».

Aurelio fece un passo avanti: «Gialuce, non possiamo...».

«Cosa non possiamo? Sul giornale c'è scritto che sei candidato a Monserrato. Hai deciso tu o ha deciso Casesa per te? Vuoi tornare laggiù? Vacci. Io non verrò mai. Ma come fai a spiegarlo a Casesa? Ci vorrebbe papà, lui sì che avrebbe una soluzione, perché Girolamo Tripodo trovava sempre una soluzione. Lo sai che ti dico? Per anni non ho mai saputo se eri mio marito o il figlio di mio suocero, adesso lo scoprirò, ci voleva la morte di tuo pa...».

Lo schiaffo le troncò la parola.

Restò di sale.

Aurelio fissava il palmo della mano aperta. Faticosamente mormorò:

«Gialuce, devi aiutarmi... ho paura».

«Tu hai paura di vivere».

«Mi lasci? E se mi succede qualcosa?».

«Ti è già successo, Aurelio. È già successo tutto. E tu ancora non vuoi capire».

Trentacinque

Ogni sera, da qualche parte in città, si sprigiona fumo di stigghiole, di interiora alla brace, di merluzzi arrostiti. Le lampadine da duecento watt splendono lungo le strade, sospese ai negozi di frutta e verdura, sopra calderoni pieni di patate bollite, fagiolini, carciofi e teglie di cipolle e peperoni al forno. Franco sapeva che Palermo si divideva in due, quella con gli odori e quella senza odori. Nella prima era nato. A sera, il suo fiuto lo riportava verso le nubi di fumo e l'aria pesante di grasso sulle braci.

E sempre ricordava cosa gli aveva spiegato un giornalista, uno simpatico che ogni tanto accompagnava dalle parti di Villa Giulia: c'è la Città Bianca e la Città Nera. Dentro Palermo, dentro la Madre Città, ché così la chiamava il giornalista – ma quale madre, matrigna e un po' bagascia era Palermo – c'erano due città.

Da allora, pure se la storia non gli era molto chiara, tornando verso le strade dei fumi densi, delle patate bollite e delle interiora arrostite, Franco pensava che c'erano strade bianche e strade nere. Nere come corso Olivuzza, via D'Ossuna, vicolo Pallone, via Siccheria, via Gioiamia, via delle Sedie Volanti. E poi le bianche: via

Libertà, piazza Politeama, via Ruggiero Settimo, via Notarbartolo, via dei Nebrodi, viale Strasburgo. I taxi camminano nelle strade bianche, ma i tassisti, come Franco, amano le strade nere.

Franco tornava a piazza Indipendenza. Da ragazzo, nato a Danisinni, già risalendo verso la piazza gli sembrava di approdare in un'altra Palermo: erano appena duecento metri da casa sua, ma qui i giardini erano ben tagliati, passavano gli autobus dei turisti, i bar erano lucenti di torte Savoia e bottiglie di champagne. E ancora adesso piazza Indipendenza gli riapriva il cuore, che gli sembrava di stare all'incrocio tra la Città Nera e quella Bianca.

Insomma, se ne stava Franco davanti al bar Santoro. Una sigaretta condivisa con i colleghi, due chiacchiere sui rosanero, aspettando l'ora di tornare a casa: sua moglie aveva preparato minestra di cavoli, e già pregustava l'odore che avrebbe trovato risalendo le scale. Serata fredda a Palermo. Franco batteva i piedi e si stringeva nel giubbotto, ma sempre si era rifiutato di comprare un cappotto ché non gli sembrava da palermitano. Ne aveva avuto uno, da militare, a Pordenone, ma lo aveva lasciato a casa di sua madre, vergognandosene: testimonianza in naftalina di altre latitudini.

Le due auto blu si fermarono davanti al bar, quasi a bloccare i taxi parcheggiati. I colleghi inveirono contro gli autisti che, con una certa supponenza, spostarono a malincuore le loro berline, lasciandole comunque in doppia fila. Franco sbirciò lo stemma della Regione Siciliana, e fu sufficiente per detestare i due autisti. Antipatia rafforzata quando riconobbe, in uno dei due, suo cognato Bartolo che si sentiva toco solo perché aveva posto fisso alla Regione e stipendio il 27 di ogni mese, ferie e malattie pagate.

«Francuzzo, qua sei?», fece Bartolo.

«Travaglio».

«Pure io, adesso ho finito».

Bartolo gli presentò il suo collega, giacca blu senza spacchi e cravatta scura. Franco riconobbe l'autista incontrato pochi giorni prima all'aeroporto che buttava male parole all'onorevole Vella.

«Te lo pigli un aperitivo?», chiese Bartolo.

Franco avrebbe preferito un tanticchia di stricnina piuttosto che accettare il prosecchino di suo cognato, ma si ricordò della promessa ad Aurelio: inghiottì amaro e entrò con i due autisti nel bar. Riuscì a lavare la faccia a suo cognato Bartolo, offrendo gli aperitivi, perché a piazza Indipendenza era di casa.

«Tutto pagato mio», disse Franco.

Suo cognato Bartolo aveva la faccia tosta di lamentarsi: lavorava troppo ed era pagato troppo poco. L'altro autista ebbe il buon senso di non commentare, e questo lo riabilitò agli occhi di Franco. Bartolo poi se ne andò di fretta, ché era il suo anniversario di matrimonio e doveva portare la moglie al ristorante.

«Ti potesse fare veleno», pensò Franco, mentre lo abbracciava e baciava.

L'altro non aveva anniversari da festeggiare e forse non voleva nemmeno tornare a casa dalla moglie. Presero a parlare di figli, e Franco si accorse che l'autista aveva i suoi problemi con la più grande, diciotto anni a giugno, che aveva fatto la fujtina con un pezzo di malacarne, disoccupato e lagnuso. Anzi, si informò con Franco se c'erano possibilità di fare il tassista, magari d'estate, in sostituzione.

Si erano messi in confidenza, mentre fuori il fumo delle stigghiole annebbiava le luci di piazza Indipendenza. Franco pazientò e quando l'autista aveva bevuto il terzo prosecco – ma Franco si limitò a sorseggiare un chinotto – si lasciò scappare qualche parola:

«Ma l'onorevole Vella non la può dare una mano a tuo genero?».

Fu la scintilla giusta per dare la stura agli insulti contro Vella, e soprattutto per sapere ciò che Franco voleva sapere.

Franco Schirò

Niente ci vuole. Quanto vale una tastatina di polso, quattro parole infilate giuste e tutti parlano. Poi dicono che qui c'è l'omertà. Dicono che siamo tutti mezza parola, che non diciamo niente, uomini di panza. Capita che arriva a Punta Raisi qualche cliente, magari di fuori, continentale o polentone, e magari fa i soliti discorsi: bella la Sicilia, bellissima Palermo, la Cattedrale, Monreale, i Quattro Canti, i Cappuccini e come si mangia bene e i dolci con la crema di ricotta e di qua e di là. Poi se ne viene fuori con la solita frase: però voi siciliani, voi palermitani, siete tutti omertosi. Omertosi: bella parola, che uno si riempie la bocca.

Ma queste cose le dicono solo perché vengono da là sopra e quando scendono in Palermo gli pare che sbarcano tra i mao mao e che qui è un altro mondo. Non è discorso che mi fa convinto. Certo, ci vuole un poco di coda, bisogna entrare con la minutina, portare il ragionamento dove si vuole, senza fare intendere la questione. Ma una volta che uno con i cristiani ci sa entrare nella fiducia, allora tutti vogliono parlare. Perché l'uomo si prende per la parola, per la parola che sa dare e che sa mantenere.

Ce ne sono che bisogna girarci da dietro, fare capire che conosci la questione, allora si mettono a parlare per fare gli sperti. Con questi qui bisogna mettersi la faccia dei babbei, gli occhi a pampinella, la bocca a cassettone, e dare esca viva e lenza lunga: bisogna solleticare la prosopopea, seguire la loro filosofia. Ce ne sono altri, invece, che vuoldireniente parlano per farsi belli, per apparare tutte le penne come il pavone: e si allattariano e si annacano solo perché ne sanno più di te, e magari vogliono fare capire che conoscono gente troppo importante o signori troppo signori. Ce ne sono invece che parlano perché non hanno niente di meglio da fare, afferrano cazzi nell'aria ma ogni tanto afferrano pure una mezza cosa. Questi sono un poco coppi di fumo, un poco cose inutili, ma campano sentendo e parlando e pure se non bisogna fare tanto affidamento a volte bisogna ascoltarli, come si fa con il gallo che canta sopra l'immondizia e avvisa che pure a Palermo si svegliò il sole.

A me non devono insegnare nulla, solo a leggere e a scrivere, come diciamo noialtri: le cose della vita le ho imparate da me, strade strade e muri muri. Mi faccio i fatti miei perché mi piace campare, nelle cose non mi ci mischio perché ognuno si gratta la rogna sua, ma di fronte all'amicizia non ragiono. Non mi fido di chi dice: amici e guàrdati. Perché non me lo scordo di quando Placido mi ha fatto ridare la patente: me l'avevano sequestrata due disonesti della stradale che gli pareva che mi dovevo mettere a piangere davanti a loro perché mi stavano consumando la vita. A quattro giorni,

Placido mi ha fatto riavere i documenti puliti. E questa è solo una, perché poi l'amicizia è fatta delle cose e dell'onestitudine che Placido sempre ha avuto nei miei riguardi. Sbirro o mafioso a me non mi interessa. L'amico è amico, e Placido è pure galantuomo. È che in questa città ci sono troppi fitusi e troppe infamità. È che qui in Palermo tutti parlano troppo assai.

Trentasei

Ronzava un fax nello svacantato sabato mattina degli uffici romani. Da un punto indistinto nel mondo tentavano di inviare parole scritte a una stanza deserta.

Aurelio Tripodo restò in ascolto del gorgheggio del fax. Insistente, non si placava. «Forse manca la carta», pensò.

Parole che non arrivano mai a destinazione. Parole scritte ma mute. Inservibili. Senza destinatario. Forse anche le sue parole erano ormai inservibili: inascoltate da Gialuce, screditate da Florence, vuote di significato per lui stesso.

Il fax continuava a singhiozzare, di sofferta impotenza. Quante parole c'erano in giro: pronunciate, scritte, tradite. Durante le sedute in aula Aurelio Tripodo si incantava dietro il ritmo degli stenotipisti che stendevano i verbali di sedute accese o tediose o esaltanti. Altre parole, consegnate agli archivi parlamentari, rilegate, custodite. La memoria della vita parlamentare italiana, quasi che invece le parole non servano proprio a rimuoverla la memoria, annegarla e confonderla.

«Chissà forse qualche parola resterà», disse a mezza voce. E si stupì di avere parlato da solo.

Il fax aveva smesso di gorgogliare, mortificato dall'assenza di interlocutori. Aurelio guardò ancora la sua piccola collezione di penne stilografiche: una Pelikan, tre Montblanc, un'Aurora, quest'ultima ricordo della prima comunione, regalo di suo padre. Tolse dal taschino della giacca un'altra Montblanc, Meisterstück: perdeva un poco, ma era la sua preferita, morbida ed elastica sulla carta.

Aveva creduto alle parole. Era all'università quando ne aveva scoperto forza e penetrazione. Naturalmente le parole sgorgavano da lui restituite a un significato profondo e originario: non sapeva perché, e mai se lo era chiesto. Sapeva che parlando poteva sedurre, convincere, smussare, vincere. Da allora quante parole, cose dette e contraddette e incontri e sedute e convegni e documenti... e, furtive, altre parole: d'amore e racconti e pure poesie.

«Ed eccomi qui», ancora una volta si ascoltò, nel silenzio da sabato romano degli uffici parlamentari. Medesimo il silenzio nella sua casa abbandonata al mattino presto perché non sapeva cosa fare in quella luminosità immobile. Gialuce altrove, altrove i suoi figli. Distanti da lui. E Aurelio Tripodo si sentì, come non mai, un uomo arreso.

Trentasette

Il citofono rimandava indietro il suo inascoltato richiamo. Silvestre provò ancora. Nessuno rispondeva a casa di Aurelio Tripodo. Compose il numero di telefono, squillava a vuoto. L'eco lontana di un trillo risuonò debolmente oltre il cancello verde nella strada in leggera salita, alberata, illuminata da un sole che rendeva allegro il sabato mattina d'inverno dopo tanti giorni umidi. L'eco si spense non appena Silvestre Majorca troncò la connessione.

Pensò che forse erano usciti tutti, la cameriera nella sua giornata di riposo. Provò a chiamare ancora una volta il cellulare di Aurelio, ma rispose il messaggio registrato che constatava l'irraggiungibilità dell'utente desiderato o più semplicemente invitava a rassegnarsi perché l'apparecchio era momentaneamente spento.

Da ore insisteva, da quando al mattino aveva trovato il messaggio di Aurelio: «È troppo tardi...». I tre puntini gli si erano conficcati negli occhi come un presentimento, la sensazione che qualcosa di sgradevole era sul punto di travolgerlo. Aurelio aveva spedito il messaggio alle cinque del mattino: e già questo era strano, ché conosceva le abitudini mai nottambule del suo onorevole ma neppure antelucane. «È troppo tardi...». Ci fosse stato un punto interrogativo l'avrebbe interpretato come una semplice domanda: è troppo tardi per chiamarti, per disturbarti, per parlarti. Ma i tre puntini... il presentimento vago si fece più concreto.

Finalmente, riuscì a prendere la linea del numero di Gialuce. Ne avvertì la voce morbida, setosa, in un rumoreggiare confuso che ne svelava la presenza in un luogo aperto.

«Sono Silvestre. Dov'è Aurelio?».

Gialuce rispose secca.

«Che significa non lo sai? Tu dove sei?».

Il nome di una città.

«A Palermo? A fare cosa? Ma che dici... vabbè, ne parliamo in un altro momento... dov'è Aurelio?».

Non voler più sapere.

«Che significa: l'ho lasciato? E ti sei portata i bambini, vero? Sei proprio una stupida...».

Silvestre bestemmiò. L'uomo col cane in fondo alla strada agitò la testa, disapprovando. Poi tornò a leggere il «Messaggero».

Silvestre Majorca indossò il casco, mise in moto il suo Burgman Suzuki 400 comprato tre mesi prima. Percorse le strade di Monteverde verso valle, verso viale Trastevere. L'aria fredda, nonostante il sole, bruciava gli occhi, lo faceva piangere. Si asciugava con il dorso della mano a ogni semaforo di viale Trastevere, prima di bruciare la partenza in leggero anticipo sul verde. La gente usciva dai negozi, si godeva la giornata, consumava tramezzini, osservava i manifesti dei cinema, spingeva passeggini, aspettava il tram: gli occhi di Silvestre Majorca bruciavano per il vento. Temeva il presentimento di poter perdere tutto: il sole di Roma, la gente, la città, la possibilità stessa di continuare a correre con uno scooter nuovo e qualche soldo e qualche buona amicizia e qualche ambizione da mettere prima o poi a frutto.

«È troppo tardi...». Per cosa? Per godere ancora di tutto questo, forse. O forse è troppo tardi per tornare indietro. Da quando si era diffusa la notizia della candidatura a sindaco di Monserrato, Aurelio non si era fatto più sentire. Sfuggiva. Silvestre temeva una decisione d'istinto, un sì o un no. In ogni caso, sarebbe stata per Silvestre una cattiva notizia: non voleva seguirlo a Monserrato, ma un rifiuto a Casesa corrispondeva alla morte politica di Aurelio Tripodo e quindi di Silvestre Majorca. Bisognava parlare, discutere, prendere tempo. E Silvestre doveva trovare il modo di avere garanzie, di capire se la sua influenza su Aurelio potesse essere spesa con il vecchio don Momò. Ma per farlo occorreva tempo.

«È troppo tardi...», diceva il messaggio. E ripensò ai tre puntini, come chiodi sulla croce di Cristo. Si meravigliò della similitudine evangelica, forse residuo di un'infanzia parrocchiale.

È troppo tardi...

Trentotto

Onorevole Aurelio Tripodo, deputato della Repubblica italiana. Dal mobile gli sorrideva un altro se stesso, abbracciato a Gialuce, nella luce di Tangalla, nella nostalgia della foto. Prese il volume delle biografie ufficiali di deputati e senatori della legislatura. Aprì a colpo sicuro: a pagina 745, c'era la sua foto. Ne aveva scelta una in bianco e nero, dietro suggerimento di Gialuce, perché più elegante.

Contò le righe della sua biografia, a lungo meditata e cesellata, per eliminare ogni pomposità, per esaltare le virtù: ventidue righe. «Eletto nel collegio...». La trovò esile ma efficace: chi sapeva leggere poteva subito comprendere che Aurelio Tripodo era uno dei fortunati che evitano la fatica greve degli inizi periferici, la scalata di strette di mano e fiati guasti dei gradini della politica locale. Aurelio Tripodo mai aveva conosciuto l'interessata lentezza dei consessi comunali, la vana ritualità dei consigli provinciali, l'estenuante logorrea delle assemblee regionali.

«Ha studiato da deputato», dicevano i suoi avversari, con malcelata stizza. Grazie a suo padre, era entrato a Montecitorio dall'ingresso principale e mai se ne era allontanato. La scheda proseguiva: «Componente della Commissione affari istituzionali nella XI legislatura... vicepresidente della Commissione parlamentare d'inchiesta... sottosegretario alla Funzione pubblica...». Sottosegretario lo era stato per due mesi: appena assunto l'incarico, giusto il tempo di prendere le misure del suo ufficio, il governo era caduto. Ma gli era parso un ruolo adeguato, propedeutico a nuove e più alte funzioni. Gli anni all'opposizione erano stati scarsi di ruoli, pesanti di parole che Aurelio Tripodo avvertiva non sue, non consone, inservibili come quelle che il fax si rifiutava di accogliere. Aurelio Tripodo credeva nelle parole in grado di incidere e modificare eventi e persone, ma perché ciò si realizzi allora devono rampollare dal potere, dotate della sua forza e della sua grazia.

«La grazia del potere». Assaporò il suono e ne avvertì il significato leggermente blasfemo. Il potere deriva dalla grazia e non il contrario, ma forse era vero in un tempo in cui ancora si poteva credere che il potere servisse a cambiare il corso delle cose, il destino degli uomini, i confini delle nazioni. Forse perfino Aurelio ci aveva creduto, ma aveva dimenticato tutto.

Il foglio bianco davanti a lui.

Parole, altre parole.

Svitò il tappo della Montblanc.

Pensò che forse scrivere non serve a niente.

Trentanove

Manuela raggelata in una chiusa difesa, però di ambigua natura offensiva. Nemmeno l'aria chiara di Mondello e i tavoli del ristorante che padre e figlia prediligevano erano riusciti a smorzare il malanimo.

«Cosa c'è che non va?».

«Niente».

«Cosa c'è che non va?», ripeté Placido.

«Lo vuoi sapere?», Manuela vestì un piglio battagliero. Placido la preferì, meglio questo fuoco al gelo del silenzio. «Mamma mi ha detto perché vi siete lasciati».

«Perché non andavamo d'accordo».

«Bugiardo. Forse eri tu che andavi più d'accordo con qualche altra».

«Questo non conta, è secondario».

«Non sei tu a dire cosa è secondario», alzò la voce Manuela. Alcuni passanti si voltarono incuriositi. «Conta, eccome se conta».

Placido non aveva molti margini per tergiversare: intuì la donna dentro i gesti ragazzini della figlia. E a una donna a volte la verità va detta:

«È vero. C'era stata un'altra, sono cose che possono capitare, forse un giorno te ne accorgerai...».

«No, non mi succederà, io non sono come te».

«Allora avrai la fortuna di non scoprirlo mai. Ma si è come si è. Vedi, viviamo sempre con la paura del troppo tardi: pensiamo che non avremo più tempo per fare una cosa o l'altra, non avremo più tempo per amare, viaggiare, dipingere, scrivere. La paura del troppo tardi ci spinge a ingannare il tempo, a precederlo, ad anticiparlo. Ma non ci riusciamo mai. E sbagliamo, per fretta o per paura. E io ho perso tutto. Ho perso l'altra. Ho perso tua madre. E ho perso molto di te».

Tornavano verso l'auto costeggiando la spiaggia. Svettavano bandiere sui pinnacoli dello stabilimento.

Placido accese una sigaretta. Aveva promesso di smettere al momento dell'assoluzione: temeva di essersi condannato a fumare per il resto della sua vita.

Alcuni ragazzi giocavano a beach volley. Manuela si fermò a seguire il gioco. Placido fumava accanto a lei. Un lancio troppo lungo portò la palla ai loro piedi, Manuela si spinse nella sabbia per raccoglierla. Uno dei ragazzi arrivò a riprenderla. Ringraziò con un sorriso, Manuela rispose allo stesso modo. Il ragazzo per due volte si girò verso di lei, tornando verso il campo improvvisato, mentre gli amici lo invitavano a fare in fretta.

Placido si accorse, dal sorriso tra sua figlia e il giovane sconosciuto, che Manuela ormai apparteneva a se stessa. Arguì con dolore che era irrimediabilmente distinta e separata da lui, negli affetti e nelle curiosità e nelle tristezze. Buttò la sigaretta: avrebbe smesso, certo che avrebbe smesso di fumare. Sarebbe stato assolto e non solo per sé, ma per sua figlia, per il nome che

Manuela portava e avrebbe continuato a portare, perfino se a lui nemica.

Di colpo Manuela gli sussurrò all'orecchio: «Comunque non ce la faccio a non volerti bene». I ragazzi, fraintendendo, cominciarono a sfottere il compagno. Placido, a malapena, sentì uno che diceva: «Levaci mano. Sta con quel vecchiazzo». Chissà perché, ne fu inorgoglito, ma strinse Manuela alle spalle, da padre, appunto.

«Adesso ti fidanzi con le ragazzine?».

Franco aveva accostato il taxi al marciapiede:

«Che ci fate qui?».

«Fatti nostri», rispose Manuela. E andò a baciare Franco: era uno dei pochi simpatici forse perché non si era dileguato come gli altri dopo l'arresto.

«Salite che vi do un passaggio».

«No, facciamo due passi a piedi».

«Ma ti sei rincoglionito, Placido?», replicò Franco, convinto della superiorità antropologica dell'uomo in auto. «Camminare fa venire le vesciche ai piedi. Lascia perdere».

Rassegnato, Placido salì sulla Multipla. Manuela prese posto dietro.

«Manue', se ti fai vedere in giro con questo vecchiardo di tuo padre ti rovini la piazza», scherzò Franco.

«Beh, ancora fa la sua figura».

«Insomma... come quadro antico può andare bene: al museo», e Franco squadrò Placido, con una smorfia di disgusto. Fu ricambiato con un pugno sulla spalla.

«Questo è il ringraziamento. Io lavoro per te...», disse Franco, fingendo profonda sofferenza.

«Vuol dire che ti meriti questo».
«Chi fa bene muore ammazzato».
«Infatti, a te non t'ammazza nessuno».
Presero la strada dell'Addaura, sfilando tra i cancelli chiusi delle ville sotto il costone di Monte Pellegrino. Franco, nel suo dialetto che si faceva più sdrucciolo quando era indignato raccontò a Placido di quanto guadagnava l'autista di Vella. Per fare cosa poi? Niente. Aspettare l'onorevole, prenderlo all'aeroporto, accompagnarlo a casa e di qua e di là. E poi tutte le messinscene, le tragedie, i tragediatori, le pantomime. Sta con Casesa e sta con Tripodo, sta con questo e con quello, uno più fitusu dell'altro...
Franco voleva far capire a Placido che si era già messo sulla strada giusta per dargli una mano d'aiuto. Adesso santiava pure contro suo cognato Bartolo – e quando mai. Né lui né Placido si accorsero che, soltanto a sentire il cognome Tripodo, Manuela si era imbronciata.

Quaranta

Lasciò la moto sul marciapiede.

Mostrò il tesserino al commesso di Palazzo Teodoli che annuì distrattamente, isolato dietro i vetri antiproiettile del gabbiotto, concentrato sull'immagine fissa della tv a circuito chiuso.

Silvestre salì al quinto piano. La porta dell'ufficio era socchiusa.

Trovò Aurelio Tripodo appoggiato al balconcino aperto su via del Parlamento.

«Aurelio...», disse piano.

«Ciao, Silvestre. Sei venuto anche tu».

«Cosa stai facendo?».

«Niente. Non c'è più niente da fare».

«Che vuoi dire?».

«Ho già deciso».

«Cosa?».

«Non ti piacerà, Silvestre».

Silvestre Majorca si chiuse la porta alle spalle.

«Aurelio, cosa hai deciso?».

«Sai, il potere non è essenziale».

«Certo, non è essenziale», Silvestre si spinse verso Aurelio.

«Eppure crediamo che lo sia, che sia indispensabile. Hai mai pensato, Silvestre, che potremmo andare altrove, lontano da queste stanze, da questo palazzo. Vivere più…».

«Più?».

«Anzi, no. Vivere con meno parole. Senza più parole».

«Non si può vivere senza parole».

«Si può vivere con parole più autentiche che descrivono cose e non più relazioni, parole che siano sostantivi, verbi, avverbi e non più strumenti».

«Aurelio, cosa hai deciso?».

Erano l'uno di fronte all'altro, la mano di Aurelio sulla ringhiera del balconcino.

«Perché piangi, Silvestre?».

«Non piango. È il vento. Cosa hai deciso?».

«È troppo tardi…».

È troppo tardi.

Dunque, finisce così. La vertigine. Lo spavento. Le mani di Silvestre. Il grido dalla mia gola.

È troppo tardi.

Dettagli inutili, inservibili. La scarpa che vola via. La divisa di un vigile urbano. Un'auto grigia. Il riverbero di una vetrina. Un clacson. Una donna vestita di rosso. Il piccione sulla balaustra. Il selciato. Il reticolo del sampietrino.

Troppo tardi.

Sapore di sangue. Movimento di piedi, in dissolvenza. Pulsioni di ricordi: le mani sul volante, il titolo di una canzone, il vento a settembre, il fresco di una cappella barocca, i capelli di una donna. Domande ormai tronche: dov'è Pergamo? Gialuce tornerà? Quando si usa la parola icastico? Parole, perdute per sempre. Perduta Florence, non mi veda mai così.

Una sirena in via del Parlamento.

Forse è già notte. Forse è già la morte.

Comunque è tardi.

Troppo tardi per rimanere vivi.

Quarantuno

«Eterno riposo dona loro Signore, splenda ad essi la luce perpetua…».

Il resto si perse nel borbottio di Momò Casesa, in un segno di croce afflitto e impacciato.

«Amen», concluse la moglie di Casesa, risvegliandosi dalla foschia dell'Alzheimer che le concedeva sempre più brevi pause di consapevolezza. Casesa sistemò i fiori sulla lapide della figlia, con una mano allontanò foglie morte, petali, sabbia.

Si sollevò con una certa fatica, portando una mano alla schiena tormentata da un'antica lombosciatalgia. Si riposizionò accanto a sua moglie, stringendole il gomito.

«Amen», disse ancora Viviana Amodeo in Casesa.

Momò la guardò obliquamente, provando di nuovo pena e fastidio. Le circondò le spalle con un braccio: «Andiamo via, Vivì».

«È bello qui», commentò sua moglie, scoprendo di trovarsi al cimitero dei Rotoli, dove pure tornavano ogni sabato alla tomba della figlia.

«Sì, è bello», annuì Casesa. E veramente bello era, con la parete rosa di Monte Pellegrino alta sulle lapidi, il portale di tufo, il mare dell'Arenella prossimo e intuibile.

Casesa conduceva piano sua moglie verso l'uscita. Viviana Amodeo in Casesa scorreva la vista sulle tombe, sui mazzi di crisantemi, sugli angeli fermati in volo, sui cippi spezzati. Con il dito, al pari di una bambina, ne indicava alcune, più gloriose o ardite, attirando l'attenzione del marito:

«Hai visto Momò? Com'è bella».

«Sì, Vivì. Andiamo, è tardi».

«È vero Momò, è troppo tardi».

Qualcuno salutava Casesa, con il timore pudico che i cimiteri incutono. L'occhio destro di Momò era acquoso.

«Momò, stanotte ho sognato quel giovane, come si chiama?».

«Chi Vivì?».

«Quello che veniva sempre a trovarti».

«Tanti ne vengono, Vivì».

«Il figlio dell'amico tuo, di Girolamo. Come sta?».

«Girolamo? È morto, Vivì».

«No, il figlio».

«Anche lui è morto, Vivì».

«Hai visto com'è bello qui?».

«Sì, è veramente bello».

«Stiamo ancora un po', mi piace stare qui».

«Sì, Vivì, poi ci torniamo. Un altro giorno. Sabato prossimo».

«Perché è morto quel giovane, Momò?».

«Aveva paura ed era stanco di avere paura, Vivì».

«Tu non sei mai stanco, vero Momò?».

Viviana Amodeo in Casesa si strinse un po' di più, a passo lento, a suo marito. Ma Casesa si sentiva stanco, e solo. Invidiò sua figlia. Invidiò Aurelio. E si sentì troppo vecchio.

«No, Vivì, io non sono stanco».

Quarantadue

Il portiere lanciò uno sguardo dentro, tanto per scoprire qualche presenza, magari femminile, magari per avere qualcosa da sparlare.

«Grazie...», disse Placido, sperando di congedarlo.

«È arrivata adesso, ho pensato che poteva essere urgente».

«Grazie, Pitrino. Grazie veramente».

Ma Pitrino non si spostava: occhieggiava ancora oltre le spalle di Placido, ma un po' deluso.

«Viene da Roma, no?», disse il portiere.

«Già».

«Da Montecitorio: c'è scritto. Un'assicurata. Ho firmato. Ho fatto bene?».

«Certo, Pitrino, benissimo».

«Perché magari uno mette una firma e si cunzuma. Distitempi, con niente si va all'Uccia...», ma si fermò a metà, imbarazzato. «Vabbè, torno giù che non c'è nemmeno mia moglie».

«Grazie Pitrino».

Placido richiuse finalmente la porta. Rigirò tra le mani la busta intestata Camera dei Deputati. L'indirizzo era scritto al computer, asettico.

Appoggiò la lettera al vetro della finestra, nella luce lunga che inondava Monte Pellegrino. In trasparenza sperò di intuirne il contenuto.

Aprì un lato. Ne venne fuori un assegno circolare, per cinquemila euro. Controllò la data: risaliva a due giorni prima la morte di Aurelio. In allegato c'era un bigliettino, stampigliato con il nome di Aurelio Tripodo, e la dicitura «Vicepresidente Commissione Trasporti», ma sbarrati da un tratto di penna. La grafia era femminile: «Gentilissimo Dott. Le trasmetto quanto di sua competenza, come da disposizione dell'On. Tripodo. Sperando di avere ottemperato alle intese tra Voi in precedenza concordate, resto a disposizione per qualunque chiarimento». Lo scarabocchio della firma gli ricordò Rosanna, la finta bionda che parlava al telefono nella segreteria di Aurelio. La immaginò gonfia di lacrime, mentre espletava con inedito zelo le ultime volontà del suo deputato, per non lasciare lavoro inevaso prima dell'inevitabile trasferimento ad altro ufficio, ad altro deputato, ad altre carte e telefonate e computer sia pure con lo stesso salvaschermo, il bambino con il costume di carnevale.

Due giorni prima di morire, Aurelio aveva disposto il saldo del pagamento per il lavoro di Placido. Solo un caso o la dimostrazione che stava mettendo ordine alle sue cose, prima del «gesto estremo», come avevano scritto i giornali? Di suicidio avevano parlato tutti, appena poche ore dopo il fatto. Il presidente della Camera, il capogruppo del partito di Placido, perfino il presidente del Consiglio e il capo dello Stato avevano fatto pervenire alla famiglia telegrammi contenenti i sensi di cordoglio per la fine prematura, «dettata da ragioni», diceva il testo proveniente dal Quirinale, «che affondano nella fragilità e nel mistero stesso dell'umana specie».

Quarantatré

L'ultima ora di lezione dell'ultimo giorno della settimana è il mistero che ciascuno studente affronta senza mai trovarvi soluzione: non è dato sapere con certezza se sia la più breve o la più lunga. Manuela vi si accostava con l'animo di certi personaggi di Edgar Allan Poe prossimi all'appuntamento fatale con la morte. Il tempo di sabbia scorreva nella clessidra, il pendolo ne segnava l'inesorabilità, un gatto cieco ronfava maligno, un sepolcro si scoperchiava, immagini altrettanto cupe e disperate si allineavano in attesa che si aprisse la porta della quinta B per farvi entrare il professor Ristoro, portatore di influssi maligni e di ire funeste nei giorni, altrimenti abbastanza sereni, di Manuela Polizzi.

Spenta l'eco della campanella, Manuela restò al suo banco, immobile dentro il movimento scomposto della classe ammutinata quale nave senza nocchiero in gran tempesta. Passavano i minuti e nessuno entrava dalla porta. Ormai, per Manuela l'esistenza di Ristoro era causa di malessere: non tanto le lezioni, non tanto le interrogazioni, non tanto la consapevolezza di essere stata presa a bersaglio, ma il fatto stesso che, in un luogo e in un tempo del mondo a lei toccato in sorte, la sua contemporaneità dovesse venire spartita con il professor Ristoro. Ciò rappresentava ragione sufficiente per rendere infausta una stagione che, secondo molti, avrebbe dovuto essere la migliore età.

E mai che si assentasse. Influenze, epidemie, lutti, matrimoni, battesimi, scioperi, pioggia e scirocco lo lasciavano indenne. In due anni di ginnasio, Manuela non aveva mai avuto la gioia di godere di un'assenza di Ristoro. Perfino la morte del fratello Aurelio – l'aveva individuato in prima fila ai funerali, nelle immagini del Tg3 Sicilia, e meschinamente in cuor suo il dolore di Ristoro le apparve parziale compenso alle sofferenze che le infliggeva – era coincisa con le vacanze di Natale, per cui al termine delle festività si era puntualmente ripresentato in classe, più infausto e scuro di sempre, perfino incattivito qualora fosse possibile.

I suoi compagni si erano acquietati, divisi in piccoli gruppi. Lo scarto improvviso di Troja Emanuele, uso a montare di guardia per segnalare l'arrivo degli insegnanti, riportò ciascuno al proprio banco, in un assordante smuovere di sedie. La porta si spalancò.

Manuela serrò gli occhi, per riaprirli al brusio sommesso della classe: alla porta c'era una donna, giovane, con gli occhiali e la borsa e l'imbarazzo che solo le supplenti riescono a portare. La donna si avvicinò alla cattedra. Aprì il registro lasciato lì dal professore di storia:

«Dovremo stare un po' di tempo insieme. Il vostro insegnante ha preso un periodo di aspettativa, e non è escluso che mi avrete fino alla fine dell'anno. Quindi, patti chiari: non sono una supplente da pochi giorni, pertanto facciamo poco gli spiritosi. Porteremo a termine il programma. Mi chiamo Elisa Fasulo. Facciamo l'appello, così cominciamo a conoscerci: Alamia Ferdinando…».

Manuela pensò che esisteva un dio degli studenti, un dio ripetente da un'eternità.

Quarantaquattro

Gli articoli sulla morte di Aurelio Tripodo erano raccolti nella cartellina blu sul tavolo del soggiorno. Non c'era molto da scoprire tra le righe che Placido Polizzi aveva letto e riletto, evidenziandone in giallo alcuni passaggi. I primi accertamenti erano stati affidati al servizio di sicurezza della Camera dei Deputati, come da prassi. Gente privilegiata, il personale del servizio di sicurezza: poliziotti con la fortuna di lavorare in un posto tranquillo, tra saloni ovattati, personaggi potenti. Ci volevano raccomandazioni forti per essere distaccati a Montecitorio, segnalazioni che provenivano dagli stessi inquilini del Palazzo: ecco perché non ci sarebbe mai stato un commissario troppo rude o troppo aggressivo.

I giornali scrivevano che il suicidio di Aurelio Tripodo in un ufficio parlamentare non aveva precedenti nella storia repubblicana di Montecitorio. L'autopsia non aveva rivelato nulla di sospetto, la morte era stata provocata dallo schiacciamento del torace e da un trauma cranico violentissimo. Nessuna traccia di sostanze stupefacenti, né di altri agenti inebrianti.

«La Sicilia» riportava, due giorni dopo, una breve intervista a Silvestre Majorca: «L'ho visto morire.

Non sono riuscito a fermarlo». Il giornalista, Sandro Cardona, probabilmente conosceva bene Silvestre e descriveva con dovizia di inutili particolari il suo piccolo scoop: «Ha ancora negli occhi il momento in cui Aurelio Tripodo si è lanciato giù dal balcone del suo ufficio in via del Parlamento. Silvestre Majorca, addetto stampa del deputato morto sabato scorso, non vuole parlare. Eppure quei momenti sono un'ossessione. Forse non è un caso che lo incontriamo, nella sera di domenica, poco più di ventiquattro ore dopo il suicidio di Tripodo, proprio in via del Parlamento, a poca distanza dal punto in cui il deputato si è schiantato al suolo. Majorca ha un aspetto provato, vorrebbe sfuggire al colloquio. Ma le parole poi vengono da sole: "Ero appena arrivato in ufficio. Non immaginavo di trovarlo lì. Di sabato non ci andava quasi mai. Dovevo controllare alcuni documenti, e mi ha sorpreso la sua presenza. Sembrava sereno, ma stranamente frettoloso. Stavo andando via, quando l'ho visto vicino al balconcino. Non ha detto nulla. Ho accennato ad avvicinarmi, con una sorta di presentimento. Il parapetto è molto basso, non arriva all'altezza della cintura. È volato giù. Ero a pochi centimetri da lui, ancora un passo e sarei riuscito a fermarlo. Non potrò mai perdonarmelo". E Silvestre Majorca accende una sigaretta, restando a guardare fisso il punto in cui si è spenta la vita del suo amico Aurelio».

Placido, nei giorni successivi aveva provato a chiamare Silvestre, ma il telefonino era sempre staccato. Riprovò adesso. Aveva una ragione in più per sentirlo:

l'assegno gli sembrava ingiusto, visto che non aveva mai concluso il lavoro. Una voce registrata rivelò che il numero era inesistente. Controllò meglio, lo rifece ancora. Stessa risposta. Silvestre doveva averlo cambiato.

Tornò a rileggere gli articoli. Una ventina di giorni dopo, una breve notizia sul «Giornale di Sicilia»: «ROMA. L'ufficio di presidenza della Camera dei Deputati conferma che la morte di Aurelio Tripodo è da attribuirsi a suicidio. In seguito all'indagine svolta riguardo alla tragica fine dell'onorevole Tripodo, da Montecitorio viene diffusa la notizia della chiusura dell'inchiesta. Le risultanze autoptiche e le dichiarazioni testimoniali convergono verso una ricostruzione dei fatti che non si presta ad alcun dubbio: Aurelio Tripodo si è deliberatamente tolto la vita, forse in preda a un momento di sconforto o in concomitanza con un forte periodo di stress».

Richiuse la cartellina. Lì non avrebbe trovato nient'altro. Ma allo scaffale di legno della libreria, con una puntina, aveva attaccato un articolo di «Libero». Era l'unico nel quale il giornalista aveva, velenosamente in realtà, sollevato dei dubbi. Rispetto alla versione ufficiale, il quotidiano poneva alcune domande che Placido aveva sottolineato: «Ci si chiede come mai Tripodo non abbia lasciato alcun messaggio: né indirizzato alla sua famiglia, né ai suoi collaboratori». E più avanti: «La discrezione di un'indagine all'interno dei palazzi di Montecitorio, che sconfina nella mancata trasparenza, impedisce di conoscere con esattezza quale fosse la situazione dell'ufficio di Tripodo subito dopo la morte.

C'erano segni di colluttazione? Tracce della presenza di altre persone? L'unico testimone oculare, Silvestre Majorca, come mai si trovava lì in un giorno prefestivo in cui gli uffici della Camera sono pressoché deserti?». Il giornalista aveva cercato di parlare con alcuni colleghi di partito di Tripodo e, malgrado la scrittura approssimativa, era riuscito a cogliere alcuni umori: «Voci che vogliono restare anonime raccontano che nell'ultimo periodo l'onorevole Tripodo era entrato in rotta di collisione con i vertici del suo partito perché da tempo aspirava a un incarico di sottosegretario. Peraltro, a Monserrato, sua città d'origine, dove il padre di Tripodo era stato a lungo il potente rais locale, prima di lasciare in eredità al figlio una ricca dotazione di voti, molti sottolineano che Aurelio Tripodo era in corsa per candidarsi alla carica di sindaco, alle amministrative di giugno. Insomma, molti interessi e molti soggetti interessati a fermare l'ascesa di Tripodo, che sicuramente grazie a questo *suicidio* hanno ottenuto di non avere più un avversario temibile».

Placido Polizzi si accorse che era passato un mese esatto dalla morte di Aurelio. Sfogliò il «Giornale di Sicilia» fino alla pagina dei necrologi. Nell'affollamento solito di cavalieri, zie, nonne, nobiluomini, indimenticabili, sottratti all'affetto, vicini al dolore dei congiunti, c'era anche il nome di Aurelio Tripodo: si annunciava la messa di trigesimo nella chiesa di Santa Maria di Monserrato alle Croci. Controllò l'ora: se faceva in fretta poteva ancora arrivare in tempo. Prese con sé l'assegno, le chiavi di casa e uscì.

Placido Polizzi

Al funerale non ci sono andato, ché non mi piacciono le messe funebri, i fiori, le cravatte nere, le ipocrisie sulla buonanima. Sono andato invece a viale delle Scienze.

Risalivo a piedi lo stradone ampio e sempre un po' desolato: vicino alla segreteria c'erano ragazzi e ragazze, studenti con i libri sotto braccio. Ma erano pochi, perché si era già nelle feste di Natale. Mi sono fatto convincere e per un euro mi hanno venduto «Malgrado tutto», un giornaletto nato ai tempi miei, e pure io ci avevo scritto qualcosa. E pure Silvestre e Aurelio e tanti altri studenti. Insieme avevamo passato alcune notti in tipografia, all'uscita dei primi numeri: pensavo, allora, di voler fare il giornalista perché mi sembrava un mestiere capace di cambiare le cose, svelandole. Almeno questa illusione passò in fretta, ma lasciò il posto all'altra, ancor più perniciosa, di ritenere che Palermo volesse giustizia. Ci ingannarono molte cose: migliaia di facce in via Notarbartolo davanti a un albero trasformato in simbolo, i lenzuoli bianchi ai balconi, le scritte di insulto sui muri contro i mafiosi, i pianti e la pelle d'oca dentro le chiese affollate dei funerali di Stato. Di quel giornale, sia pure cambiato adesso, nella grafica e nelle firme, mi restava comunque il ricordo di un tempo in cui si poteva credere che un colpo di penna fosse come un colpo di spada, che l'inchiostro racchiudesse forza e la parola scritta verità, come in un antico indovinello: bianca campagna e nivura semenza, chi la fa sempre la penza. Con nostalgia ho sfogliato il giornale, cercando chissà cosa tra le pagine.

Ho ritrovato le storie di sempre: la mensa, l'Opera universitaria, un'intervista al preside di Economia e Commercio, la cronaca di un concerto rock alla facoltà di Lettere, le proteste sul costo dell'abbonamento Amat, la denuncia delle speculazioni sugli affitti ai fuorisede. In penultima pagina, una studentessa di Lettere classiche sprecava molte citazioni per spiegare «Attualità e modernità di Antigone. Proposte per un adattamento teatrale».

Non saprei dire se la nostalgia abbia prevalso sul dispetto, perché pare che tutto si ripeta con identiche parole, ansie e aspettative di chi non sa far altro che avere vent'anni e crede, solo per questo, di restare impunito.

Davanti ad Ingegneria c'erano soltanto le auto parcheggiate degli impiegati. Alla stessa ora, la bara di Aurelio veniva compianta d'incenso e di parole dentro una chiesa di Monserrato. Da lontano, il profilo tozzo della facoltà di Lettere. Dopo due mesi di occupazione, quando ormai la protesta era dilagata in tutta Italia, avevamo attaccato uno striscione con un bel disegno: «La pantera siamo noi». Quanto ci piaceva quel simbolo, stilizzato nell'impronta di una zampa felina, a suggerire e minacciare: la pantera imprendibile, come i nostri anni sfuggenti e carnivori.

Aurelio ci lesse il testo durante una notte di rinnovata fiamma d'impegno: eravamo tornati tutti in facoltà, forse perché sentivamo prossima la vittoria – o inevitabile la sconfitta. Non sapevamo che Aurelio avesse riadattato la tragedia di Sofocle. Voleva da noi un parere, prima di metterla in scena. Leggeva piano, a volte impennando la voce a certi passaggi più drammatici. Ruminavamo patatine, abbeverandoci di Peroni. Alcuni dormivano, da un'aula arrivava a tratti il gemito d'amore di una coppia. Aurelio aveva riscritto *Antigone*, aggiungendovi insulti in dialetto, innesti di proverbi, cronache giudiziarie, riferimenti a noi, alle nostre vite, al nostro presente immortale. Nella quiete della notte le frasi di Sofocle declinate da Aurelio si allineavano nell'aula magna, nel tenue cric-crac delle patatine. C'era Gialuce, ed ancora era mia, appoggiata alla mia spalla. Avrei dovuto capire che le parole di Aurelio erano a lei indirizzate, in un dialogo che mi escludeva.

Nei giorni successivi assegnammo le parti, iniziammo le prove, studiammo i movimenti di regia sotto le indicazioni di Aurelio, che si ritrovò accanto Silvestre come assistente regista, aiuto scenografo, trovarobe e produttore esecutivo. La storia, più o meno, era questa: 'Ntigone Calafiore, figlia del boss di Cosa Nostra Piddu Calafiore, scomparso misteriosamente dopo avere scoperto che sua moglie da tempo si era pentita rivelando tutti i segreti di famiglia agli sbirri, decide di seppellire il cadavere di suo fratello Nico, rimasto ucciso in uno scontro a fuoco con l'altro fratello Totò.

Nico era schierato con il padre e con la tradizione di Cosa Nostra, Totò con la madre e anch'egli si preparava a diventare collaboratore di giustizia. Al potere è lo zio di 'Ntigone – il senatore Carmelo Caronte, sindaco della città, il quale vorrebbe far dimenticare le sue origini mafiose, ecco perché impedisce che Nico riceva gli onori funebri. 'Ntigone, come da copione, si ribella. La tragedia finisce come deve finire, con la morte di 'Ntigone e del suo fidanzato Emanuele, figlio del senatore Caronte.

Interpretare Emanuele mi fece sentire romanticamente unito in vita e in morte a Gialuce che era una 'Ntigone in verità un po' legnosa. Nemmeno allora, morendo in scena, nel piazzale davanti alla facoltà di Lettere trasformato per una sera nel municipio di Palermo, mi resi conto che nell'assegnare a se stesso il ruolo di Carmelo Caronte, Aurelio aveva disegnato le nostre traiettorie: tra loro si svolgeva lo scontro, tra loro si dipanavano possibilità di salvezza e redenzione. Antigone e Creonte – Aurelio e Gialuce – erano speculari e simili, omologhi, pertanto inevitabilmente legati. Gli altri erano soltanto strumento dei loro destini. E io con gli altri.

Quarantacinque

Scagliò lontano il cellulare, facendo cadere una manata sul tavolo. Tremarono le boccette vuote di inchiostro messe lì solo a far mostra; la foto di famiglia scattata in Vaticano, tutti inginocchiati a baciare la mano del papa in udienza privata, si aprì di piatto sul tavolo. Vella la riprese: il vetro era incrinato.

«Pure questa si è scassata, bagascia della miseria buttana», esclamò cercando di rimetterla in piedi, ma non reggeva più.

I tre uomini, due anziani e uno giovane, seduti davanti alla scrivania si lanciarono uno sguardo. Erano capitati nel momento sbagliato, ma ormai lì stavano e non sapevano più se andare o restare. Il più magro fece segno all'altro, interrogativo. Ne ricevette risposta muta di pazientare, di aspettare prima di decidere se fosse furia passeggera o permanente: l'uomo grasso conosceva bene Vella, era abituato a certe uscite scomposte. Il giovane, invece, abbassò gli occhi, a studiarsi le scarpe.

Vella provò ancora a rimettere in piedi la foto, ma non c'era verso. Le sue dita corte e grosse cercavano inutilmente di dare equilibrio alla cornice e al sostegno, ma quelli tornavano a perdere presa sul legno liscio del tavolo.

«Prestipino! Prestipino!», gridò Vella, e si aprì la porta dell'anticamera facendo passare il suo segretario. «Questa minchia di foto si è sfasciata, vedi se la fai aggiustare».

Prestipino la portò via, con la cura riservata a una reliquia.

«Ci tengo!», gli gridò dietro, prima che Prestipino uscisse. «Che uomo il papa, ma quello di prima, però», disse, rivolto ai tre uomini. Annuirono, rimanendo ancora incerti, non sapendo bene a quale papa Vella facesse riferimento.

L'onorevole restò in silenzio, osservando gli oggetti sulla scrivania. Ma si vedeva che pensava ad altro, nel suo modo rumoroso a mantice, soprattutto quando erano pensieri rabbiosi. Il più giovane alzò gli occhi, leggermente: riusciva a leggere sulle labbra il mormorio di Vella:

«Buttana... bagascia miseria buttana... cornuto lui e pure quell'altro... ma me li mangio io... tutti cornuti quanti sono...».

Era un biascico, una preghiera.

Il più giovane respirò profondamente, come alle veglie di lutto. Sul suo sospiro, il più corpulento attaccò a mezza voce: «Qua siamo...». Come a dire: ci siamo, ma vorremmo essere altrove, eppure non possiamo far altro che essere qui.

Vella sembrò riscuotersi. Guardò i tre uomini come se li vedesse per la prima volta. Sbatté le palpebre, più volte. Rivangò le ultime parole prima della telefonata che aveva smosso la sua ira.

«... insomma, per il finanziamento della Comunità europea non c'è pobblema», ricominciò, lasciando il pobblema esattamente come sempre lo aveva pronunciato, nonostante l'elezione all'Assemblea regionale siciliana lo avesse fatto onorevole e inquilino del palazzo di Federico II. Quella parola, con quella pronuncia, parve sollevare l'animo dei tre uomini, e in particolare le speranze del più grasso che vantava familiarità con Vella e con la sua capacità di risolvere pobblemi.

«Noi come comune, a livello di amministrazione, voglio dire...», riprese il magro, sindaco di un paese dell'interno non lontano da Monserrato, terra di vigne e di mandorli, di povertà cronica: cercava di perorare l'idea del giovane, peraltro figlio di una cugina, che dopo una mala laurea in ingegneria si era messo in testa di aprire un agriturismo tra colline senza acqua e senza manco un albero. «Cioè, dal punto di vista della maggioranza politica, non abbiamo pobblemi, voglio dire problemi».

L'altro uomo scuoteva la testa, facendo inutilmente cenno al sindaco di aspettare, di farlo sbollire completamente l'onorevole. Ma il sindaco non colse il segnale.

«E certo voi pobblemi non ne avete. Che pobblemi potete avere voi? Sindaco, che minchiate mi racconta?», la voce di Vella si caricò. «Uno fa il sindaco di un paese di pecorai, e mi permetto di dirlo perché mio nonno veniva da lì, e vero pecoraio era, quattro strade, la piazza, la chiesa, il monumento dei caduti... e che pobblemi avete voi? Nessuno. Nessuno. Io ce li ho i pobblemi, con il cornuto che vuole candidarsi. Prima si è giocato il fratello e adesso si mette d'accordo con quell'altro gran pezzo di sdisonorato di Casesa e si candida a sindaco e pure a deputato... e io? Resto a pepè. Lo sa come resto io, sindaco? A pepè. Sì, a pepè».

La mano a carciofo, Vella faceva su e giù torcendo il polso.

«A pepè, a pepè».

Al giovane scappò da ridere, perché era giovane o perché già si vedeva sull'aereo per Milano, a cercare lavoro, lontani e dimenticati l'agriturismo e il suo paese, e forse non gli dispiaceva nemmeno tanto; la pensata del finanziamento europeo era di sua madre e le aveva detto di sì solo per non darle dispiacere.

«A pepè», disse ancora Vella, ma spegnendosi presto perché sotto l'ira teatrale covava sordi i primi propositi di vendetta.

Squillò un telefonino. I tre uomini si portarono le mani alle tasche, alle giacche, ai taschini, ciascuno temendo che fosse il proprio. Ma il trillo continuava, e i tre uomini compresero che il colloquio con l'onorevole si era concluso. Male, ma comunque concluso.

«Unnè? Unnè? Unnè?», diceva Vella agitando le mani sulla scrivania, facendo crollare i due calamai vuoti.

Al giovane scappò ancora da ridere, aveva poco più di vent'anni e si divertiva a certe assonanze: pepè, unnè, pepè, unnè. Abbassò la testa, per non farsi notare. Il telefonino di Vella era davanti alle sue scarpe, scagliato lì dall'onorevole. Lo prese e porgendolo a Vella gli venne da ridere.

Fu raggiunto da uno sguardo ferroso dove c'era scritto che la sfottuta Vella non se la sarebbe dimenticata né ora né mai. Fine dell'agriturismo, dunque. Il giovane si proiettò a Milano, a piazza Cordusio; si immaginò nella nebbia leggera di un giorno di novembre, le mani nelle tasche del cappotto, alla fermata del tram. A Milano c'era sicuro un lavoro e ragazze c'erano, molte più che al paese.

Vella rispose al cellulare, una vena del collo gli si gonfiò:

«L'ho saputo! poco fa! se aspettavo te... cornuto tu e quel gran cornuto di Tripodo e quel grandissimo cornuto di Casesa... ma se vi siete messi in testa di fottermi, a tutti vi piscio in testa, a tutti: a te, a Tripodo e pure a Casesa... becco che non sei altro... se aspettavo te... che dici? che dici? ma che dici? lo vedi che sei becco? bebbè, bebbè, bebbè, solo questo sai dire, becco!, bebbè, bebbè...».

Vella neppure si accorse che i tre uomini andavano via.

«Bebbè, bebbè... becco... sì, dillo ancora, bebbè».

Il più giovane all'uscita rideva forte: pepè, unnè, bebbè. C'era da raccontarla in piazza questa, appena tornati da Palermo.

«Ma che ridi?», lo rimproverò il sindaco che presagiva l'assillo di sua cugina. «C'è da piangere, c'è. E tu ridi». Financo all'uomo grasso che li aveva accompagnati dall'onorevole, scappava da ridere, ma si tenne la faccia scura. Pensò che vero tutti pecorai erano, il primo di tutti Vella.

Quarantasei

Restò in disparte, Placido. Cercò, tra quelli che si salutavano davanti alla chiesa, Silvestre. Ma non riuscì a vederlo. Scrutò meglio, e gli sembrò di riconoscerlo, ormai lontano, mentre si infilava dentro un'Audi, dall'altra parte della piazza. Ma gridare gli parve poco acconcio, vi rinunciò.

Un gruppo, abbastanza compatto, si era raccolto attorno a Gialuce. Sembrava come ammorbidita dal lutto, resa più docile rispetto a quando l'aveva intravista a Roma. Ricambiava baci di condoglianze, con l'attitudine di chi ha preso dimestichezza con il ruolo di vedova. Accanto a Gialuce un uomo alto e massiccio: Placido riconobbe il presidente Casesa. Il suo nome era più famoso della sua faccia, perché a Palermo ne parlavano tutti. Politico di lungo corso, era stato ministro e presidente della Regione, un secolo fa, e la carica gli aveva lasciato in eredità il titolo. Scomparso dai giornali, ufficialmente in pensione, continuava a fare e disfare. Placido rammentò che, appena entrato in polizia, era stato a casa sua a Mondello, forse per notificargli un atto, la convocazione a un processo o chissacché. Ricordò le tende bianche, i divani chiari, il caffè che la signora Casesa offrì a tutti. Aveva rifiutato, a differenza dei suoi colleghi, perché era così giovane che gli sembrava complicità perfino condividere una tazzina di porcellana. Ma invidiò una copia della *Gerusalemme liberata*, vecchia di almeno trecento anni, aperta su un divano, con un dépliant di Legnomarket a fare da segnalibro.

Molti avevano riacceso i cellulari, riprendendo i discorsi sospesi per il tempo della messa. Placido individuò un assessore regionale di cui non conosceva il nome né le vaghe competenze. Casesa, dopo aver stretto Gialuce, si allontanò verso l'auto che aspettava con la portiera spalancata, a motore acceso, nell'ombra della magnolia del Giardino Inglese.

Placido si accostò a Gialuce non sapendo bene che faccia prendere e optò per una di circostanza che immaginò amara e dolente.

«Che fai qua?», si sorprese Gialuce.

«Scusami, sono arrivato alla fine...».

«Grazie, non ti preoccupare», fece lei, porgendogli la guancia per il bacio rituale. Si era subito ripresa dallo stupore. Abbracciandola, a Placido Polizzi sembrò veramente più alta, più grande dall'ultima volta. Ma erano ormai passati più di dieci anni, e si continua sempre a crescere.

Gialuce lasciò la sua mano tra quelle di Placido: «Quanto tempo, vero?».

«Già».

«Tu come stai?».

«Così... tu piuttosto?».

«Ancora non mi rendo conto... per fortuna ci sono i bambini, mi aiutano loro. Anche tu ne hai una, vero? È grande».

«Sì, è grande. Una signorina, ormai».

«È bello avere i figli grandi ed essere ancora giovani».

«Insomma, ex giovane, direi».

Gialuce sorrise, e Placido la riconobbe di nuovo:

«Tu sei sempre stato vecchio, dentro voglio dire».

«Forse hai ragione tu».

«Mi ha fatto piacere, Placido, anche se l'occasione, purtroppo», e Gialuce si offrì ancora al bacio di commiato.

«Pensavo di trovare Silvestre, dovrei parlargli», disse Placido Polizzi.

Si irrigidì, di nuovo estranea:

«Perché lo chiedi a me?».

«Immaginavo che».

«Non lo vedo da un mese».

«Capisco, ma».

«No, non capisci. Non so nulla di Silvestre».

«Scusami, ma».

«Va bene, scusato. Devo andare».

Gialuce entrò in un'auto grigia, nel soffio dello sportello richiuso.

Placido la vide scomparire dietro l'angolo.

Non c'era più nessuno davanti alla chiesa, solo il traffico con i suoi clacson.

Il buio della navata rilasciò qualcun altro. Scendendo dalle scale, a testa bassa, cercava di mettersi gli occhiali da sole. Era chiaro che aveva pianto. Quando arrivò al marciapiede si guardò attorno disorientata.

«Federica Tripodo?», disse Placido.

«Sì?», replicò lei, interrogativa dietro gli occhiali scuri.

«Sono Placido Polizzi. Ci siamo incontrati a Roma. Ricordi?».

«Ah, sì, il giornalista».

«Non proprio».

Restò interdetta.

«Sono un amico di Aurelio. Un vecchio amico, di un altro tempo. E mi avanza qualcosa di lui, che non riesco a restituire». Placido si accorse di avere parlato in fretta, forse sbagliando. Che c'entrava lei con Gialuce e Silvestre e Placido e tutto quello che li aveva uniti e divisi?

«Hai la macchina? Mi hanno lasciato sola», fece Federica. «Se mi dai un passaggio nel frattempo parliamo».

Federica Tripodo

Cosa vuoi raccontare il dolore. È sempre senza parole, ancor più quando le ragioni ti sfuggono perché ignote o perché è preferibile rifiutarle. Ti dico solo che era mio fratello, fratello maggiore, e in questo si condensano molte cose, ovvie e inesprimibili: invidia, ammirazione, insofferenza, devozione.

Un fratello non è mai un'accettazione rassegnata, come può avvenire per un padre o una madre. Un fratello presuppone cose da dare e da ricevere, gesti da compiere e obblighi: è rapporto più simile all'amicizia che non richiede doveri, ma rispetto del principio essenziale della lealtà. Diversamente dall'amicizia non ammette distanze o distrazioni o intermittenze, a rischio dell'essenza della fratellanza.

No, non credere sia discorso cervellotico e confuso, partorito dalla sofferenza. Sono ciuffi di pensieri che in un mese, da quando Aurelio è andato via, germinano nei giorni e nelle notti, quando mi distraggo dalla vita – una telefonata muta, lo shampoo con acqua troppo fredda, l'auto che non parte, la coperta caduta ai piedi del letto, la scatola vuota del caffè – e mi ricordo che non ho più Aurelio. Allora mi accorgo che mi ha lasciato, e nel lasciarmi mi ha voluto rimproverare per non avere capito, per non essere stata abbastanza fraterna – e quindi sorella – venendo meno al patto che la fratellanza impone.

Ora tu mi parli delle sue preoccupazioni, delle sue ansie. Ora tu mi dici, ma non vuoi dirmi fino in fondo, che riceveva segnali, lettere, minacce. Mi fai capire che forse qualcosa non andava con sua moglie, nascondendo, dietro una presunta delicatezza, cose che sai e non vuoi rivelare. E me lo dici in forma di domanda, per capire se io sappia qualcosa di più. No, non so. E anzi le tue insistenze mi rendono più cupa la pena e più forte la colpa, ché non ho capito quando avrei dovuto capire, ché non ho sentito quanto avrei dovuto avvertire. Ma perfino rabbia innescano le tue domande da sbirro, e scusa se uso questa parola che non amo, da sbirro che finge di condividere segreti per carpirne altri. Rabbia per essere stata tradita da Aurelio, che non mi ha riconosciuta come sorella lasciandomi ignara e lontana.

Ha preferito te per il tuo mestiere, dici. Ha preferito tenermi a parte per non coinvolgermi, dici ancora. Grazie, ma non mi basta. Non mi basta adesso che non posso più mostrarmi risentita, che non posso opporre il mio silenzio offeso, che non posso più rinfacciare la mia fraternità tradita fino a ritrovare assieme ad Aurelio i modi della nostra confidenza. Aurelio si è portato via tutto, perfino la possibilità estrema di rifiutarlo come fratello.

Allora, vuoi che ti dica cosa penso di sua moglie? Gialuce è perfetta. Come moglie. Come madre. Bella, elegante, cordiale e distante, educata e corretta. Perfetta per tutti, tranne che per Aurelio. Lui ha bisogno, aveva bisogno, vedi come stenta ad adattarsi la mente?, aveva bisogno di una donna diversa. Gialuce esaltava i lati del suo carattere che si era imposto ma che non erano suoi: l'ambizione, il successo, la carriera. Ma Aurelio era fatto di altre parole, di altre cose, di altri sentimenti che restavano sepolti dentro e che lui sentiva come i lati deboli della sua personalità. La passione per i buoni libri, l'amore per la letteratura, l'attrazione per i luoghi lontani, l'ossessione di scrivere erano qualità che mio padre prima e Gialuce poi ritenevano inutili e disdicevoli. Altro ci voleva, e Aurelio altro trovò per stare nei desideri di mio padre e di sua moglie. Ma venivano da fuori di lui e non da dentro.

Non ci crederai, ma c'è un altro Tripodo che queste cose le ha sempre avute dentro: Natale. Mio fratello o fratellastro, per meglio dire. Mio padre l'aveva avuto da un precedente matrimonio: quando restò vedovo Natale aveva otto anni. Conosci Natale? Il professor Ristoro, so che lo chiamano così. Natale è uguale a mio padre: testa politica, spirito combattivo, prepotenza intellettuale. Ma proprio per questo si scontrava con mio padre, al punto che a vent'anni andò via da casa – Aurelio era un ragazzino, io una bambina – e attraversò tutte le strade che per mio padre erano sbagliate. Si è laureato in lettere, si è atteggiato da libero pensatore, ha sfasciato una famiglia, ha scritto romanzi senza successo e commedie mai rappresentate. Natale ha fatto male e controvoglia tutto ciò che Aurelio avrebbe voluto fare bene e con gusto. Devo anche aggiungere che Natale e Aurelio non si sono mai piaciuti? Mi sembra normale. A fatica, riuscivo a metterli insieme in qualche anniversario familiare, e l'ultima volta è stata per la morte di papà.

Ma adesso tu pensi che questo possa servire a qualcosa? Saperlo o dimenticarlo nulla cambia. Lasciami qui, sono arrivata. Ho lasciato Roma per vivere a Palermo. Forse un altro modo per stare più vicino ad Aurelio, a quel che resta di lui.

Grazie. Non so cosa farò. So di essere sola, ed è già fatica.

Quarantasette

La prima cosa è il mare. Non lo vedi, né respiri: lo senti. Nel rinnovare la promessa di portarla in Sicilia, Aurelio spiegava che, aperto il portellone dell'aereo, la prima cosa che senti è il mare. Succede di giorno e di notte, succede quando piove e con il sole, d'inverno e d'estate.

Florence lo aveva sentito il mare, proprio come diceva Aurelio. Avvertì il contraccolpo, come dopo aver trattenuto a lungo il fiato: la vertigine del respiro. Chi diceva che il mare è più di un sentimento? Forse uno scrittore o una canzone.

Era in Sicilia. Senza Aurelio, ma per lui. Solo per lui. Per viaggiare con Aurelio, per sentirlo accanto nell'assenza, per sentirsi peggio di quanto potesse, ricordando come lo aveva abbandonato, e per piangere per lui. O forse per trovarlo, per l'ultima volta, prima di andarsene via senza voltarsi indietro, decisa a seppellirlo dentro di sé o tenerlo come il fossile di un fuoco spento.

Alla barriera degli arrivi, subito dopo la porta scorrevole che si apriva su una hall di vetrate illuminate dal mare, Florence sentì molteplici occhi addosso. Ma subito comprese che sbagliava. Ancora Aurelio: quando sbarchi in un aeroporto siciliano ci sono più parenti che passeggeri. La tirannia della famiglia in Sicilia diventa erculea alle occasioni fondanti di matrimoni, battesimi, funerali, viaggi a lunga percorrenza.

Non per Florence era la folla dell'attesa, ma per altri viaggiatori salutati da lontano e abbracciati oltre i cordoni di protezione, nel groviglio di bagagli abbandonati e baci impellenti. Si fece largo nel muro di affetti ritrovati, mentre ciascuno tentava di strappare all'altro la valigia più pesante. Guadagnò l'uscita: comprese allora che veniva studiata e analizzata e catalogata nella schiera degli stranieri, in viaggio per turismo o per lavoro. I tassisti le si fecero incontro offrendo passaggi a tariffe ritoccate per Palermocentro.

Scuoteva la testa, mentre alcuni erano pronti ad afferrare la sua borsa leggera per conquistarla. «Chi piglia un turco è suo», amava ripetere Aurelio. Gli sembrava frase bellissima, a restituire il senso siciliano dei conquistatori conquistati. La Sicilia era terra da sempre invasa, ma tutti gli invasori ne venivano devastati e a loro volta invasi. «Chi piglia un turco è suo», diceva Aurelio. E Florence rammentò l'altro proverbio che Aurelio faceva rampollare dal primo: «Pigliato dai turchi, sentirsi come preso dai turchi: cioè confuso, sbigottito, sorpreso». Perché a volte i turchi o saraceni conquistatori e pirati riuscivano a fare fino in fondo il loro sporco mestiere di sequestratori e allora tutto si capovolgeva, perché essere presi dai turchi era il sovvertimento. Eppure, a rigor di logica, avrebbe dovuto essere la norma. Ma tutti i siciliani possono essere scambiati per turchi.

Florence non si fece prendere dai turchi che offrivano corse per Palermocentro: difese la sua valigia, mentre nelle orecchie rimbalzavano le frasi strascicate e ammiccanti dei tassisti, nel loro dialetto scivoloso uguale a un canto ironico.

Si fece largo nel piazzale. Sentì più forte il respiro del mare. Poi, andò decisa verso un tassista che fumava, indifferente alla ressa dei suoi colleghi.

«Lei è libero?», chiese Florence.

«Dipende», rispose il tassista, restando appoggiato alla sua Multipla.

«Dovrei andare a Monserrato».

«Via Monserrato?».

«No, il paese di Monserrato».

«È lontano da qui. Le costerà», fece il tassista.

«Non c'è problema. Quanto tempo ci vuole per arrivare?».

«Un'ora e mezzo, due. Dipende».

«Allora andiamo», e Florence salì a bordo, sul sedile posteriore.

La Multipla lasciò il piazzale, mentre Franco Schirò regalava ai suoi colleghi allibiti e un po' invidiosi il segno delle corna con la mano.

Quarantotto

Contò le sedie. Duecentottanta. Ma il calcolo non tornava perché alcuni operai ne aggiungevano altre. Più di trecento, comunque. Su un palco, da un tavolo lungo calavano i fili dei microfoni, mentre un uomo faceva le sue verifiche:

«Sssa, sssa, prova, uno due tre, prova microfono. Questo va bene, Giurlà», gridava al tecnico al mixer. La stessa storia tornò a ripetersi tre, quattro volte.

Placido controllò l'orologio: le quattro e un quarto. I manifesti per le strade di Monserrato annunciavano l'inizio della manifestazione per le sedici e trenta, ma nell'auditorium Roma, un tempo sala per banchetti nuziali quando i matrimoni erano più poveri e meno pretenziosi, si aggiravano solo gli operai che continuavano a portare sedie di plastica bianca. Perfino il «Giornale di Sicilia» del mattino annunciava l'orario delle sedici e trenta per la presentazione ufficiale della candidatura a sindaco di Natale Tripodo, ma Placido era stato troppo fiducioso, sottovalutando l'arrotondamento automatico di un'ora che ogni siciliano compie rispetto a un evento pubblico e ancor più quando è di natura politica.

Era arrivato a Monserrato alle tre del pomeriggio. Voleva essere in anticipo per aver modo di osservare l'arrivo del pubblico e degli organizzatori. Era sicuro di trovare Silvestre Majorca: lo aveva intravisto in un'immagine del tg regionale, alle spalle di Natale Tripodo, quando si era diffusa la notizia che questi sarebbe stato candidato a sindaco di Monserrato e al collegio lasciato vacante da suo fratello. Una sola campagna elettorale per due voti a poco più di quindici giorni di distanza. Doppietta pressoché sicura: Comune e Camera dei Deputati, sull'onda emotiva dei funerali di Aurelio che avevano mobilitato mezza Sicilia politica e purc l'altra mezza, smossa dal sentimento affettuoso che sempre si riserva ai morti, ancor più quando sono giovani e vittime di se stessi.

Placido ricontò le sedie. Ormai erano trecentododici, e ancora ne venivano aggiunte. Si sentì osservato da uno degli operai: girò la testa temendo di essere riconosciuto, ma si vergognò della sua presunzione. Non era così celebre, era solo un imputato minore che fumava troppo e si scarnificava i polpastrelli.

Qualcuno posò dei vasi di fiori davanti al tavolo degli oratori. Tutto avveniva con molta calma, come se mancassero molte ore all'inizio. Polizzi controllò ancora l'orologio: le sedici e trenta. Rassegnato, prese posto in una sedia verso il fondo. Era il primo, il più fedele e puntuale tra tutti coloro che da lì a poco avrebbero acclamato Natale Tripodo.

Quarantanove

Nulla era stato spostato nella segreteria di Girolamo e Aurelio Tripodo, l'appartamento al primo piano del palazzo dove la famiglia viveva, dove erano nati uno dopo l'altro i figli, dove era morta la prima moglie di Girolamo. Quel palazzo dove era stata vegliata, nella bara sigillata arrivata in aereo da Roma, la salma di Aurelio, prima del funerale che aveva visto sfilare per il corso di Monserrato tutta la Sicilia politica: si erano potuti vedere nemici acerrimi come Vella e il presidente Pirritteri uno accanto all'altro, sebbene ciascuno avrebbe voluto sapere l'altro dentro la bara di mogano; si erano presentati tre sottosegretari, due ministri, un vicepresidente del Consiglio, e poi assessori regionali, sindaci, amministratori di aziende sanitarie locali e di istituti autonomi delle case popolari.

Funerale maestoso. Dopo aver reso omaggio alla madre di Aurelio, alla moglie, alla sorella, una carezza ai bambini stralunati e stanchi, ognuno aveva preso le mani calde e grandi di Momò Casesa. E a ogni stretta, Casesa avvertiva il tonfo delle palate di terra che seppellivano Aurelio e lui stesso, perché tutti ritenevano giunto il suo tramonto politico. Il latifondo di Monserrato e l'intero collegio, nella fantasia di molti, erano ormai feudi senza padroni, esposti alla devastazione di Vella, deciso a impossessarsi di voti ed elettori. Ma avevano sottovalutato Casesa.

Momò allontanò le cattive premonizioni e si ritrovò di nuovo a casa: la segreteria Tripodo era immutata. L'enciclopedia Treccani mai sfogliata nel mobile grande, alle spalle della scrivania di legno rozzo. I fili a vista correvano sui fregi liberty del soffitto, macchiato dall'umidità e dal fumo di troppe sigarette. Momò si accorse del silenzio.

«Caro Momò», gli si fece incontro Silvestre.

L'appellativo affettuoso turbò i presenti: non sapevano che era stato proprio Majorca a convincere l'ultimo maschio dei Tripodo a candidarsi, fornendo a Casesa la leva necessaria per mantenere attiva la propria influenza.

«Carissimo», lo abbracciò Casesa. E fu plateale la solidità della nuova alleanza: Majorca era da tenere in conto e in considerazione più di prima. Uno alla volta, gli altri omaggiarono Casesa, secondo gerarchie invisibili di confidenza e intimità, dal cerchio più stretto al più vasto. C'era una ventina di persone nello studio, mancava solo Natale Tripodo.

«Dov'è?», sussurrò Casesa, mentre Majorca gli concedeva la poltrona più comoda e centrale.

«Su al terzo piano, dalla madre», sibilò Silvestre.

«Madre?».

«Sì, la mamma di Aurelio. Non si sono mai trattati molto, ma non c'è astio. Natale le ha chiesto una specie di benedizione».

«Mi pare giusto. Chi c'è con loro?».

«Federica e qualche altro parente stretto, al massimo tre persone».

«Nessuno che...».

«L'ho accompagnato io», continuò Majorca all'orecchio di Casesa. «Nessuno che si immischia di cose di politica».

«E la picciridda?».

«Federica?».

«Sì, Federica, che dice?».

«Lo sai come era legata ad Aurelio».

«Certo che lo so. Per questo dico».

«È addolorata, ma tranquilla. Si sta rassegnando».

«Meglio così. Non c'è niente altro da fare, in questi casi».

Dal gruppo qualcuno interruppe:

«Silvestre, sono le cinque passate. Che facciamo?».

«Tanto siamo a due passi. Non c'è fretta», rispose Majorca. «Il presidente Pirritteri?».

Un ragazzo in giacca blu, di vedetta in balcone, annunciò verso l'interno:

«Pirritteri arrivò adesso».

Si sentì da fuori un frenare d'auto, un accenno di sirena accesa e subito spenta, sbattere di portiere.

«Miii, tre macchine di scorta ha...», commentò uno affacciato di sotto.

Lo strusciare di molti passi sul pavimento fece corona all'ingresso del presidente Pirritteri. Momò Casesa accennò ad alzarsi, ma Pirritteri si premurò a fermarlo prima che si sollevasse dalla poltrona. Lo baciò sulle guance, sicilianamente, teatralmente. Gli astanti assentirono, registrando in cuor loro che il presidente della Regione era tornato sotto l'ala di Casesa: qualcuno ghignò pensando a Vella, a quel che si stava consumando ai suoi danni.

Natale Tripodo si fermò alla porta. Sembrava avesse pianto. Silvestre Majorca gli andò incontro:

«Aspettiamo te. Come è andata?», sussurrò.

«Toccante, molto più di quanto...».

«Certo, immaginavo. Andiamo. Sono già le cinque. Sono arrivati anche Casesa e Pirritteri. Signori, ecco il nostro candidato».

Germogliò un applauso, subito ripreso e amplificato. Casesa e Pirritteri annuivano, uno in poltrona e l'altro ancora in piedi. Natale Tripodo pensò al gatto e alla volpe di Collodi, ma allontanò il paragone. No, non era Pinocchio e nessuno lo avrebbe portato nel campo dei miracoli.

Cinquanta

«E siamo arrivati», disse Franco.

Il viale di accesso era segnato da edifici sparsi e non finiti, facciate grezze di mattoni di tufo, officine meccaniche, bar con tavoli e sedie di plastica. Florence aveva fantasticato un posto diverso, di case bianche e basse, simile a certi villaggi della Grecia. Accese le prime luci, sfarfalleggiavano i neon nei caffè.

«Monserrato», disse a bassa voce.

«Già, Monserrato», ripeté Franco Schirò.

«C'è il mare qui».

«Sì, come a Palermo. Il mare c'è ma non si dice».

«Il mare c'è ma non si dice», sottolineò Florence.

«Dove andiamo?».

«Non lo so».

Franco, durante il viaggio, si era abituato alle stranezze della francese. Da poche frasi, aveva capito che cercava qualcuno. Ma Franco sapeva che si trattava di un morto, e i morti non si fanno mai trovare.

Florence captò un manifesto con la coda dell'occhio. Fece fermare Franco. I cartelloni occupavano l'intera parete: Natale Tripodo, sindaco di Monserrato. Sotto la foto, una frase: «Un impegno che non si spegne». Lesse l'orario della manifestazione, il luogo.

«Mi porti in corso Roma», chiese a Franco.

Ma erano già in corso Roma, e la sala era soltanto alcuni numeri civici più avanti. Franco posteggiò il taxi.

«Mi faccia compagnia, per favore, non mi faccia entrare da sola», chiese Florence.

Franco annuì. Era bella la francese, ma triste. Le donne tristi gli davano dispiacere, e paura.

Nella sala c'era poca gente. Florence controllò l'ora:

«Forse è tutto finito, era previsto per le quattro e mezzo».

«No, deve cominciare. È normale», spiegò Franco.

Altri manifesti con la foto di Natale Tripodo.

«Chi è?», chiese Florence.

«Ci sono le elezioni, per il nuovo sindaco».

«L'avevo capito. Lei conosce questo Tripodo?».

«Non personalmente, so che suo fratello era un politico. È morto, poco tempo fa».

Florence non disse nulla, ma Franco la vide sussultare. Deglutiva forte scrutando i manifesti.

Franco lo identificò da dietro, dal modo di stare seduto. Gli si avvicinò in silenzio e colpì con una manata sulla spalla.

«Ma tu che c'entri qui?».

«Dimmelo tu che ci fai», rispose Placido.

«Ho accompagnato una turista. Francese».

«Com'è?».

«E non lo sai? Se non sono belle nemmeno ci salgono su Venezia 9».

«L'hai sparata con il cannone questa».

«Se non si sogna, che resta della vita?».

Florence si mosse nella loro direzione.

«È questa qui», sussurrò Franco. «Le posso presentare un caro amico? Placido Polizzi».

«Ci siamo già incontrati», tese la mano Placido.

Florence lo guardò meglio, ricordando. Franco non riuscì a nascondere la meraviglia.

«A Roma, un giardino con gli alberi di arancio. E pioveva».

Florence sembrò sul punto di incrinarsi. Ma la sua voce uscì ferma:

«Ricordo. È stata l'ultima volta, l'ultima volta che sono stata felice a Roma».

Natale Tripodo

… veramente a tutti. Cari amici, le cose che sono state dette qui stasera, è inutile ribadirlo, mi riempiono il cuore di gioia e di commozione. Ma allo stesso tempo mi riempiono la mente di pensieri forti. E soprattutto mi dà coraggio la vostra fiducia, testimonianza di un affetto che investe me, in prima persona, ma si estende all'intera mia famiglia.

In questo momento non posso che rivolgere un pensiero d'amore e di dolore, scusatemi l'inevitabile punta retorica, a mio padre Girolamo, che molti di voi hanno conosciuto

(applausi)

molti di voi hanno conosciuto e hanno avuto come amico, e leggo nei volti del presidente Casesa e del presidente Pirritteri, la sincerità dell'affetto rimasto integro negli anni e nei cambiamenti della nostra società. L'altro pensiero, altrettanto carico d'amore e di dolore, è rivolto a mio fratello Aurelio, il nostro fiore spezzato…

(applauso lungo e prolungato, pubblico in piedi)

scusate l'inevitabile commozione

(sorseggia acqua)

Aurelio ha dato onore alla politica: la sua lealtà, il suo impegno, le sue idee hanno tracciato i binari entro i quali si muoverà la mia azione di sindaco e di parlamentare, coerentemente a un disegno di sviluppo e di miglioramento della nostra città, dell'intera nazione. Si dice ormai da tempo che la politica ha un costo, ebbene questo costo Aurelio Tripodo lo ha pagato con la vita, schiacciato dal peso delle malevolenze e dal clima di sospetto alimentato dall'odio politico e dal pregiudizio negativo rispetto a chi svolge l'attività che gli antichi filosofi reputavano più nobile tra tutte, quella dell'amministrazione della cosa pubblica.

(applausi)

Ora, voi sapete bene che la mia storia si è svolta finora lontano dalla politica. Ma essere lontani non significa esserne estranei. Tutt'altro. La carica di impegno nei confronti degli altri che la famiglia Tripodo ha mostrato lungo l'intero arco della storia della nostra repubblica non si spegne, ma si ravviva e riaccende in questa nuova competizione elettorale

(applausi ripetuti)

scenderemo nei dettagli a parlare di programmi, sfideremo i nostri avversari sul terreno delle cose concrete, delle cose da fare, saremo corretti e mai volgari, eviteremo gli attacchi personali attenendoci alla regola del fair-play, anche se nessuno potrà prenderci per fessi

(risate)

ma a chi, meschinamente, con atteggiamenti speciosamente zelanti, ci accusa di sfruttare il nostro cognome per farci un nome, noi replichiamo che questo cognome è nostro da sempre, e di questo cognome andiamo orgogliosi e fieri

(applausi, qualcuno grida: bravo)

e a chi, ancor più meschinamente, sostiene che i morti sono concime per il vivo

(mormorio di disapprovazione in sala)

sì, so che è una frase odiosa e offensiva, ma non bisogna dimenticare chi ci insulta: possiamo perdonare, ma non dimenticare. Perdonare è da re, dimenticare da stolti

(cenni di approvazione)

ebbene, a chi tira in ballo i morti, noi rispondiamo che noi onoriamo i nostri morti, li ricordiamo e li teniamo vivi in noi

(applausi)

non saremo mai come coloro che pensano ai propri morti solo una volta all'anno: noi li teniamo presenti ogni giorno, accanto a noi, vicini a noi e, foscolianamente – mi si consenta questa piccola lezione da professore, quale sono – crediamo che la memoria dei nostri morti «l'animo nostro a forti cose accende».

(applausi)

Grazie, veramente grazie. Grazie veramente di tutto, a tutti. A moltissimi, e di ciascuno vorrei citare i nomi, l'affetto che mi hanno riservato, ma in questo momento devo affettuosamente rimproverare un caro amico di cui voglio pronunciare il nome a voce alta: Silvestre Majorca

(applausi)

vieni, vieni qui, Silvestre, ti prego…

(applausi di incoraggiamento, grida dalla sala: vieni fuori. La persona chiamata in causa sale sul palco, abbraccia l'oratore che gli tiene una mano sulla spalla)

ecco, se c'è un responsabile per questa mia discesa in campo, mi si passi il termine, è l'amico Silvestre, la persona che fino all'ultimo attimo di vita di Aurelio gli è stato vicino

(applauso commosso)

è stato lui a farmi lasciare le mie lettere e il mio orticello, è stato lui a fiaccare le mie resistenze, quando avrei preferito, come diceva qualcuno, restare a conversare sotto un olmo con un barbiere e con un curato. E, dopo lunghe discussioni, mi ha convinto con una frase, vero Silvestre? Mi permetti di ripeterla?

(l'interpellato annuisce)

I Tripodo non hanno ancora finito di dare al nostro paese.

(commento tra due uomini, seduti alle ultime file: e di prendere)

Ecco, la nostra storia è questa, sotto gli occhi di tutti. La nostra storia, la nostra tradizione, il nostro impegno. Grazie, grazie, grazie.

(applausi, strette di mano, pubblico in piedi, entusiasmo).

Cinquantuno

Un muro di spalle impediva a Placido Polizzi di avanzare oltre. Attorno al palco, decine di persone si facevano sotto offrendo la mano a Natale Tripodo, stretto nell'abbraccio pubblico di Casesa e del presidente Pirritteri. Polizzi per due volte aveva incrociato, da lontano, lo sguardo di Silvestre Majorca, ma questi fingeva di non vederlo né riconoscerlo.

Si fece largo tra la folla. Un uomo corpulento fermò la sua lenta avanzata.

«Polizzi, e lei?», disse l'avvocato Mezzasarma. Era vestito di blu, senza cravatta, l'abbronzatura a tradire la passione per le barche a vela. «È dei nostri?».

«Devo incontrare una persona».

«Bene, avrebbe dovuto dirmelo prima. Questo ci avrebbe consentito una difesa, diciamo così, meno tecnica, più articolata».

«No, sono qui solo per un appuntamento di lavoro».

«Ah, capisco». Mezzasarma appariva deluso.

«Conoscevo Aurelio Tripodo».

«Certo. Una vera tragedia. Purtroppo, è la vita», fece l'avvocato, e la sua delusione in parte parve attenuata. «Comunque, in appello siamo fortunati. Un buon giudice a latere, uno equilibrato, sereno: Sarmonti, lo conosce?».

«No».

«Equilibrato, sereno. A breve dovrebbero fissare l'udienza. Le faccio sapere».

«Grazie, avvocato».

«Stia tranquillo, Polizzi».

«Sono tranquillo, avvocato».

«Tranquillo», disse ancora Mezzasarma, allontanandosi.

Tripodo, Majorca e il resto del gruppo ormai avevano lasciato la sala. Vicino all'uscita c'erano Franco Schirò e la sua passeggera francese. Si avviò verso di loro.

«Torni a Palermo?», chiese Franco.

«Prima devo incontrare una persona. E lei?».

«Penso che dormirò qui», disse Florence. «Conosce un albergo?».

«Ce n'è uno, verso il mare. Mi pare si chiami Sabbia, o Sabbia d'oro».

«Ho capito. Lo so dov'è», fece Franco.

«Allora, arrivederci».

«Arrivederci».

«Ci rivediamo in Palermo, Placido».

«Ciao, Franco».

Uscirono, fuori era già buio.

Cinquantadue

Saverio portò due calici.

«Nero d'Avola, in purezza», disse, mostrando la bottiglia.

Delia e la sua amica Valù approvarono vagamente.

Saverio versò il vino nei calici grandi. Era denso e brillante.

«Adesso vi porto qualche stuzzichino», disse Saverio, prima di andarsene.

«Lascia qui la bottiglia, Saverio», disse Delia. «Ci pensiamo noi».

Bevvero dai calici grandi, sedute agli sgabelli alti dell'enoteca. Fuori, il traffico si incattiviva a colpi di clacson, nell'ora del rientro. Ma là dentro i rumori giungevano attutiti forse dal legno degli scaffali pieni di bottiglie di vino allineate alle pareti. C'era un buon odore, di formaggio e salumi, di sughero e mosto.

«Dici sempre così. Scusami se te lo ricordo, Delia», disse Valù. Aveva occhi chiari, un orologio costoso e parecchia ironia.

«No, questa volta è finita veramente. L'ho detto altre volte?».

«Almeno tre, a mia memoria».

«Bè, questa è veramente l'ultima».

Saverio allungò un vassoio sul bancone.

«Caciocavallo ragusano, salame di Brolo, ricottine e sfincionello, senza cipolla, però».

«Grazie, e chi cena più questa sera?», disse Valù, assaggiando un tassello di formaggio.

«Tu non mi credi, vero?», domandò Delia.

«No, certo che ti credo. Credo che sei ancora innamorata di Placido».

«Non mi conosci, allora».

«In effetti, solo da quindici anni».

«Sai che non accetto di essere umiliata».

Valù versò il vino nei calici, senza rispondere.

«Non lo pensi?», incalzò Delia. Sembrava ansiosa.

«La risposta che ti piace sentire o quella sincera?».

«Sincera».

«Non ti fai umiliare, è vero. Ma ti umili da te, cominciando a darti colpe, a cercare i tuoi difetti, a scoprire per quali motivi gli uomini se ne vanno. Questa volta invece, proprio perché ti senti umiliata, sei più reattiva. Ti senti umiliata ma innamorata, e non sai decidere».

Delia versò ancora vino.

«Non so decidere. Forse è vero. E allora che faccio, lo cerco?».

«Se è quello che vuoi».

«Ma così ammetto che sono persa di lui».

«Se è la verità non c'è niente di male».

«Non è così. Placido è uno sfuggente, con mille problemi, reali e immaginari: l'ex moglie, la figlia, i guai suoi… se lo cerco forse lo perdo per sempre».

«Allora è vero: sei innamorata».

«No, sono ubriaca. Non so nemmeno quello che dico».

«In vino...»

«Veritas, lo so. Non diciamo minchiate».

«Sai che ti dico, Delia? Hai ragione tu. Non chiamarlo, non cercarlo, non umiliarti. Così non corri manco il rischio di farti dire no, di sentirti dire che a lui non gliene frega niente di te».

«Lo pensi veramente? Una scopata ogni tanto e via, allora».

«Non lo so. Non lo sai nemmeno tu. In tutto questo tempo glielo hai mai chiesto?».

«No, mai».

«E allora fallo».

«Meglio di no, meglio lasciare le cose come stanno».

Delia piegò la bottiglia; venne fuori l'ultimo rigagnolo.

«L'ho bevuto tutto io. Sono ubriaca», commentò, smarrita nel fondo del calice. «Però Placido mi manca».

Valù guardò il suo orologio costoso e pesante.

«È tardi, devo passare a prendere mio figlio in piscina. Tu che fai?».

«Resto ancora un po', così mi deprimo abbastanza».

«E dopo?».

«Ho un impegno. Mi devo suicidare».

«Divertiti».

«Te ne pentirai».

«Sei ubriaca».

Valù andò via. Due uomini in giacca e cravatta si voltarono a fissarla fin quando non uscì dall'enoteca.

Cinquantatré

Aveva preso a piovere. La pioggia punteggiava il parabrezza dell'auto, caleidoscopio che scomponeva le luci dei lampioni e delle insegne dei negozi. Lampeggiava incerto il neon del caffè Splendid, guizzava nei pensieri di Placido Polizzi qualcosa che non riusciva a mettere a fuoco.

Seduto in macchina, aveva visto uscire dalla segreteria di Tripodo il presidente Pirritteri che aveva preso il largo accompagnato da sirene e lampeggianti blu. Era poi venuto fuori Casesa, omaggiato fin sul marciapiede da Natale Tripodo e dai più fedeli o più servili.

Silvestre sfilò via poco dopo. Le mani in tasca, il bavero alzato, sfuggiva lungo i muri e sotto i balconi. Placido voleva parlargli lontano da altre persone. A vederlo così, gli sembrò il medesimo Silvestre che sotto la pioggia, in una sera di dicembre, risalì viale delle Scienze con lo zaino pieno di panini e birre. Era una domenica, nella facoltà occupata erano rimasti pochissimi ostinati: mangiarono pane con le panelle e birra Peroni sui banchi dell'aula magna, per il resto vuota. Nella malinconia del pomeriggio, Placido avvertì distintamente che stavano celebrando i loro vent'anni: una muta promessa di eternità che, appena pronunciata, già sentivano svanire.

Placido Polizzi si distolse e scese dall'automobile. Silvestre era a un centinaio di metri. Camminava a testa curva, cercando riparo dalla pioggia fina. Lasciò il corso principale, svoltò per un vicolo. Placido lo seguiva. Rade auto segnavano l'asfalto bagnato, le saracinesche dei negozi abbassate a metà lasciavano intravedere i piedi dei proprietari impegnati a riordinare le merci prima della chiusura.

Arrivarono a una piazzetta aperta al vento del mare, in parte delimitata dalle transenne di lavori in corso. La cupola di una chiesa assisteva indifferente.

Placido si affrettò. Silvestre ne avvertì la presenza, si girò.

«Aspettami», gridò Placido Polizzi.

Silvestre Majorca abbozzò un passo, di fuga o di sorpresa. Poi restò fermo, chiuso in sé.

Placido si accostò. Gli parve di ricordare qualcosa, di rimettere insieme i tasselli del caleidoscopio di frasi e parole che aveva sentito. Ma il pensiero fu spazzato via dalla durezza di Silvestre.

«Che fai, lo sbirro con me?».

«Ti devo parlare».

«Parla».

«Qui?».

«Ci siamo solo noi», e Silvestre indicò la piazza vuota.

Il vento portò una zaffata di alghe putrefatte, cassette vuote di pesce, legno marcio.

«Allora?», incalzò Silvestre, e il mento gli si alzò nella sfida.

«Questi soldi. Non li voglio», Placido tirò fuori dalla tasca l'assegno arrivato due giorni prima.

«Non so di che parli, Placido».

«Lo sai bene. Dovevo fare un lavoro. Non l'ho nemmeno iniziato. Perché questi soldi?».

«Da chi è firmato l'assegno?».

«Da Aurelio».

«Restituiscilo a lui, allora».

«Aurelio è morto».

«E allora tienilo».

«Cos'è? Un modo per farmi stare buono?».

«Non sai che dici».

«Lo so benissimo. Aurelio è morto e forse tu ne sai qualcosa... meglio farmi stare zitto. Non è così?».

Silvestre gli si avvicinò e gli diede una botta sulla spalla.

«Ma che senti dire? Che vuoi dire?».

«Che forse tutta la storia delle lettere era una messinscena, tanto per giustificare la morte di Aurelio. Che forse Aurelio è stato aiutato ad ammazzarsi».

Silvestre continuava a spingere, colpendogli la spalla. Placido fu costretto a indietreggiare.

«Tu sei un povero pazzo. Lo capisci, vero? Non sai nemmeno che dici», lo sfidava Silvestre. «Un povero sbirro fallito, ecco cosa sei. Uno sbirro senza chiacchiere né distintivo. Tu sei uno sbirro di merda. Sei mezzo sbirro e mezzo mafioso».

Placido finì con le spalle contro il muro, sotto la retorica targa con il nome della piazza: «Largo Giovanni Falcone e Paolo Borsellino».

Tirò un pugno, all'orbigna.

Silvestre cadde a terra:

«Che fai, ma che cazzo fai?».

Silvestre seduto a terra, le gambe lunghe di pupo disarticolato, le mani sulla faccia. Sangue dal naso.

Placido Polizzi lo lasciò sull'asfalto nella piazza vuota. Silvestre piagnucolava tra gli insulti.

Aveva smesso di piovere, ma la serata era umida assai.

Cinquantaquattro

Forse mai Aurelio aveva visto da qui il suo mare. Chi cresce in un posto non frequenta gli alberghi della propria città: sono punti di osservazione riservati ai turisti, ai rappresentanti di commercio, ai viaggiatori d'affari. Era un mare ampio, quasi verticale, proteso nella notte verso la costa africana che doveva essere da qualche parte, laggiù.

Florence era sola sulla terrazza dell'albergo: gli ospiti erano rientrati nelle loro camere, dopo aver affidato al portiere gli orari delle sveglie mattutine, ciascuno già insonnolito, preso nei suoi impegni dell'indomani.

Florence non aveva nessun impegno.

Il cameriere del bar, prima di chiudere il bancone, abbastanza di malavoglia aveva tirato fuori una bottiglia di cognac e le aveva riempito il bicchiere. Pioveva, ma Florence stava sotto la veranda. L'albergo era fuori dal centro abitato, nella parte balneare, battuta dalla mestizia fuori stagione.

Il tassista aveva insistito a lungo, addirittura preoccupato: avrebbe preferito riportarla a Palermo. Di fronte alla testardaggine di Florence, se ne era andato indispettito. Non gli piaceva proprio che una donna rimanesse da sola in un albergo di provincia. Florence era riuscita a rassicurarlo soltanto dopo avere promesso che avrebbe conservato il numero di telefono e che, per qualsiasi evenienza, lo avrebbe chiamato. «Guardi che da qui, a Palermo si torna solo con l'autobus», aveva detto Franco, congedandosi. E sulla parola autobus aveva premuto un sonoro accento di disprezzo.

Il mare sotto la pioggia. Florence sorseggiò il cognac. Si strinse il maglione alla gola. Ripensò ad Aurelio, al suo mare che lei ora respirava. Altre cose aveva visto e respirato. Una piazza sotto le luci gialle, la facciata liberty del palazzo municipale, le banchine sporche del porto, l'odore del pesce, lo sciabordio dei pescherecci ormeggiati. Dai finestrini del taxi, Florence ricavava una certezza: quei luoghi e quegli odori e quel vento aiutavano a resuscitare Aurelio, a ritrovarlo e forse a capirlo. Chissà se nella chiesa di tufo giallo aveva mai pregato. Chissà se sugli scalini di pietra dura si era mai seduto, ragazzino, con un pallone fra le gambe nude nei calzoni corti. Chissà se nel bar col neon verde era mai entrato. E qui, in questa piazza, aveva incontrato qualcuno, aveva concesso un saluto, forse un bacio, tradito una promessa, consumato un sogno, smarrito uno sguardo, perso un'illusione e tutte le altre cose che altrimenti non succedono mai.

Ma il mare è uguale dappertutto. E sotto la pioggia perfino un mare africano può essere confuso per il mare del nord. Aurelio diceva sempre che sognava le spiagge di Bretagna, asciugate a sera dalla bassa marea, dove si lasciano orme molli a piedi nudi. Si erano sfidati: chi vedeva prima il mare dell'altro avrebbe vinto. Aurelio, hai perso tu.

Cinquantacinque

Dal buio in corridoio, capì che sua madre aveva spento la luce sul comodino. La sveglia segnava le ventitré. Manuela chiuse il libro. Tra le pagine dell'*Antigone* custodiva la foto scattata a San Martino delle Scale, lei bambina imbacuccata sulle spalle di suo padre.

Si affacciò alla porta, per verificare che sua madre fosse veramente a letto. Anche la tv in camera taceva. Manuela si chiuse nella stanza. Si ficcò sotto il letto e tirò fuori una scatola da scarpe. L'aprì con una certa cautela. Un rumore la allarmò, richiuse il coperchio, ma il silenzio successivo tornò a incoraggiarla.

Nella scatola c'erano due biglietti del concerto di Sarah Vaughan a Palermo, 26 luglio 1988. Pensò che non era ancora nata, allora. Un portachiavi a forma di cuore.

Allineò sul letto quegli oggetti che intuiva preziosi per sua madre – anche se forse adesso dolorosi o, peggio, insignificanti – e sciolse il cordino verde che teneva assieme un pacco di lettere. Non moltissime, sì e no una ventina.

Si chiese se era giusto leggerle.

Si rispose che erano scritte da suo padre e aveva diritto di sapere.

Si domandò se le avrebbe dato fastidio sapere.

Si diede pace immaginando che non vi avrebbe trovato niente di clamoroso.

Si accorse, dalle date, che erano conservate in ordine di tempo. Aprì la prima. Ritrovò la scrittura di suo padre, ma parve più giovane (si chiese se la calligrafia può invecchiare, forse sì).

Si buttò a pancia sotto sul letto.

«Amore, ti dovrei chiamare così? Ma si dovrebbe scrivere alla fine una parola così. E allora meglio non pronunciarla, perché magari alla fine non c'è più tempo o voglia. Diciamo solo che qualcosa è successo in questo mondo di cose che non succedono mai...».

Manuela si rigirò a pancia all'aria, continuando a leggere. Si chiese se qualcuno le avrebbe mai scritto una lettera così. Avrebbe voluto riceverla da Nando, ma quello sapeva solo mandare il solito messaggino: 6 frte TVB.

«... non succedono le cose che vorremmo, le cose che sentiamo già nostre e che invece perdiamo prima di conoscerle. E invece stavolta qualcosa è successo. E non è poco, vero? Già il fatto di capirlo e sentirlo mi sembra straordinario. Ecco perché è troppo poco chiamarti amore...».

Cinquantasei

Gli faceva male la testa. Botta di sangue, diceva sua madre. Botta di sangue al cervello. Aveva rinunciato a tornare a Palermo. Non era in grado di guidare. Placido Polizzi preferì ricoverarsi in albergo, passare la notte a Monserrato e tornare indietro con calma l'indomani mattina, alla luce del sole, quando ogni cosa appare più semplice, la distanza più breve, la rabbia meno accesa.

Rivedeva Sibbio Majorca a terra, piagnucolante. Ma non si sentiva né vittorioso né placato. Lo aveva accusato di avere ammazzato Aurelio, e nemmeno lui sapeva bene perché. Tanto per ferirlo, per colpire la sua fedeltà ad Aurelio vivo e il tradimento consumato a cadavere ancora caldo. O forse no, forse Majorca era soltanto fedele al potere, alle regole che ne costituiscono forma e sostanza.

Fermò l'auto nel parcheggio dell'albergo. Nello specchietto retrovisore, illuminato dalla luce interna, si scoprì col viso gonfio, il colletto della camicia lacerato. Le nocche delle dita scorticate bruciavano. Cercò di darsi una sistemata ai capelli. Richiuse il giubbotto di pelle fino al mento, per nascondere lo strappo.

Il portiere di notte gli assegnò una camera al terzo piano. Placido Polizzi chiese spazzolino e dentifricio, ma l'albergo aveva esaurito le scorte.

Andando verso l'ascensore, fu raggiunto dall'odore di mare. La vetrata sulla terrazza era aperta. Raggiunse il parapetto. Chiuse gli occhi. Pioveva poco, gocce leggere sospese nell'aria. Respirò a fondo.

«D'inverno è diverso, vero?».

Il timbro era inconfondibile. Solo una francese poteva esserci a Monserrato.

«Già, d'inverno è più... non so come», disse Placido, rivolto verso l'angolo più scuro della veranda.

«Forse più crudele. L'ho letto da qualche parte».

«Sapevo che è aprile il più crudele dei mesi».

«Parlo del mare. L'odore del mare è più crudele d'inverno», disse ancora la voce, ma seguendo il filo di un pensiero.

«Perché è un mare negato, forse».

«Stiamo scadendo nel vizio di avere pensieri profondi davanti al mare».

«Vizio antico», disse Placido, avvicinandosi dove le luci disegnavano l'ombra seduta di Florence.

«Anche lei è rimasto a Monserrato».

«Non avevo voglia di tornare a Palermo di notte. Partirò domani».

«Potrebbe darmi un passaggio, anch'io devo tornare domani».

«Con piacere».

Restarono in silenzio, ciascuno dentro i suoi pensieri, di fronte al mare.

«Conosceva Aurelio da molto tempo?», chiese Florence.

«Quasi da sempre. Avevamo vent'anni».

«Le dispiace parlarmi di lui? Lo amavo molto, forse senza riuscire a capirlo».

«È venuta qui per questo?».

«Sì, per capire. A volte i luoghi aiutano».

«A volte ingannano. In Sicilia succede spesso: questi posti parlano di noi, di cosa siamo o soltanto di cosa non vogliamo più essere».

«E Aurelio?».

«Forse ha capito troppo tardi cosa voleva essere».

«Troppo tardi», disse piano Florence. «Anche ora è tardi. Lei è stanco?».

«Non più di sempre».

«Allora mi parli di Aurelio, per favore».

Florence Galli

Ha ragione papà, quando dice che non bisogna mai disturbare i morti. Ma lui ha troppo sangue italiano e per gli italiani la morte è una cosa seria. Però ha ragione.

Non avrei dovuto chiedere di Aurelio. Non avrei dovuto disseppellire un passato che non mi appartiene, che ormai appartiene solo alla memoria di chi l'ha condiviso.

Placido parla e io mi fingo testimone di fatti che mi dovrebbero restare estranei. Ma come si fa, allora? Metterci una pietra sopra, dimenticare tutto, tenersi invece solo la pena e l'assenza. Certo, un modo come un altro per andare avanti. Ma chi vuole andare avanti?

C'è luce fuori, forse è l'alba. Sono le cinque. È l'alba? O l'aurora? E che differenza fa, tra l'alba e l'aurora? Dio come sono stanca. Straparlo da sola.

Me lo immagino Aurelio studente universitario con la sua piega dei pantaloni perfetta, i libri giusti, le letture appropriate mentre viene fuori dalle sue timidezze, ripulito della scorza di ragazzo di paese. Un po' lo è rimasto, ragazzo, s'intende. Forse è morto per questo. Forse era troppo ragazzo per vivere nel mondo dei grandi.

Ma queste sono fantasie. Aurelio è, era, un uomo. Aveva una moglie, due figli, la politica, il successo, il denaro. Aveva me. Ma non gli è bastato. Anzi, forse si è ucciso per questo.

Ancora le cinque e dieci. Forse la luce fuori è l'insegna dell'albergo. E in questa stanza fa freddo.

Perché non mi aveva raccontato nulla? La paura. Le minacce. Credo che la politica sia un luogo spinoso, di scontri feroci in abito blu. E in Sicilia, poi. Mi sembra un posto di lupi.

Se è l'alba tanto vale alzarsi. O forse aspettare ancora un poco, a letto.

Non avrei dovuto chiedere, cercare di sapere. Aurelio è tornato con parole e gesti noti e altri che non conoscevo. Non avrei dovuto ascoltare. I morti non si devono disturbare. Pace all'anima loro, si prega così. Pace all'anima loro, e che vengano lasciati in pace da chi li ha amati.

Le cinque e venti.

Sono stanca.

Domani, anzi oggi, più tardi, vado via. Torno a casa. Qui non ha senso. Non ha più senso.

Sono stanca e sono stupida.

Quel bacio a Placido, sulla porta della mia camera, cos'era? Il bacio di una disperata in cerca del suo amante morto.

Il bacio all'amico, per ritrovare l'uomo perduto.

E la fuga in stanza con il pianto agli occhi. Patetica.

Fuori c'è già il sole, ma chi ha il coraggio di sfidarlo.

Ma forse basta andare via, tornare a Parigi e dimenticare. Ci vorrà un po' di tempo, ma tutti riescono a dimenticare. Prima o poi.

Le cinque e venticinque.

Le matin ne passe jamais.

Cinquantasette

Gli occhiali scuri per nascondere la faccia pesta di sonno. La bocca impastata dalle sigarette della notte. E quel bacio di Florence, poi. Ne aveva sentito tutta la solitudine.

Giù alla reception, Placido pagò, ritirò il suo documento, prese una copia omaggio del «Giornale di Sicilia». Guardò la prima pagina, avviandosi verso la sala della colazione dove era sicuro di trovare un caffè schifoso.

«Buongiorno, signor Polizzi».

Con un cenno del capo replicò stupefatto.

«La aspettavo», disse Casesa, alzandosi dalla poltroncina della hall.

«A me?».

«A lei, proprio a lei. Vuole fare due passi? È una bella giornata».

«Vorrei un caffè, innanzitutto».

«Qua vicino c'è un bar. E il caffè è migliore che qui».

Placido Polizzi lasciò detto al portiere di riferire a Florence Galli che sarebbe tornato presto.

Il mare sembrava lavato di fresco, azzurro tenue sotto il sole. Nuvole enormi, primaverili. Le strade umide della pioggia della notte. Non c'erano auto, in giro. Gli stabilimenti balneari chiusi, gli ingressi sbarrati.

«A che cosa devo...», esordì Placido.

«Lo sa. Majorca».

«È venuto a piangere sulla sua spalla?».

«Diciamo che è venuto a confidarsi con un amico».

«Era anche amico mio, molto tempo fa».

«Vede, signor Polizzi, gli amici restano sempre tali. Pure se il tempo o i fatti ci dividono».

«Se lo dice lei, presidente».

«No, non sia ironico».

«E come dovrei essere? Addolorato?».

«Parliamoci chiaro, Polizzi, a me non interessa che lei abbia spaccato la faccia al suo amico. A me interessa cosa ha detto».

«Cosa?».

«Sulla morte di Aurelio. Lei ha rivolto un'accusa gravissima a Majorca».

«Non è un'accusa. È un'ipotesi di lavoro».

«Polizzi, non faccia il poliziotto con me», replicò Casesa. Adesso era tagliente, determinato. Placido intuì le ragioni della sua lunga carriera politica. «Lei al momento non è un poliziotto in senso pieno. Majorca non ha ucciso nessuno. Majorca non saprebbe uccidere nemmeno un pidocchio».

«Ho visto assassini che erano bravissime persone. Ma si può ammazzare per tanti motivi, perfino per sbaglio».

«Sentiamo, allora, la sua ipotesi. Come è andata, secondo lei?».

«Aurelio voleva lasciare tutto», spiegò Placido. «Dimettersi, cambiare vita, mollare politica, famiglia, tutto e andarsene via dall'Italia. Hanno avuto una discussione, accesa. Per Majorca significava la fine di tutto. Silvestre è sempre stato un uomo da dietro le quinte, un suggeritore che guida i protagonisti di storie non sue. Hanno litigato. Forse un accesso d'ira, uno spintone. E Aurelio è volato giù».

Casesa restò soprappensiero.

Il sole cominciava ad asciugare le strade, batteva tiepido sulle spalle. Piacevole.

«Suggestiva» disse a mezza voce Casesa. «Ha una sua logica».

Al bar Casesa pagò i caffè, Placido Polizzi lo lasciò fare. In silenzio, ciascuno affondò nella propria tazzina, compiendo il rito breve di zuccherare, mescolare e sorbire. Il cameriere sorrise più volte al presidente Casesa, fino ad attirarne l'attenzione: «Minimo-minimo, Tripodo viene eletto al primo turno, vero presidè?».

«Mi basterebbe anche al secondo», commentò Casesa.

«Allora, ci sono problemi?», chiese deluso il barista. Voleva essere sicuro di votare per il vincente.

«No, problemi non ce ne sono, se lo votate».

«Qui tutti per Tripodo votiamo», e indicò il bar. Ma era vuoto, oltre a lui c'era solo la cassiera, al telefono.

«È già qualcosa».

Cinquantotto

«C'è zia Federica, c'è zia Federica».

Diamante e Tancredi sbucarono urlando dalla loro stanza incontro alla mamma. Gialuce era appena rientrata a casa.

La cameriera, avvezza agli umori mutevoli della signora, ne interpretò il disappunto e presagì la sfuriata. Cercò di ricordare se la signora Gialuce avesse mai dato disposizioni di non fare entrare la cognata in sua assenza, ma non rintracciò questa tra le molteplici osservanze che era tenuta a rispettare. Fece in tempo a rendersi conto che, in effetti, la signorina Federica non si era mai più fatta vedere dal giorno della morte dell'onorevole Tripodo, ma trovò giustificazione nel luttuoso trambusto dell'ultimo mese e mezzo.

«Allora? Sei paralizzata?», disse Gialuce, con l'impermeabile e la borsa in mano.

Quando la cameriera accorse verso di lei, Gialuce lasciò cadere tutto a terra. Era una brava signora, ma dispettosa.

«I bambini hanno fatto merenda? Portali in cucina», disse, dopo avere baciato i gemelli che continuavano a danzarle intorno.

Entrò nella stanza dei bambini. Federica, seduta sul letto di Diamante, sfogliava un libro di fiabe.

«Ciao Federica».

«Ciao», disse Federica. «Pollicino è veramente una favola terribile: i genitori abbandonano lui e i suoi fratelli nel bosco, perché sono troppo poveri e non possono dare da mangiare a tutti».

«È solo una favola».

«Ma terribile, comunque. Ecco perché quando ero piccola non mi piaceva. Questa storia dei genitori cattivi è spaventosa».

Gialuce si sentì a disagio. Federica non avrebbe dovuto essere lì.

«Sono contenta che sei venuta», disse Gialuce. «Ma potevi avvisarmi. Ero fuori».

«Passavo da qui. Volevo vedere i bambini».

Tornò a sfogliare il libro, dimenticando Gialuce ancora in piedi:

«Però Pollicino riesce a trovare la strada di casa. E i genitori li riportano ancora nel bosco. Ma lui vuole sempre tornare a casa, nonostante tutto».

«È solo una favola, Federica», ripeté Gialuce. Sentiva la voce di Federica incrinarsi.

«Forse anche Aurelio voleva tornare a casa. Ma non ha trovato più i suoi sassolini bianchi».

Le pupille di Federica si velarono. Quella ragazza era così fragile. E così sentimentale. E così bella. Gialuce andò a sedersi accanto alla cognata. Le tolse il libro di fiabe dalle mani. Federica sembrava senza forza. Era smagrita, segnata. Più bella del solito.

«Non fare così, Federica». Le prese le mani tra le sue. Ma Federica le strappò via.

«Come fai?».

«Fai cosa?», chiese Gialuce.

«Ad essere così. Sembra che non ti importi nulla».

Gialuce si impose la calma:

«Ho due figli, Federica. Due figli senza un padre. E devo andare avanti e non cedere».

«Non mi sembra tu faccia molta fatica», disse Federica. Stava diventando cattiva. Voleva ferire, colpire con il suo dolore.

«Non ti rispondo, perché so quanto stai male. Neanche per me è facile. Anzi».

«Perché non lo hai lasciato andare? Voleva essere libero. Voleva una vita più leggera. E tu lo hai schiacciato con la tua perfezione, la tua impassibile freddezza».

Gialuce rise. Una risata di gola, amara.

«Non sai cosa dici. Non sai cosa dici», si alzò, e sembrò perdere la calma. «Era libero di andare o tornare. Era come Pollicino con i suoi sassolini. Poteva tornare a casa, restare nel bosco, lasciare me, i suoi figli e la sua casa. Aveva un'altra, lo sapevi? Non negare. Certo che lo sapevi: le sorelline sanno sempre tutto. Aveva un'amante, e quando l'ho scoperto gli ho chiesto solo di scegliere».

Adesso Gialuce era quasi scomposta:

«Ma tuo fratello non voleva scegliere, non era capace. Se ci fosse stato tuo padre vivo allora avrebbe potuto chiedere un consiglio e ricevere un ordine preciso. Ma questa volta doveva decidere da solo. Io ho fatto la mia parte: di donna tradita, di madre che vuole il meglio per i suoi figli. Non è mai una scelta semplice. Ho rimesso tutto nelle sue mani. Fai Aurelio. Decidi Aurelio. Prenditi il tuo tempo. E lo sai cosa ha fatto, no? Si è buttato dal balcone. Lo sai come si chiama questo a casa mia? Viltà».

Federica scuoteva la testa.

«Non vuoi sentirla questa parola, Federica? Aurelio era un vigliacco. Un uomo che riusciva a vivere solo se qualcuno gli diceva cosa fare. Vigliacco».

Federica si alzò. Scappò dalla stanza dei bambini. Con le mani sulle orecchie, fuggì dalla casa di sua cognata, la casa che era stata di suo fratello, inseguita dal grido sempre più alto e osceno.

«Vigliacco. Vigliacco. Vigliacco».

Cinquantanove

«L'avvocato Mezzasarma mi ha detto che per lei le cose si mettono bene», disse Casesa.

«Diciamo così».

«Il presidente della corte d'Appello è un galantuomo, un uomo all'antica. Siamo stati insieme nella gioventù universitaria cattolica».

«Questo mi dovrebbe rassicurare?», fece Placido.

«È una ragione in meno per preoccuparsi. Sapere in quali mani finisce il nostro destino», continuò Casesa, «è una consolazione. Se sono mani amiche è meglio».

Stavano appoggiati a un muretto, con la faccia al sole. Sulla linea dell'orizzonte una macchia si muoveva lenta, forse una nave mercantile. Placido Polizzi fumava, seguendo la rotta del cargo.

«Suggestiva, la sua ipotesi», fece Casesa, riprendendo il discorso. «Ma è tutto affidato al caso: il litigio, lo spintone, la caduta. Lei sa bene che sul corpo di Aurelio non è stato trovato alcun segno di violenza o di colluttazione. La sua tesi è romanzesca, appunto per questo suggestiva».

«E invece? Un suicidio. Senza un messaggio, senza un addio. Niente».

«Non è proprio così».

«Cioè?».

«Un messaggio c'è. Ma lo sanno in pochi».

«Lei è uno dei pochi?».

«Mi voglio fidare di lei», rispose Casesa. «Aurelio aveva lasciato una lettera. Lei sa che aveva un'amante? Una francese. Certo che lo sa, è comunque un poliziotto lei. Ebbene, Aurelio si è ucciso perché non sapeva scegliere. Lasciare Gialuce, i figli e tutto il resto era troppo faticoso. Lei veramente pensa che Aurelio avrebbe lasciato la politica?».

«Perché no?».

«Perché lei non sa cos'è la politica. Vede, non è un mestiere qualunque. Per uno come Aurelio che aveva fatto sempre questo, la politica era l'unico modo di esistere. La politica è come un fiume: o stai dentro o stai fuori. Se stai dentro allora nuoti, rallenti, vai sotto il pelo dell'acqua, riemergi, ma senti che il fiume è più forte di te. Senti che dietro la prossima ansa o dopo l'ultima rapida potrai riemergere, trionfare, primeggiare».

«Per restare nella sua metafora, che non mi è del tutto nuova, puoi sempre risalire la riva».

«Ma giusto per prendere fiato. Per studiare il corso del fiume, per interporre una diga o una chiusa, per deviarne il corso a tuo vantaggio. Stare sulla riva non significa uscirne, significa solo aspettare».

«Insomma, lei riduce la morte di Aurelio a una cosa di femmine».

«La riduco? La esalto, semmai. Per politica non si muore, non certo in tempo di pace, non certo ai nostri tempi. Forse si muore per il potere, ma bisogna saperlo conquistare. La politica è solo una delle vie di accesso al potere. Aurelio non era un uomo di potere – anzi, un uomo del potere – e lo dimostra il fatto che fosse innamorato. Gli uomini del potere non si innamorano: fottono, fanno figli, si sposano. Ma non si innamorano, perché il potere reclama un amore esclusivo, devastante ed esigente».

«Lei è un uomo del potere?», fece Placido, un po' scherzando.

«Lo sono stato. E forse lo sono ancora. Ma non mi sono mai raccontato la storiella che il potere è responsabilità. Ho sempre creduto fosse piacere. Il potere è la maniera più compiuta e densa di assaporare la propria vita. Poi, la morte di mia figlia mi ha fatto capire che non era tutto. Ma se non fossi stato un uomo del potere sarei impazzito, come succede quando ti muore un figlio. Il potere mi ha salvato: quando ero giovane era piacere puro, adesso è pena. Ha presente l'ergastolano che non prova mai ad evadere anche se dovrà stare in cella a vita? Accetta il carcere perché sa di essere colpevole. Lo stesso vale per me. Prima pensavo di meritare il potere per le mie virtù, adesso penso di meritarlo per le mie colpe».

«E Aurelio, invece?».

«Non avrebbe mai potuto essere un uomo del potere, perché non voleva sbagliare. Aveva paura. Per molto tempo aveva affidato a suo padre l'arte difficile. Perché bisogna sapere sbagliare e rivendicare i propri errori come l'unica scelta possibile e utile per tutti. Questo significa avere il senso della politica e del potere della politica. Aurelio non voleva sbagliare. E non ha saputo scegliere fra due donne».

«E lei vuol farmi credere che Aurelio si è ucciso per questo?».

«Non so perché si sia ucciso. So cosa ha scritto nella lettera che ha lasciato. Quando Majorca me l'ha portata, dopo averla provvidenzialmente fatta sparire dalla scrivania di Aurelio, ho ritenuto fosse meglio non diffonderla. Non è una bella lettera».

Casesa tirò fuori un foglio dalla tasca interna della giacca. Lo offrì a Placido.

Poche righe, scritte al computer. Sotto una frase a penna. «Addio per sempre. Ai miei figli: perdonatemi. Aurelio».

Placido Polizzi fece fatica a leggere. Il sole sbiancava la carta, falsava il colore dell'inchiostro, deformando i caratteri:

«È troppo tardi per essere ancora vivi. Bisognava avere più coraggio e più forza. Gialuce mia luce, Florence fiore del mio tempo. Ma come si fa a decidere? Come si fa a scegliere? Bisognava avere più audacia e più cinismo. Non è più il mio tempo. Non ho vergogna a scrivere, adesso e qui, nell'ultima ora, che me ne vado per amore, come certi personaggi romantici. Ma non c'è amore che riesca a togliermi dalla fatica del vivere, dal peso dei miei giorni. Non c'è una decisione che valga la pena di essere presa. Meglio salutare tutti e uscire di scena, piuttosto che aspettare cose che non succedono mai».

«Cosa ne pensa?», chiese Casesa. «Mi dispiace dirlo, ma è veramente melensa. Lui stesso se ne rese conto mentre la scriveva. Creda a me, è stato meglio che sia rimasta in mani fidate. Naturalmente non è stata consegnata nemmeno a Gialuce. Non se lo merita».

Il punto all'orizzonte era scomparso. La nave ora solcava altri mari. Silvestre Majorca aveva rischiato di farsi incriminare per omicidio per salvare la dignità di Aurelio, anche dopo morto. Placido Polizzi non si pentì del pugno che gli aveva dato, ma se ne vergognò.

«Ma ci si può ammazzare per amore?», domandò.

«Me lo chiedo anch'io».

Sessanta

Non ci fu più alcun bacio. Anzi, uno solo. Veloce, sulla guancia, lasciato da Florence all'aeroporto di Punta Raisi.

«Mi mancherete», disse lei. Poi, si voltò e scomparve dietro le porte scorrevoli. Placido la seguì ancora da lontano, spersa ai banchi dell'accettazione, in cerca del suo volo e della sua destinazione.

Placido Polizzi restò fermo a riflettere sulla seconda persona plurale. Fosse stato lui al posto di Aurelio, e lo era stato, sia pure per lo spazio di un bacio, la notte precedente, non avrebbe avuto dubbi: lasciare tutto, andare via, altrove. Non a Tangalla, non così lontano, dove forse non c'era nessuno ad aspettarlo. Ma Parigi è già abbastanza altrove: lingua e cibo e facce diverse.

Nel viaggio da Monserrato a Palermo, Placido aveva ascoltato i ricordi di Florence, al ritmo del motore, con i tempi della statale, con i suoi tratti rapidi e lenti, come spesso è la memoria che accelera o rallenta nei punti più tortuosi.

E aveva invidiato Aurelio. Perché era così amato. Perché era morto per troppo amore. In fondo, era l'unico modo per continuare a credere ai propri vent'anni.

Avvertì il desiderio di sentire Delia. E ne compose il numero.

«Placido, mi vuoi arrubbare il lavoro?».

Sbucava dal niente, ma sempre così succedeva con Franco Schirò: l'aeroporto era il suo territorio, lo attraversava e dominava con padronanza.

«Ho accompagnato...», cercò di dire Placido, rinunciando a telefonare. Non si accorse che aveva già attivato la chiamata.

«Lo so, la francese. L'ho vista dentro».

«Sta partendo».

«Già, prima o poi partono tutti. Sai quanti ne vedo? Arrivano, stanno qualche giorno, a volte settimane sane. E poi ripartono».

«E tu, Franco?».

«Non parto mai. Lo sai, Placido, non sono mai salito su un aereo io».

«Vero mi dici?».

«Secondo te dico minchiate?».

«Per carità».

«A proposito della francese. Ci ho ripensato l'altro giorno. Io a Tripodo, quello che si candida a Monserrato, l'avevo già visto».

«Dove?».

«Qui, in aeroporto, due o tre mesi fa, prima che si ammazzasse il fratello. Io di politica non me ne sento molto, però mi ha stranizzato una cosa».

«Cosa?».

«È venuto a prenderlo l'onorevole Vella».

«Vero è che di politica non ne capisci niente. Guarda che Vella e Natale Tripodo nemmeno si parlano. Sono della stessa parrocchia ma se potessero si ammazzerebbero».

«Secondo te dico minchiate, Placido?».

«Per carità».

«Mi sono pure informato. Con l'autista di Vella, l'amico di mio cognato, che manco lo voglio nominare. Adesso Vella dice cose tinte e fituse di Tripodo, ma prima erano una cosa sola. Dice che Natale Tripodo gli voleva fare le scarpe al fratello, e per questo si vedeva con Vella. Poi quello morì, e le cose cambiarono».

«Sicuro sei, Franco?».

«Secondo te dico minchiate?».

Sessantuno

«Pronto? Pronto?».

Aveva riconosciuto il numero di Placido, ma nemmeno il tempo di rispondere che lui aveva già buttato giù.

Antonino Misuraca, sulla poltrona dello studio, fissò negli occhi la dentista, paralizzata sul display del telefonino.

All'altezza degli occhi Misuraca aveva la cannula aspirasaliva, i trapani con punte diverse, l'aspiratore. Era tutto bianco e verde. L'odore del disinfettante era bianco e verde. L'infermiera invece era bionda, il seno ardito sotto il camice. Forse, fuori da lì, era una bella donna.

Impiegato di quinto livello all'assessorato regionale agricoltura e foreste, Antonino Misuraca pensò che, ottenuto in ufficio il permesso per ragioni sanitarie, avrebbe potuto rinviare l'appuntamento con la dentista. A un altro giorno, alla settimana successiva, al mese prossimo.

Ma era troppo tardi. Troppo tardi per pentirsi, troppo tardi per indietreggiare. Inchiodato alla poltrona, Misuraca – la cannula dell'aspiratore ficcata in un angolo della bocca – lanciò un disperato cenno d'intesa alla dentista che però non se ne avvide.

Richiamare? Forse la telefonata interrotta, anzi mai cominciata, era una richiesta d'aiuto, un modo adottato da Placido, nel suo difficile rapporto con Delia, per riallacciare il filo. Ma se invece fosse stato solo un errore, un corto circuito tecnologico, un pulsante premuto per errore? Da qui, dunque, il pentimento repentino, la frettolosa marcia indietro: per non lasciare adito a speranze, per lasciare tronco e muto il discorso che poteva riaprirsi su un equivoco.

Delia avvertì il paziente:

«Se le fa male, mi faccia un segno: non muova la testa, non faccia gesti improvvisi. Capito?».

Misuraca accettò le condizioni. Non poteva fare altro, del resto. Poi, sentì il trapano che arrotava, scavava, smuoveva. Alzò la mano: un sorso d'acqua, uno sputo. Dalla strada saliva il rombo di un martello pneumatico tum-tum-tum. Silenzio. Tum-tum-tum. Più subdolo e insidioso il sibilo del trapano. Odore di bruciato. Alzò la mano: un sorso d'acqua, uno sputo. La mandibola indolenzita. La dottoressa senza alcuna umana pietà, senza giusta compassione: fredda. Anzi, professionale. Il seno dell'assistente sottolineava spietatamente che c'era un luogo per l'amore, per cose rotonde e calde. Ma non certo là dove prevalevano urti di metallo e stridio di diamante.

Delia fu tentata di richiamare, per chiedere: «Eri tu, poco fa?». Placido avrebbe potuto ritenerlo un pretesto, e per giunta nemmeno troppo ingegnoso, diciamo pure banale. Doppia, tripla infinita umiliazione.

Misuraca sentì il trapano scendere ancora. Avvertì la punta nel cavo del dente, più in fondo, là dove pulsava di vita densa e sanguigna. Fissava le pupille di Delia Saracino, e gli sembrava di leggervi guizzi di violenza. Antonino Misuraca immaginò che la dentista avesse un rancore antico e nascosto contro il suo premolare destro superiore: un vecchio risentimento mai sanato. Il trapano avanzava, dentro il dente, sempre di più, ancora dentro.

Il braccio di Delia Saracino fu bloccato dalla mano del paziente.

«Ma che fa?», esclamò Delia.

«Mhi fha mhale», cercò di dire Misuraca, a bocca aperta.

«Le avevo detto di farmi un cenno».

«L'ho fhatto, l'ho fhatto».

«L'ha fatto?». Delia chiese conferma all'infermiera. Senza farsi vedere dal paziente, l'assistente annuì con le ciglia.

Misuraca prese fiato. Aveva la fronte imperlata di sudore, il respiro forte, la bocca piena di saliva. Delia si alzò dal suo sgabello.

«Va bene. Fermiamoci qui».

«Meno male», sussurrò Misuraca.

«Certo, perché voi uomini siete tutti così. Dite, fate. Ma poi il coraggio dov'è? Il coraggio di assumersi la propria parte di responsabilità, di saper dire con sincerità le cose? Cosa ci vuole a dire: mi fa male, scusa, ho sbagliato». Delia, con gesti decisi, toglieva i guanti di lattice, si strappava la mascherina. Gettò tutto nel cestino dei rifiuti speciali. «Siete bravi solo a parole, voi uomini. Ma siete i primi a scappare, a fuggire di fronte alla minima difficoltà. Ma dico io, almeno l'onestà di dire: non ce la faccio più, non ho il coraggio, non me la sento. A volte basta poco, sa?».

Misuraca, ancora disteso sulla poltrona, allargò le braccia.

«Ma io l'ho detto: mi fa male».

Delia uscì dallo studio scuotendo i capelli, con fastidio.

Misuraca piagnucolò: «Ma io l'ho detto che mi faceva male».

L'assistente si riprese subito. Indossò il suo sorriso: «Allora, signor Misuraca, fissiamo un altro appuntamento. Va bene giovedì prossimo?».

Sessantadue

Nei giorni di seduta a Palazzo dei Normanni, il piazzale è agitato da un'inquieta frenesia. Il gruppo di edili di Termini Imerese stende uno striscione simile a un rebus: «L'Ars discute, noi moriamo. I disoccupati della ex 72». Gli altri, e sono tanti, fermi davanti al portone, osservano senza partecipazione. I più cinici commiserano, e la pietà in Sicilia è roba da cimiteri. Ma non gliene fotte niente, ché aspettano l'onorevole o l'assessore o il capo di gabinetto dell'assessore: tanto prima o poi da lì deve passare, e prima o poi lo si accrasta.

I caporali del comando regionale militare della Sicilia, che occupa la parte estrema del Palazzo dei Normanni, verso il Cassaro, nei giorni di seduta si attardano a curiosare se fra i postulanti c'è qualche paesano o qualche faccia che apparirà nel Tg Sicilia della sera. I soldati e i caporali hanno tempo da perdere e piazza Bonanno offre sempre spettacolo. Quando non c'è seduta, attraversato il giardino di palme, si può sbirciare davanti al portone della squadra mobile per cogliere movimento di arresti e sirene accese e mogli di mafiosi che inveiscono contro gli sbirri e gli infami.

Placido Polizzi riuscì a superare facile i controlli all'ingresso. Bastò presentare un tesserino scaduto della mensa della questura al piantone. In giacca e cravatta, arrivò fino all'anticamera di sala d'Ercole. I mustacchioni dei viceré morti facevano mostra di sé dai muri, ciascuno con i suoi cartigli e pergamene sotto il gomito, gorgiere di pizzo, giustacuori damascati, carichi di tutti i cancheri e le làstime scaraventati addosso da sudditi e cortigiani.

Riconobbe un deputato e si ricordò che in facoltà veniva lasciato alla porta, perché considerato una cosa inutile, troppo vocato alla mediazione. Un commesso si avvicinò per offrire aiuto. Placido spiegò che aspettava l'onorevole Vella, ma rinunciò a fargli avere un messaggio in aula. Avrebbe atteso lì, in anticamera. Era giorno di spettacolo.

Non fece in tempo a goderselo appieno, perché Vella venne fuori dall'aula. Si guardò attorno, cercando. Il commesso se l'era cantata, da vero infame di nascita. Placido Polizzi si appalesò.

«Ci conosciamo?», disse Vella, truce.

«No, ma lei conosce bene Tripodo».

«E che è vergogna?».

«Tripodo Natale. So che siete vecchi amici, fino da quando era vivo Aurelio».

«E lei che sente dire con questo discorso?», rispose Vella, girando largo.

«Non voglio dire niente. Voglio capire».

«Scusi, ma a lei chi la manda?».

«Onorevole, parliamoci chiaro. Sono un poliziotto, ma non sono in servizio. Forse l'avrà letto, ho i miei guai con un processo a Caltanissetta. E questo non c'entra. Prima di morire, Aurelio Tripodo mi aveva chiesto di fare, diciamo così, qualche accertamento su alcune lettere di minaccia che aveva ricevuto. Poi, com'è finita si sa. La mia indagine pertanto si è spenta prima di aprirsi. Mi è rimasta una curiosità. Non su di lei, ma su Natale Tripodo. Che pesce è?».

Placido Polizzi si concesse una pausa, studiatissima. Poi riprese: «Lei è libero di non rispondermi. Io me ne vado e mi scuso fin da subito».

Vella non disse niente. Salutò un collega con una stretta di mano. Fissò Polizzi in faccia. Si intuiva che stava macinando veloce, per capire se c'era vantaggio per sé e danno per altri.

«Venga con me», e partì veloce per corridoi, sale, uscite d'emergenza, soffitti affrescati, lampadari accesi, tende socchiuse. Arrivato nel suo ufficio, Vella spense il cellulare. Mise fuori posto gli apparecchi telefonici. Placido Polizzi, in segno di corrisposta fiducia, appoggiò il suo telefonino in vista dopo averne staccato la batteria.

«Natale Tripodo?», esordì Vella. «È un grandissimo sdisonorato e facchino».

Amico caro, non c'è nessuno in Sicilia, né sindaco, né assessore, né cristiano o porco che non sappia che con Aurelio, ai morti morti dove si trova, non c'era alcuna simpatia. Parlo di politica, perché io la simpatia solo per le femmine ce l'ho, visto che ringraziando dio sono normale sessuale e il trosgrosò mi funziona meglio del cervello.

Vede, amico caro, non so se lei di politica ne capisce, ma Aurelio Tripodo non contava niente: contava suo padre, perché tutte cose lui aveva fatto. Aveva preso il picciottello fresco di studi e di università e lo aveva fatto e rifatto cristiano e politico. Operazione riuscita, con l'aiuto del presidente Casesa e con la fortuna di trovarsi a fare politica proprio mentre tutti andavano gridando che ci volevano facce nuove, giovani nuovi, classe dirigente nuova e tutte le solenni pampillonie che ogni giorno ci tocca leggere sui giornali.

A me, amico mio, di Aurelio Tripodo non me ne poteva importare niente. Per me contava quanto il due di coppe a briscola. E per tale era pesato da chiunque in Sicilia fa politica, fosse pure, chessoio, il presidente del Consorzio delle Cinque Sorgenti delle Madonie di Sopra che è fallito cinquant'anni fa e ancora paga otto impiegati, tre segretarie e sette consiglieri d'amministrazione a centoventimila euro l'anno ciascuno e mai una goccia d'acqua ha fatto uscire dalle condotte. Insomma, Aurelio Tripodo non poteva fare impressione a nessuno, né tantomeno a me che non mi scanto manco dei pezzi da novanta che stanno a Roma perché nessuno si deve permettere di dire né bì né zì.

Suo padre però era un'altra cosa. Aveva le corna dure. Corna di ferro. Che dico? Di acciaio. Aurelio a Roma faceva l'onorevole di belluvidìri, sa che significa? Alberi di alto fusto che non danno un frutto, ma tutti impennacchiuti se ne stanno non si sa bene a fare cosa, fino a quando una sciroccata non li tira via dalla radica. Come fu, come non fu, morì Girolamo Tripodo che a Monserrato faceva il bello e il cattivo tempo, e Aurelio restò come un tronzo che non sapeva manco dove erano i cessi di Montecitorio con tutto che da dieci anni stava lì.

Amico caro, la politica è cosa che ci vogliono le palle e, modestamente, a me non mancano. E pure il presidente Casesa ce l'ha, questo si deve riconoscere. Morto un padre se ne fa un altro, si dice così, no? A Casesa toccò fare da padre ad Aurelio. Fu lui a volerlo candidare a sindaco di Monserrato, ma l'accordo era che Aurelio si faceva la sua campagna elettorale, forse veniva pure eletto, perché ai suoi paesani ci pareva chissaché che scendeva da Roma con tutto che non sapeva fare nemmeno la O con il bicchiere, poi alle prossime politiche se ne parlava.

Vede, caro amico, a lei pare che io sono qui e comando e fotto i miei sicilianuzzi che mi danno il voto. E forse è vero. Ma tutti questi novanta bestioni che siamo qui, il primo io, ci chiamino legislatori o mangiapane a tradimento, comunque una cosa la sappiamo fare: sappiamo leggere nella mente di cinque milioni di siciliani che si lamentano e protestano e ci insultano ma tornano sempre a votarci. E sa perché?

Vengo e mi spiego. Tutti abbiamo un pobblema. Ce l'ha lei. Ce l'ha il cornuto pacifico. Ce l'ha un altro che deve sistemare il figlio al concorso per carabiniere. Il pobblema ce l'ha anche il professore della Bocconi o l'astronauta o il mafioso. Che deve fare questo cristiano? Viene da me. E da subito io glielo risolvo. Perché gli do una speranza. Gli do un'attesa. Se viene da me, vuol dire che si è informato: ha capito che l'affare suo, la soluzione del suo pobblema, non è risolvibile con una domandina, facendo il turno o la fila. Vuole qualcosa di più. E come si chiama questa cosa?

Privilegio. Gli regalo il privilegio. Non hai l'acqua a casa? Te la faccio avere. Ma qui in Sicilia questa cosa vale di più, perché l'acqua che ti arriva in casa io la sto togliendo a un altro. Vuoi un posto di lavoro? Lo tolgo a uno e lo do a te. Vuoi entrare all'università di 'sta gran gargiazza di Boston? La borsa di studio che toccava a un altro la faccio avere a te, anche se sei testa di cocuzza. Anzi, così il privilegio vale molto, molto di più.

Il privilegio, dunque. E come si paga il privilegio che a giro a giro tocca tutti? Con la sudditanza. Hai avuto il posto nell'azienda di Saronno che costruisce le ruote di carretto? Bene. Se poi una mattina ti svegli e trovi un palazzo davanti alla tua villetta a mare devi stare zitto. Perché il privilegio è toccato a un altro. E a giro a giro tutti siamo sudditi. Hai avuto la raccomandazione per lavorare a Cinecittà dove stanno girando il film sulle scimmie che riempiono cannoli di ricotta? Bene. Ma se ti svegli a Ferragosto e per cinque giorni non ti puoi fare la doccia perché non c'è una goccia d'acqua non ti puoi lamentare. L'acqua tua se la sta bevendo un altro.

A giro a giro, amico mio, tutti siamo sudditi e privilegiati, privilegiati ma sudditi. Per questo da noi in Sicilia non si fanno rivoluzioni. Non se ne sono mai fatte. Ogni tanto qualcuno si incazza, butta voci, si fa pure ammazzare. Ma la rivoluzione, che fa scendere tutti per strada, con il sangue agli occhi e lo schiribicchio di tagliare teste, non si farà mai qui da noi.

Dice lei: ma che c'entra? C'entra. Perché da sempre noi sappiamo leggere i libri degli uomini. I libri che hanno nella testa. E c'è scritto di tutto: la passione, l'odio, la gelosia, l'ambizione. Nelle teste degli uomini ci sono scritti libri che uno si vergogna a leggerli. Cose piccole. Cose misere. Cose da pezzenti.

Natale Tripodo aveva in testa un libro. E a ogni pagina c'era il nome di suo fratello Aurelio, il mezzo fratello che non sapeva fare niente, ma stava a Roma, faceva l'onorevole, aveva una moglie bella, bei figli. Ho spaccato la testa di Natale e ho letto il suo libro. Ma non ce n'era manco bisogno. Bastava ascoltarlo. Natale buttava fiele su suo fratello. Sapeva ogni cosa di lui e di suo padre. Infamità. Bassezze. Debolezze. Amori. Tradimenti. Per me erano informazioni. Buone da mettere in un cassetto, perché non si sa mai, oggidomani.

Morì Aurelio, che dio se lo tenga sempre con sé. Non lo aveva previsto nessuno, nemmeno Natale. Forse se ne è pure dispiaciuto, ma stia sicuro, amico caro, che il senso di colpa gli è passato quando il presidente Casesa in un colpo solo gli ha dato la candidatura a sindaco e il collegio di suo fratello. E così mi hanno fottuto.

Bene. Oggi a te, domani a me. So tante cose di Natale Tripodo. Possono servire. A me, forse pure a lei. Si vada a rileggere le lettere anonime, signor Polizzi, e cerchi la firma che qualcuno ce l'ha lasciata.

E se ha un pobblema mi venga a trovare, amico caro.

Sessantatré

Avrebbe dovuto capirlo. Dalla guardata di sua madre, avrebbe dovuto capirlo. Solo le madri sono capaci di occhiate così. Troppe volte aveva ripetuto la domanda: «Come stai?». Troppe volte. E poi ancora: «Tutto bene, vero?». Certo che sì, mamma. E nello studio, nella luce della lampada, suo padre si accaniva sull'ultimo libro di storia di Salvatore Lupo, indignato perché gli pareva che ancora una volta fosse stato ignorato il ruolo di Serafino Polizzi di Regalmare.

Uscì da casa dei suoi pensando che avrebbe avuto bisogno di maggiore spirito di finezza per cogliere le lievi increspature che solcavano il lago fermo delle serate dei suoi genitori, apparentemente di acque immote. Avrebbero dovuto metterlo in allarme le variazioni di domande ripetute, di segnali sottili. Ma Placido Polizzi non capì, fin quando non si trovò sull'ultima rampa di scale, ancora nel buio fulminato della lampada, verso il suo appartamento all'ultimo piano.

Delia seduta sulle scale. Intuì allora il senso delle domande di sua madre. Delia era passata da lì, e riusciva a concepire il fitto discorrere delle due donne, entrambe ansiose, unite e complici nel versare comprensione e dissenso sull'assente.

Nel chiarore della scala non una parola fu pronunciata. Distante, un brusio di traffico e sirene rimbalzava fin lassù. Il colpo di clacson di un autobus, seguito dal fracasso del motore, fece muovere Placido. Scivolò sullo scalino con Delia. La tirò a sé e se la mangiò a baci.

Poi, nel chiarore tenue che veniva dai balconi, si spogliarono dei loro vestiti, restando nudi. Tremanti. Placido ritrovò il corpo di Delia, la sua pelle, straniera e nota. Si riscoprirono diversi, provenienti da rotte divaricate, da altri silenzi, da separati giorni e solitarie notti.

Restarono a lungo a letto, amandosi e interrompendosi. E Delia trattenne un singhiozzo di pianto, per non far intuire lacrime che Placido finse di non vedere. Ma si sussurrarono cose che sempre gli amanti si dicono, quando sembra che non ci sia altro da fare e da dire. Altre sirene si spensero in fondo alla città. E passarono altri autobus e macchine e tutto il brulichio di Palermo andava a sbattere contro il soffitto in penombra, sopra i loro corpi.

Placido si risvegliò per il freddo. Delia dormiva, una mano sotto la guancia. Mormorò nel sonno. Placido le sollevò la coperta alle spalle. Si alzò. Conosceva bene il vuoto della notte: l'ora che non passa, il rubinetto che perde, i rumori ignoti. L'arresto gli aveva tolto, fra le altre cose, l'oblio del sonno che cancella e disfa la realtà. Proprio quando ne avrebbe avuto più bisogno, non riusciva più a dormire come una volta. E rimpiangeva gli antichi sonni, duri e profondi. Cercò le sigarette. Ne accese una, guardando fuori verso Monte Pellegrino. Si sentì stupido, ritrovandosi a fare una mossa che sembrava studiata, una cosa fatta perché ci stava bene. Andò verso il cucinino. Passando, notò sul divano il fascicolo che aveva riempito con tutte le carte e i ritagli su Aurelio. Lo prese.

In mutande, si mise a rileggere. L'orologio della cucina segnava le due e quarantasette. Accese il televisore, senza sonoro. Ricominciò a leggere le frasi che avevano atterrito Aurelio Tripodo. La replica dell'edizione serale del Telegiornaledisicilia svelò il volto di Natale Tripodo. Aumentò il volume.

«... evidentemente i nostri avversari non hanno buone ragioni da opporre alle nostre... con i soliti toni speciosi si esercitano in zelanti filippiche che cadono nel vuoto...».

La voce di Natale Tripodo fu coperta dal cronista:

«Così ha concluso Natale Tripodo il suo incontro con gli elettori...».

Placido Polizzi riprese in mano le lettere pervenute ad Aurelio, ordinate per date di arrivo. Cercò le parole appena ascoltate. Le trovò alla quinta riga dell'ultimo anonimo: «... qualche magistrato speciosamente zelante». Le stesse parole. Gli sembrò di ricordare che Natale Tripodo le aveva usate, più o meno, anche nel suo discorso a Monserrato. Gli fu chiara l'intuizione che allora non era riuscito a mettere a fuoco.

Aveva ragione Fortunato Vella: le lettere sono firmate. Tutti i vezzi finiscono per tradirci. Tutte le preziosità inutili finiscono per accusarci. Natale Tripodo minacciava il fratello. Forse per gelosia, per invidia, per pura cattiveria. Ma forse sapeva qualcosa su Aurelio, sul padre Girolamo che aveva scelto uno dei due quale erede del suo labirintico feudo.

Placido Polizzi non riuscì più a dormire. Fumava, aspettando l'alba. E scrivendo.

Placido Polizzi

Cara Federica

preferisco scrivere. Non per timore o per imbarazzo, ma per lasciarti libera nella decisione di voler arrivare alla fine o fermarti adesso.

È giusto avvisarti: già una volta forse ti ho ferita rivelando alcuni aspetti della vita di Aurelio. Adesso altre cose vengono alla luce, ma solo per chi lo vuole. Come vedi, trovi una busta sigillata insieme a queste poche righe: puoi aprirla e sapere oppure no. Strappare, gettare via, dimenticare. Qualsiasi cosa farai, non sarà mai sbagliata.

Placido Polizzi

Vuoi sapere, dunque.

Come ti avevo già raccontato, tuo fratello Aurelio mi aveva affidato il compito di scoprire da chi potessero partire le lettere anonime con le minacce nei suoi confronti.

Queste lettere si possono dividere in due gruppi.

Le prime, generiche, probabilmente attribuibili a qualcuno di Monserrato che aveva ricevuto promesse da vostro padre e ne chiedeva il saldo; queste minacce si limitano a due lettere e si interrompono presto, forse quando gli autori comprendono che Aurelio è fuori dai giochi o addirittura ignaro.

Il secondo gruppo di lettere minatorie appare subito più puntuale: diverso il linguaggio, precisi molti riferimenti alla vita di Aurelio, in parte recapitate a mano sotto casa di tuo fratello.

Su questo secondo gruppo di lettere Aurelio si allarma, al punto da perdere la testa.

È una delle cause della sua morte? È difficile stabilirlo, ma di certo le minacce, rivolte ai suoi figli, costruite in modo da rendere Aurelio vulnerabile e indifeso, possono aver contribuito a indebolirlo psicologicamente. Questo però non tocca a me dirlo.

Avevo un incarico e non sono riuscito a portarlo a termine. Non ce n'era più bisogno, mi sono detto. Ma invece no. Forse in nome della vecchia amicizia – sempre che le amicizie possano invecchiare senza morire – ho continuato a cercare.

Non so se ci sono riuscito veramente. Non so se ho fatto bene, soprattutto.

Ho fondati sospetti che le ultime lettere anonime siano state scritte da Natale Tripodo.

A tale conclusione si addiviene per una serie di elementi:

alcune preziosità linguistiche non comuni che appartengono al frasario di Natale Tripodo;

la specifica conoscenza di particolari della vita familiare di Aurelio Tripodo e il soffermarsi su di essi;

la possibilità di conoscere facilmente luoghi e abitudini del destinatario delle missive, in modo tale da potenziarne l'efficacia intimidatoria.

Infine, il movente: Natale Tripodo da molto tempo covava astio nei confronti del fratello di secondo letto, avendo il padre preferito Aurelio nella carriera politica anche per i non ottimi rapporti tra Natale e il padre Girolamo. Alla morte di quest'ultimo, l'animosità di Natale non ha trovato più argini, esprimendosi sotto la forma di lettere anonime che probabilmente avevano lo scopo di far desistere Aurelio dall'attività politica o comunque indebolirlo.

Queste sono le mie conclusioni.

Naturalmente si tratta di ipotesi di lavoro.

Mi scuso se possono turbarti, ma credo tu sia la persona più adatta per saper amministrare questi sospetti.

Scusami ancora per il linguaggio da verbale di polizia. L'abitudine, sai.

Ti saluto con affetto sperando (se permetti) che tu possa restare integra per come appari.

Ciao

P. S. Ti accludo un assegno, firmato da tuo fratello, a me intestato, che ti prego di rimettere alla famiglia di Aurelio.

Sessantaquattro

Non c'era ancora molto traffico. Si fermò in via Lazio, per un caffè e un cornetto alla crema. Alcuni netturbini dell'Amia, con l'autocompattatore fermo in doppia fila, mangiavano arancine, bevendo birra. Alle sei e mezzo del mattino.

Placido si attardò a fumare, in piedi davanti al bar. Lungo la circonvallazione si intensificava il passaggio delle auto. Il cielo era grigio, ormai chiaro. La città già puzzava di cherosene, olio di arancine fritte e scarichi di autobus. Nel palazzo di fronte, una donna in vestaglia sciorinava in balcone lenzuola che Placido intuì ancora tiepide della notte.

In auto, lanciò uno sguardo al sedile accanto dove aveva adagiato la busta bianca, grande. Imboccato viale della Regione Siciliana, andò piano per fare passare il tempo. Non voleva arrivare a casa di Federica Tripodo troppo presto. Lo sorpassavano guidatori devastati da sbadigli, tesi verso una giornata che per alcuni si profilava come l'ennesimo faticoso girone dell'inferno quotidiano. Immaginò i risvegli di Tangalla sotto il cielo dell'Oceano Indiano.

Allo svincolo per corso Calatafimi, puntò verso Monreale. Si lasciò alle spalle i muri vigilati delle caserme militari, mentre la strada risaliva verso la rocca. Ricordava il portone dove aveva accompagnato Federica: un palazzotto a sei piani, di costruzione abbastanza recente, intonacato giallo paglierino.

Trovò facilmente posto per l'auto. Controllò l'ora: le sette e un quarto. Era il momento giusto, doveva solo infilare la busta nella buca delle lettere. Il portone era aperto, la guardiola del custode spalancata. Sul citofono il cartellino con il nome, in alto a destra: «F. Tripodo». Non riuscì a individuare la cassetta della posta di Federica, molte non avevano nomi. Il portiere probabilmente era incaricato di smistare la corrispondenza agli inquilini.

Cominciò a salire le scale, cercando di leggere i nomi sui campanelli e nelle targhette di ottone. Al quarto piano trovò l'appartamento. Accostò l'orecchio al legno della porta chiusa, gli sembrò di avvertire una musica, forse una radio accesa. Si abbassò per infilare la busta sotto la porta. C'era un po' d'aria, giusto lo spazio per far scivolare dentro il messaggio.

Non fece in tempo a ridiscendere le scale. La porta si aprì.

Federica, i capelli arruffati dal sonno, una maglietta con la sigla NYPD che le lasciava scoperte le gambe, lo squadrò esterrefatta: in mano teneva la busta bianca, ancora chiusa.

«E tu?», chiese.

«Sto andando via», rispose Placido, e si sentì un cretino. Cretino doppio.

«È per me?». Federica sventolò la busta.

Placido si limitò ad annuire, meglio contenere i danni.
«Entra, ti faccio un caffè».
«Meglio di no», mormorò Placido Polizzi, ma Federica rientrò in casa lasciando la porta aperta. Placido risalì l'ultimo gradino, superò la soglia. Dall'interno una voce maschile:
«Che succede?».
«Niente, è per me», replicò Federica.
Silvestre Majorca apparve in corridoio, annodandosi la cravatta:
«Ma si può...».
Immobile, in piedi, le mani alla gola nell'intrico del nodo, Majorca era illuminato di lato dalla luce del giorno.
Federica, rimasta in mezzo fra loro, fece scivolare lo sguardo dall'uno all'altro: entrambi sospesi, Placido ancora sulla porta d'ingresso, Silvestre appena emerso dall'intimità del risveglio.
Non andò via. Federica e Silvestre ripararono in una stanza e nel corridoio arrivavano le loro voci, non gridate, non violente, ma fitte e costanti. Placido non lasciò la casa, forse sperando di capire o per consumare la delusione. Federica con Majorca, altro che integra, altro che dolente: si pentì di quel che le aveva scritto e sperò che la busta non fosse stata ancora aperta, per riprenderla con sé, portarla via e strapparla in coriandoli.
Alcune parole adesso erano più distinte. Vattene. Esci da qui. Basta. Basta. Basta.
Majorca venne fuori di corsa, la giacca infilata a metà, l'impermeabile sul braccio. Lungo il corridoio gli cadde il telefonino che raccolse inciampando mentre be-

stemmiava a voce bassa. Uscì di casa urtando Placido che sentì il fiato delle sue parole:

«Bravo. Veramente bravo. Stai attento a te, pezzo di merda».

Placido Polizzi non rispose, sentì le bestemmie scendere giù per le scale.

Sessantacinque

Non passò un tempo breve. Né lungo. Ma un tempo morto: rumori da altri appartamenti, voci di bambini sul pianerottolo, scatto meccanico di porte blindate, televisioni accese.

Placido Polizzi percorse il corridoio ingombro delle scatole di un trasloco recente. La radio dalla cucina offriva telefonate di ascoltatori più o meno indignati per tasse, guerra e ospedali.

... e adesso una pausa musicale con l'ultimo successo di Anastacia...

Federica sul letto disfatto. Tra le mani, sulle gambe nude, le lettere di Placido. A terra la busta lacerata.

Placido Polizzi andò a sedersi accanto a lei, tra le lenzuola scomposte.

«È così, allora?», sussurrò Federica.

Placido annuì, senza rispondere.

Federica si voltò verso di lui:

«Silvestre lo sapeva, sai?».

«Sei sicura?».

«Ha detto: non credere a Placido, non credere a niente sulla tua famiglia. E lo ha detto prima che io aprissi la tua busta».

Il traffico fuori si faceva più nervoso e fitto.

Il telefono squillò più volte, insistente. Trillò a vuoto il cellulare di Federica. Non rispose.

... come dice il nostro radioascoltatore Roberto che chiama da Otranto...

«Va avanti da molto?», disse Placido.

«Con Silvestre, vuoi dire?».

«Sì».

«No, dopo che Aurelio... volevo capire, capire il perché. E Silvestre mi ha dato le risposte che cercavo. Cercavo Aurelio, ho trovato Silvestre».

«Lo chiamavamo Sibbio, così per scherzo».

«Non me lo ha mai detto».

«Sono tante le cose che non ha detto».

«Una cosa però la so. Aurelio ha lasciato una lettera prima di...».

«La conosco».

«No, quella è falsa. Penso l'abbia scritta Silvestre, me l'ha mostrata lui».

Federica andò ad aprire un cassetto. Tirò fuori dei documenti che Placido riconobbe subito: verbali di polizia.

«Il referto dell'autopsia. Leggi».

Una frase era evidenziata in giallo:

«... si notano, sui polpastrelli del pollice, indice e medio della mano destra macchie di inchiostro di colore blu, presumibilmente recenti...»

La Montblanc di Aurelio. Placido lo rivide mentre si strofinava le dita sporche.

«La sua ultima lettera non l'ha scritta al computer».

«Aurelio non amava scrivere al computer. Scriveva sempre con la sua stilografica. E tu pensi che l'ultima lettera, la più importante, non l'avrebbe scritta a mano?».

«E dov'è finita?».

«Credo che Silvestre l'abbia distrutta».

«Cosa diceva?».

«Non lo so. Accusava qualcuno».

«Dunque, Silvestre ha rischiato un'incriminazione per omicidio per salvare gli amici di Aurelio?».

«Un po' per questo. Un po' per salvare Aurelio, un po' per salvare se stesso. Le parole di un morto pesano».

«Facendo così ha salvato anche Natale».

«Ha protetto il nome dei Tripodo. Ha custodito l'eredità di famiglia, la possibilità che qualcuno di noi continuasse a nuotare nel mare grande della politica».

«Tutto per il potere, insomma».

«No, per la dignità del potere».

Sessantasei

Andare via. I semafori danno il ritmo: verde, giallo, rosso, ancora verde. Andare via, portandosi dietro parole e cose e sospetti. Nel riflesso del parabrezza le insegne dei cartelloni pubblicitari: pellicce, abiti da sposa, caffè tonacadimonaco, videotelefoni. Andare via.

Aurelio era morto e non serviva sapere il perché. Non serviva ai vivi, che amano seppellire i morti e piangerli e dimenticarli. Tutti volevano dimenticare: Gialuce, Federica, Natale. Silvestre aveva solo accelerato l'oblio, piantando i chiodi nella bara e chiudendovi dentro le ultime parole di Aurelio.

Se era stato un politico di seconda fila, se era stato un uomo senza particolari qualità, se era stato un ingenuo o un furbo; se era stato tutto questo, Aurelio Tripodo aveva pensato che la morte potesse riscattarlo. Dire tutto. Svelare tutto.

Raccontare gli intrallazzi del padre. Vendicarsi di Girolamo Tripodo che mandava avanti a Roma la faccia pulita e fessa del figlio, mentre laggiù a Monserrato continuava a impastare farina e crusca. Ripulirsi dal passato senza possibilità di redenzione.

Forse Aurelio si è ucciso per amore. Amore della verità. Amore di una vita altra e diversa. Forse Aurelio, da morto, con un bicchiere di vino in mano, dietro i vetri di una finestra di place de la Contrescarpe, sbircia tra le luci del palazzo di fronte: un uomo in camicia prepara una frittata, una ragazza si specchia nella tv spenta, un aspirante scrittore pesta al computer i tasti per un romanzo che non vuole nascere.

Dove vanno i morti? E cosa vogliono dirci con occhi spenti? Meglio non saperlo. Perché non potremmo rispondere ai loro rimproveri. Chi si uccide vuole lasciare un senso di colpa, dicono molti. Aurelio aveva lasciato di più: un atto d'accusa che doveva dare senso a tutta la sua vita, mentre cadeva giù da palazzo Teodoli.

Ma i sampietrini di Roma si sono aperti come acqua di fiume sotto di lui. Se ne è andato per il corso delle onde, sotto i ponti del Tevere, scivolando per lo sbalzo dell'isola Tiberina, nelle acque fangose. Forse il mare lo ha riportato a Monserrato, ma il suo corpo era lavato, le ossa spolpate dai pesci, le parole ricoperte di alghe, i pensieri sbiancati come relitti di un naufragio.

Il mare, appunto. Placido Polizzi si ritrovò nel porticciolo dell'Arenella. Ci veniva spesso un tempo, con qualche ragazza a cercare riparo dietro il molo. Anche con Amelia, e gli piaceva pensare che forse lì era stata concepita sua figlia. D'estate, con la Vespa, si fermava dal Mago dei gelati, a sperimentare i gusti inconsueti allineati nelle vaschette.

Lasciò l'auto e fumando si avviò lungo la banchina.

Piccoli pescherecci e lampare ondeggiavano ancorati in porto.

Qualche pescatore riparava reti, sistemava cime: un saluto breve al passaggio di Placido che non ne fu infastidito.

Si era aperto un cielo solare, tra poche settimane l'ora legale avrebbe annunciato l'arrivo della stagione. Placido si ricordò che in dialetto l'estate è per antonomasia la *stasciuni*, la stagione. Come se le altre fossero soltanto approssimazioni della pienezza estiva. Eppure a Placido l'estate non piaceva, gli pareva il tempo delle cose finite.

Appoggiata a una bitta una ragazza leggeva un libro.

Avvicinandosi, Placido si accorse di conoscerla.

Manuela.

«E tu?».

Sua figlia era imbarazzata, messa a nudo di un segreto.

«No, è che... a volte vengo qui, per stare tranquilla».

«Ci venivo anche io, tanto tempo fa», disse Placido accovacciandosi sulle pietre della banchina. «Cosa stai leggendo?».

Manuela mostrò la copertina: *Antigone*.

«Lo sai che mi piace?», disse lei.

«È una bella storia».

«Finisce male, però».

«A volte succede: le storie belle finiscono male».

Restarono in silenzio davanti alle barche e alla torre della vecchia tonnara.

«È bello qui», commentò Manuela.

«Già».

Manuela si appoggiò a suo padre.

«Quelle cose che scrivono i giornali su di te, non sono vere?».

«No».

«Come finirà?».

«Non lo so».

«Le cose belle non succedono mai?».

«Succedono, ma non ce ne accorgiamo».

Un gabbiano calò verso di loro e andò a posarsi sopra il fianco di una barca. Scrutava i due seduti a terra e aspettava.

Malgrado tutto

C'era un giornale fondato da alcuni ragazzi: quattro fogli stampati a piombo da un tipografo con camice nero e flemma saracena. Su quelle pagine incontrammo Placido, Aurelio, Silvestre e qualche altro protagonista di questa storia. Eravamo tutti molto più giovani allora e capaci di immaginare amicizie durature.

Poi, come sempre accade, le amicizie impallidirono, i ricordi si fecero più vividi. Attraversammo studi, professioni, disillusioni e amori, misurandoci con noi stessi. Il giornale, miracolosamente, riuscì a resistere perfino ai nostri cambiamenti, anche quando ce ne allontanammo.

Rimase però fra noi, per il solo fatto di avere affiancato le nostre firme e le nostre prose nelle stesse pagine in corpo 8, qualcosa di meno di un legame, qualcosa di più di un interesse reciproco. Sia pure da lontano, continuammo a sapere l'uno dell'altro. E per tale motivo ritengo di conoscere alcune cose di Placido Polizzi e degli altri.

So, ad esempio, che Placido è stato reintegrato al lavoro: ha scelto un luogo riparato in polizia ferroviaria e capita a volte di incontrarlo alla Stazione Centrale di Palermo. Ha messo su qualche chilo e fuma ancora troppo, ma appare più sereno. Mi sembra di avere letto in un trafiletto nelle pagi-

ne interne della cronaca di Palermo del «Giornale di Sicilia» che pochi giorni fa è stato definitivamente assolto. I malacarne che al telefono parlavano di un Polizzi, si riferivano a un altro poliziotto, nato a Polizzi Generosa. Può sembrare inverosimile ma questa è la verità o quanto meno quel che l'avvocato Mezzasarma è riuscito a far capire ai giudici.

So che Silvestre ha fondato una società di pubbliche relazioni, ma va dicendo che mollerà tutto per dedicarsi alla sua vigna, dalle parti di Menfi. Natale Tripodo, travolto dallo scandalo che ha investito il consiglio comunale di Monserrato sciolto per infiltrazioni mafiose, è tornato a insegnare. In ogni caso, per Manuela non è più un problema; diplomata con 97 centesimi si è iscritta a lettere classiche a Bologna.

Di Vella non c'è bisogno di dire nulla, basta leggere i giornali per sapere quanta strada abbia fatto nonostante il grappolo di rinvii a giudizio che gli disegna attorno l'aureola di martire del giustizialismo. Casesa è morto: infarto e zac, se ne è andato in tre minuti, più fortunato di altri nel momento cruciale.

So poco di Federica, qualcuno sostiene di averla vista a Milano, ma forse non era lei o forse è solo cambiata.

So che Florence ha lasciato la casa parigina di rue du Cardinal Lemoine che, per un altro giro di banali e sorprendenti coincidenze, è abitata adesso da persone che conosco bene, grandi signori dell'ospitalità.

So degli altri, come di tutti noi, le cose elementari che servono a imbastire una conversazione – e chi vedi dei nostri? – quando, accompagnando i figli a scuola, incrociamo gli amici di un tempo nei quali ci specchiamo a cercare conforto.

Ogni tanto vado a rileggere le vecchie pagine, sempre più polverose, di un giornale. Si chiamava «Malgrado Tutto», un titolo strano. Ma uno scrittore scomodo di Sicilia, dedicò a quel foglio poche righe che mi sembrano a tutt'oggi il miglior complimento, per il giornale e per noi che lo inventammo. Più o meno diceva così:

«Malgrado Tutto: per il mio amico Gesualdo Bufalino – e anche per me – è il più bel titolo che si sia mai trovato per un giornale. Malgré tout: un francesismo, direbbero i puristi (se ancora ce ne sono); ma un francesismo, io direi, non di guscio ma di sostanza; un francesismo che contiene una visione delle cose illuministica, diderottiana. O si potrebbe dire che contiene un modo di affrontare la realtà col pessimismo dell'intelligenza e l'ottimismo della volontà: frase che, pure usurata al punto da diventare luogo comune, conserva tutta la sua giustezza. Qualcuno, ogni tanto, mi domanda se sono stato io a suggerire questo titolo. Ma i giovani che hanno dato vita al giornale sanno bene che è nato tra loro, dal pessimismo e dall'ottimismo che è in loro di fronte alle cose, ai problemi, alle remore e alle speranze della Sicilia intera, dell'Italia».

So che siamo diventati adulti, incerti sempre tra quei medesimi pessimismi e ottimismi.

Per il resto, so quanto sia opportuno precisare che ogni riferimento è puramente casuale, pure se a volte è vero il contrario.

So, per averlo letto, che tutti i manoscritti vengono trovati in una bottiglia.

So, infine, per esperienza, che è meglio diffidare di chi scrive romanzi.

Indice

Questo volume è stato stampato
su carta Grifo vergata
delle Cartiere Miliani di Fabriano
nel mese di ottobre 2006

Stampa: Officine Grafiche Riunite, Palermo

Legatura: LE.I.MA. s.r.l., Palermo

La memoria

1 Leonardo Sciascia. Dalle parti degli infedeli
2 Robert L. Stevenson. Il diamante del Rajà
3 Lidia Storoni Mazzolani. Il ragionamento del principe di Biscari a Madama N.N.
4 Anatole France. Il procuratore della Giudea
5 Voltaire. Memorie
6 Ivàn Turghèniev. Lo spadaccino
7 Il romanzo della volpe
8 Alberto Moravia. Cosma e i briganti
9 Napoleone Bonaparte. Clisson ed Eugénie
10 Leonardo Sciascia. Atti relativi alla morte di Raymond Roussel
11 Daniel Defoe. La vera storia di Jonathan Wild
12 Joseph S. Le Fanu. Carmilla
13 Héctor Bianciotti. La ricerca del giardino
14 Le avventure di Giuseppe Pignata fuggito dalle carceri dell'Inquisizione di Roma
15 Edmondo De Amicis. Il "Re delle bambole"
16 John M. Synge. Le isole Aran
17 Jean Giraudoux. Susanna e il Pacifico
18 Augusto Monterroso. La pecora nera e altre favole
19 André Gide. Il viaggio d'Urien
20 Madame de La Fayette. L'amor geloso
21 Rex Stout. Due rampe per l'abisso
22 Fiòdor Dostojevskij. Il villaggio di Stepàncikovo
23 Gesualdo Bufalino. Diceria dell'untore
24 Laurence Sterne. Per Eliza
25 Wolfgang Goethe. Incomincia la novella storia
26 Arrigo Boito. Il pugno chiuso
27 Alessandro Manzoni. Storia della Colonna Infame
28 Max Aub. Delitti esemplari
29 Irene Brin. Usi e costumi 1920-1940
30 Maria Messina. Casa paterna
31 Nikolàj Gògol. Il Vij
32 Andrzej Kuśniewicz. Il Re delle due Sicilie

33 Francisco Vásquez. La veridica istoria di Lope de Aguirre
34 Neera. L'indomani
35 Sofia Guglielmina margravia di Bareith. Il rosso e il rosa
36 Giuseppe Vannicola. Il veleno
37 Marco Ramperti. L'alfabeto delle stelle
38 Massimo Bontempelli. La scacchiera davanti allo specchio
39 Leonardo Sciascia. Kermesse
40 Gesualdo Bufalino. Museo d'ombre
41 Max Beerbohm. Storie fantastiche per uomini stanchi
42 Anonimo ateniese. La democrazia come violenza
43 Michele Amari. Racconto popolare del Vespro siciliano
44 Vernon Lee. Possessioni
45 Teresa d'Avila. Libro delle relazioni e delle grazie
46 Annie Messina (Gamîla Ghâli). Il mirto e la rosa
47 Narciso Feliciano Pelosini. Maestro Domenico
48 Sebastiano Addamo. Le abitudini e l'assenza
49 Crébillon fils. La notte e il momento
50 Alfredo Panzini. Grammatica italiana
51 Maria Messina. La casa nel vicolo
52 Lidia Storoni Mazzolani. Una moglie
53 Martín Luis Guzmán. ¡Que Viva Villa!
54 Joseph-Arthur de Gobineau. Mademoiselle Irnois
55 Henry James. Il patto col fantasma
56 Leonardo Sciascia. La sentenza memorabile
57 Cesare Greppi. I testimoni
58 Giovanni Verga. Le storie del castello di Trezza
59 Henryk Sienkiewicz. Quo vadis?
60 Benedetto Croce. Isabella di Morra e Diego Sandoval de Castro
61 Diodoro Siculo. La rivolta degli schiavi in Sicilia
62 George Meredith. La vicenda del generale Ople e di Lady Camper
63 Bernardino de Sahagún. Storia indiana della conquista di Messico
64 Andrzej Kuśniewicz. Lezione di lingua morta
65 Maria Luisa Aguirre D'Amico. Paesi lontani
66 Giuseppe Antonio Borgese. Le belle
67 Luisa Adorno. L'ultima provincia
68 Charles e Mary Lamb. Cinque racconti da Shakespeare
69 Prosper Mérimée. Lokis
70 Charles-Louis de Montesquieu. Storia vera
71 Antonio Tabucchi. Donna di Porto Pim
72 Luciano Canfora. Storie di oligarchi
73 Giani Stuparich. Donne nella vita di Stefano Premuda
74 Wladislaw Terlecki. In fondo alla strada
75 Antonio Fogazzaro. Eden Anto
76 Anonimo. Storia del bellissimo Giuseppe e della sua sposa Aseneth
77 Vanni e Gian Mario Beltrami. Una breve illusione

78 Giorgio Pecorini. Il milite noto
79 Giuseppe Bonaviri. L'incominciamento
80 Leonardo Sciascia. L'affaire Moro
81 Ivàn Turghèniev. Primo amore
82 Nikolàj Leskòv. L'artista del toupet
83 Aleksàndr Puškin. La solitaria casetta sull'isola di Vasilij
84 Michaìl Čulkòv. La cuoca avvenente
85 Anita Loos. I signori preferiscono le bionde
86 Anita Loos. Ma... i signori sposano le brune
87 Angelo Morino. La donna marina
88 Guglielmo Negri. Il risveglio
89 Héctor Bianciotti. L'amore non è amato
90 Joris-Karl Huysmans. Il pensionato signor Bougran
91 André Chénier. Gli altari della paura
92 Luciano Canfora. Il comunista senza partito
93 Antonio Tabucchi. Notturno indiano
94 Jules Verne. L'eterno Adamo
95 Manuel Vázquez Montalbán. Assassinio al Comitato Centrale
96 Julian Stryjkowski. Il sogno di Asril
97 Manuel Puig. Agonia di un decennio, New York '78
98 Victor Zaslavsky. Il dottor Petrov parapsicologo
99 Gesualdo Bufalino. Argo il cieco ovvero I sogni della memoria
100 Leonardo Sciascia. Cronachette
101 Enea Silvio Piccolomini. Storia di due amanti
102 Angelo Rinaldi. L'ultima festa dell'Empire
103 Luisa Adorno. Le dorate stanze
104 James M. Cain. Il bambino nella ghiacciaia
105 Enrico Job. La Palazzina di villeggiatura
106 Antonio Castelli. Passi a piedi passi a memoria
107 Wilkie Collins. Tre storie in giallo
108 Friedrich Glauser. Il grafico della febbre
109 Friedrich Glauser. Il tè delle tre vecchie signore
110 Mary Lavin. Eterna
111 Aldo Alberti. La Rotonda dei Massalongo
112 Senofonte. Le Tavole di Licurgo
113 Leonardo Sciascia. Per un ritratto dello scrittore da giovane
114 Mario Soldati. 24 ore in uno studio cinematografico
115 Denis Diderot. L'uccello bianco. Racconto blu
116 Joseph-Arthur de Gobineau. Adelaide
117 Jurij Tynjanov. Il sottotenente Summenzionato
118 Boris Hazanov. L'ora del re
119 Anatolij Mariengof. I cinici
120 I. Grekova. Parrucchiere per signora
121 Corrado Alvaro. L'Italia rinunzia?
122 Gian Gaspare Napolitano. In guerra con gli scozzesi

123 Giuseppe Antonio Borgese. La città sconosciuta
124 Antonio Aniante. La rosa di zolfo
125 Maria Luisa Aguirre D'Amico. Come si può
126 Sergio Atzeni. Apologo del giudice bandito
127 Domenico Campana. La stanza dello scirocco
128 Aldo Alberti. La Lega delle Dame per il trasferimento del Papato nelle Americhe
129 Friedrich Glauser. Il sergente Studer
130 Matthew Phipps Shiel. Il principe Zaleski
131 Ben Hecht. Delitto senza passione
132 Fernand Crommelynck. La martingala rovesciata
133 Rosa Chacel. Relazione di un architetto
134 Walter De la Mare. L'artigiano ideale
135 Ludwig Achim von Arnim. Passioni olandesi
136 Rudyard Kipling. L'uomo che volle essere Re
137 Senofonte. La tirannide
138 Plutarco. Sertorio
139 Cicerone. La repubblica luminosa
140 Luciano Canfora. La biblioteca scomparsa
141 Etiemble. Tre donne di razza
142 Marco Momigliano. Autobiografia di un Rabbino italiano
143 Irene Brin. Dizionario del successo dell'insuccesso e dei luoghi comuni
144 Giovanni Ruffini. Il dottor Antonio
145 Aleksej Tolstoj. Il conte di Cagliostro
146 Mary Lamb. La scuola della signora Leicester
147 Luigi Capuana. Tortura
148 Ljudmila Shtern. I Dodici Collegi
149 Diario di Esterina
150 Madame de Vandeul. Diderot, mio padre
151 Ortensia Mancini. I piaceri della stupidità
152 Maria Mancini. I dispiaceri del Cardinale
153 Francesco Algarotti. Saggio sopra l'Imperio degl'Incas
154 Alessandro Manzoni. Quell'innominato
155 Jerre Mangione. Ricerca nella notte
156 Friedrich Glauser. Krock & Co.
157 Cami. Le avventure di Lufock Holmes
158 Ivan Gončarov. La malattia malvagia
159 Fausto Pirandello. Piccole impertinenze
160 Vincenzo Consolo. Retablo
161 Piero Calamandrei. La burla di Primavera con altre fiabe, e prose sparse
162 Antonio Tabucchi. I volatili del Beato Angelico
163 Fazil' Iskander. La costellazione del caprotoro
164 Ramón Gómez de la Serna. Le Tre Grazie
165 Corrado Alvaro. La signora dell'isola
166 Nadežda Durova. Memorie del cavalier-pulzella

167 Boris Jampol'skij. La grande epoca
168 Vito Piazza. La valigia sotto il letto
169 Eustachy Rylski. Una provincia sulla Vistola
170 Jerzy Andrzejewski. Le porte del paradiso
171 Madame de Caylus. Souvenirs
172 Principessa Palatina. Lettere
173 Friedrich Glauser. Il Cinese
174 Friedrich Glauser. Il regno di Matto
175 Gianfranco Dioguardi. Ange Goudar contro l'Ancien régime
176 Palmiro Togliatti. Il memoriale di Yalta
177 Mohandas Karamchand Gandhi. Tempio di Verità
178 Seneca. La vita felice
179 John Fante. Una moglie per Dino Rossi
180 Antifonte. La Verità
181 Evgenij Zamjatin. Il destino di un eretico
182 Gaetano Volpi. Del furore d'aver libri
183 Domostroj ovvero La felicità domestica
184 Luigi Capuana. C'era una volta...
185 Roberto Romani. La soffitta del Trianon
186 Athos Bigongiali. Una città proletaria
187 Antoine Rivarol. Piccolo dizionario dei grandi uomini della Rivoluzione
188 Ling Shuhua. Dopo la festa
189 Plutarco. Il simposio dei sette sapienti
190 Plutarco. Anziani e politica
191 Giuseppe Scaraffia. Il mantello di Casanova
192 Enrico Deaglio. Cinque storie quasi vere
193 Aleksandr Bogdanov. La stella rossa
194 Eça de Queiroz-Ramalho Ortigão. Il mistero della strada di Sintra
195 Carlo Panella. Il verbale
196 Severino Cesari. Storie per quattro giornate
197 Charlotte Robespierre. Memorie sui miei fratelli
198 Fazil' Iskander. Oh, Marat!
199 Friedrich Glauser. I primi casi del sergente Studer
200
201 Adalbert Stifter. Pietra calcarea
202 Carlo Collodi. I ragazzi grandi
203 Valery Larbaud. Sotto la protezione di san Girolamo
204 Madame de Duras. Il segreto
205 Jurij Tomin. Magie a Leningrado
206 Enrico Morovich. I giganti marini
207 Edmondo De Amicis. Carmela
208 Luisa Adorno. Arco di luminara
209 Michele Perriera. A presto
210 Geoffrey Holiday Hall. La fine è nota
211 Teresa d'Avila. Meditazioni sul Cantico dei Cantici

212 Mary MacCarthy. Un'infanzia ottocento
213 Giuseppe Tornatore. Nuovo Cinema Paradiso
214 Adriano Sofri. Memoria
215 Carlo Lucarelli. Carta bianca
216 Ameng di Wu. La manica tagliata
217 Athos Bigangioli. Avvertimenti contro il mal di terra
218 Elvira Mancuso. Vecchia storia... inverosimile
219 Eduardo Rebulla. Carte celesti
220 Francesco Berti Arnoaldi. Viaggio con l'amico
221 Julien Benda. L'ordinazione
222 Voltaire. L'America
223 Saga di Eirik il rosso
224 Cristoforo Colombo. Lettere ai reali di Spagna
225 Bernardino de Sahagún. I colloqui dei Dodici
226 Sergio Atzeni. Il figlio di Bakunìn
227 Giuseppe Gangale. Revival
228 Alfredo Panzini. La cagna nera
229 Giovanni Boccaccio, Francesco Petrarca. Griselda
230 Adriano Sofri. L'ombra di Moro
231 Diego Novelli. Una vita sospesa
232 Ousmane Sembène. La Nera di...
233 Eugenio Battisti. Il ricordo d'un canto che non sento
234 Wilkie Collins. Il truffatore truffato
235 Carlo Lucarelli. L'estate torbida
236 Michail Kuzmin. La prodigiosa vita di Giuseppe Balsamo, conte di Cagliostro
237 Nelida Milani. Una valigia di cartone
238 David Herbert Lawrence. La volpe
239 Ghassan Kanafani. Uomini sotto il sole
240 Valentino Bompiani. La conchiglia all'orecchio
241 Franco Vegliani. Storie di animali
242 Irene Brin. Le visite
243 Jorge de Sena. La finestra d'angolo
244 Sergio Pitol. Valzer di Mefisto
245 Cesare De Marchi. Il bacio della maestra
246 Salvatore Nicosia. Il segno e la memoria
247 Ramón Pané. Relazione sulle antichità degli indiani
248 Gonzalo Fernández de Oviedo. Sommario della storia naturale delle Indie
249 Pero Vaz de Caminha. Lettera sulla scoperta del Brasile
250 Felipe Guamán Poma de Ayala. Conquista del Regno del Perù
251 Gabriel-François Coyer. Come il prospero Chinki s'immiserì per la ricchezza della nazione
252 David Hume. Il caso di Margaret, detta Peg, unica sorella legittima di John Bull
253 José Bianco. Ombre

254 Marcel Thiry. Distanze
255 Geoffrey Holiday Hall. Qualcuno alla porta
256 Eduardo Rebulla. Linea di terra
257 Igor Man. Gli ultimi cinque minuti
258 Enrico Deaglio. Il figlio della professoressa Colomba
259 Jean Rhys. Smile please
260 Pierre Drieu la Rochelle. Diario di un uomo tradito
261 J. E. Austen-Leigh. Ricordo di Jane Austen
262 Caroline Commanville. Anche mio zio Gustave Flaubert era un letterato
263 Christopher Morley. Il Parnaso ambulante
264 Christopher Morley. La libreria stregata
265 Madame de Grafigny. Lettere di una peruviana
266 Roger de Bussy-Rabutin. Storia amorosa delle Gallie
267 Antonio Tabucchi. Sogni di sogni
268 Arnold Toynbee. Il mondo e l'Occidente
269 Ugo Baduel. L'elmetto inglese
270 Apuleio. Della magia
271 Giacomo Debenedetti. 16 ottobre 1943
272 Antonio Faeti. L'archivio di Abele
273 Maria Messina. L'amore negato
274 Arnaldo Fraccaroli. Tomaso Largaspugna uomo pubblico
275 Laura Pariani. Di corno o d'oro
276 Luisa Adorno. La libertà ha un cappello a cilindro
277 Adriano Sofri. Le prigioni degli altri
278 Renzo Tomatis. Il laboratorio
279 Athos Bigongiali. Veglia irlandese
280 Michail Kuzmin. Le avventure di Aymé Leboeuf
281 Concetto Marchesi. Il libro di Tersite
282 Lorenza Mazzetti. Il cielo cade
283 Marcella Olschki. Terza liceo 1939
284 Maria Occhipinti. Una donna di Ragusa
285 Steno. Sotto le stelle del '44
286 Antonio Tosti. Cri-Kri
287 Daniel Defoe. La vita e le imprese di Sir Walter Raleigh
288 Ronan Sheehan. Il ragazzo con la ferita all'occhio
289 Marcella Cioni. La corimante
290 Marcella Cioni. Il Narciso di Rembrandt
291 Colette. La gatta
292 Carl Djerassi. Il futurista e altri racconti
293 Voltaire. Lettere d'amore alla nipote
294 Tacito. La Germania
295 Friedrich Glauser. Oltre il muro
296 Louise de Vilmorin. I gioielli di Madame de ***
297 Walter De la Mare. La tromba
298 Else Lasker-Schüler. La gatta rossa

299 Cesare De Marchi. La malattia del commissario
300
301 Zlatko Dizdarević. Giornale di guerra
302 Giuseppe Di Lello. Giudici
303 Andrea Camilleri. La forma dell'acqua
304 Andrea Camilleri. La stagione della caccia
305 Robert Louis Stevenson. Lettera al dottor Hyde
306 Robert Louis Stevenson. Weir di Hermiston
307 Dashiell Hammett. La ragazza dagli occhi d'argento
308 Carlo Bini. Manoscritto di un prigioniero
309 Vittorio Alfieri. Mirandomi in appannato specchio
310 Silvio d'Amico. Regina Coeli
311 Manuel Vázquez Montalbán. Il pianista
312 Ugo Pirro. Osteria dei pittori
313 Irene Brin. Cose viste 1938-1939
314 Enrique Vila-Matas. Suicidi esemplari
315 Sergio Pitol. La vita coniugale
316 Luis G. Martín. Gli oscuri
317 William Somerset Maugham. La villa sulla collina
318 James Barlow. Torno presto
319 Israel Zangwill. Il grande mistero di Bow
320 Pierluigi Celli. Il manager avveduto
321 Renato Serra. Esame di coscienza di un letterato
322 Sulayman Fayyad. Voci
323 Alessandro Defilippi. Una lunga consuetudine
324 Giuseppe Bonaviri. Il dottor Bilob
325 Antonio Tabucchi. Gli ultimi tre giorni di Fernando Pessoa
326 Denis Diderot. Il sogno di d'Alembert. Seguito da Il sogno di una rosa di Eugenio Scalfari
327 Marc Soriano. La settimana della cometa
328 Sebastiano Addamo. Non si fa mai giorno
329 Giovanni Ferrara. Il senso della notte
330 Eduardo Rebulla. Segni di fuoco
331 Andrea Camilleri. Il birraio di Preston
332 Isabelle, Véronique e Marc Soriano. Il Testamour o dei rimedi alla malinconia
333 Maurice Druon. Il bambino dai pollici verdi
334 George Meredith. Il racconto di Cloe
335 Sergio Marzorati. Ritorno a Zagabria
336 Enrico Job. Il pittore felice
337 Laura Pariani. Il pettine
338 Marco Ferrari. Alla rivoluzione sulla Due Cavalli
339 Luisa Adorno. Come a un ballo in maschera
340 Daria Galateria. Il tè a Port-Royal
341 James Hilton. Orizzonte perduto

387 Daphne du Maurier. Gli uccelli
388 Daphne du Maurier. L'alibi
389 Julia Kristeva. Una donna decapitata
390 Alessandro Perissinotto. L'anno che uccisero Rosetta
391 Maurice Leblanc. Arsène Lupin contro la Mafia
392 Carolyn G. Hart. Morte in libreria
393 Fabrizio Canfora, Gotthold Ephraim Lessing. L'educazione del genere umano
394 Maria Messina. Ragazze siciliane
395 Maria Messina. Piccoli gorghi
396 Federico De Roberto. La sorte
397 Federico De Roberto. Processi verbali
398 Andrea Camilleri. La strage dimenticata
399 Andrea Camilleri. Il gioco della mosca
400
401 Andrea Camilleri. La voce del violino
402 Goliarda Sapienza. Lettera aperta
403 Marisa Fenoglio. Vivere altrove
404 Luigi Filippo d'Amico. Il cappellino
405 Irvine Welsh. La casa di John il Sordo
406 Giovanni Ferrara. La visione
407 Andrea Camilleri. La concessione del telefono
408 Antonio Tabucchi. La gastrite di Platone
409 Giuseppe Pitrè, Leonardo Sciascia. Urla senza suono. Graffiti e disegni dei prigionieri dell'Inquisizione
410 Tullio Pinelli. La casa di Robespierre
411 Mathilde Mauté. Moglie di Verlaine
412 Maria Messina. Personcine
413 Pierluigi Celli. Addio al padre
414 Santo Piazzese. La doppia vita di M. Laurent
415 Luciano Canfora. La lista di Andocide
416 D. J. Taylor. L'accordo inglese
417 Roberto Bolaño. La letteratura nazista in America
418 Rodolfo Walsh. Variazioni in rosso
419 Penelope Fitzgerald. Il fiore azzurro
420 Gaston Leroux. La poltrona maledetta
421 Maria Messina. Dopo l'inverno
422 Maria Cristina Faraoni. I giorni delle bisce nere
423 Andrea Camilleri. Il corso delle cose
424 Anthelme Brillat-Savarin. Fisiologia del gusto
425 Friedrich Christian Delius. La passeggiata da Rostock a Siracusa
426 Penelope Fitzgerald. La libreria
427 Boris Vian. Autunno a Pechino
428 Marco Ferrari. Ti ricordi Glauber
429 Salvatore Nicosia. Peppe Radar

430 Sergej Dovlatov. Straniera
431 Marco Ferrari. I sogni di Tristan
432 Ignazio Buttitta. La mia vita vorrei scriverla cantando
433 Sergio Atzeni. Raccontar fole
434 Leonardo Sciascia. Fatti diversi di storia letteraria e civile
435 Luisa Adorno. Sebben che siamo donne...
436 Philip K. Dick. Le tre stimmate di Palmer Eldritch
437 Philip K. Dick. Tempo fuori luogo
438 Adriano Sofri. Piccola posta
439 Jorge Ibargüengoitia. Due delitti
440 Rex Stout. Il guanto
441 Marco Denevi. Assassini dei giorni di festa
442 Margaret Doody. Aristotele detective
443 Noël Calef. Ascensore per il patibolo
444 Marie Belloc Lowndes. Il pensionante
445 Celia Dale. In veste di agnello
446 Ugo Pirro. Figli di ferroviere
447 Penelope Fitzgerald. L'inizio della primavera
448 Giuseppe Pitrè. Goethe in Palermo
449 Sergej Dovlatov. La valigia
450 Giulia Alberico. Madrigale
451 Eduardo Rebulla. Sogni d'acqua
452 Maria Attanasio. Di Concetta e le sue donne
453 Giovanni Verga. Felis-Mulier
454 Friedrich Glauser. La negromante di Endor
455 Ana María Matute. Cavaliere senza ritorno
456 Roberto Bolaño. Stella distante
457 Ugo Cornia. Sulla felicità a oltranza
458 Maurizio Barbato. Thomas Jefferson o della felicità
459 Il compito di latino. Nove racconti e una modesta proposta
460 Giuliana Saladino. Romanzo civile
461 Madame d'Aulnoy. La Bella dai capelli d'oro e altre fiabe
462 Andrea Camilleri. La gita a Tindari
463 Sergej Dovlatov. Compromesso
464 Thomas Hardy. Piccole ironie della vita
465 Luciano Canfora. Un mestiere pericoloso
466 Gian Carlo Fusco. Le rose del ventennio
467 Nathaniel Hawthorne. Lo studente
468 Alberto Vigevani. La febbre dei libri
469 Dezső Kosztolányi. Allodola
470 Joan Lindsay. Picnic a Hanging Rock
471 Manuel Puig. Una frase, un rigo appena
472 Penelope Fitzgerald. Il cancello degli angeli
473 Marcello Sorgi. La testa ci fa dire. Dialogo con Andrea Camilleri
474 Pablo De Santis. Lettere e filosofia

475 Alessandro Perissinotto. La canzone di Colombano
476 Marta Franceschini. La discesa della paura
477 Margaret Doody. Aristotele e il giavellotto fatale
478 Osman Lins. L'isola nello spazio
479 Alicia Giménez-Bartlett. Giorno da cani
480 Josephine Tey. La figlia del tempo
481 Manuel Puig. The Buenos Aires Affair
482 Silvina Ocampo. Autobiografia di Irene
483 Louise de Vilmorin. La lettera in un taxi
484 Marinette Pendola. La riva lontana
485 Camilo Castelo Branco. Amore di perdizione
486 Pier Antonio Quarantotti Gambini. L'onda dell'incrociatore
487 Sergej Dovlatov. Noialtri
488 Ugo Pirro. Le soldatesse
489 Berkeley, Dorcey, Healy, Jordan, MacLaverty, McCabe, McGahern, Montague, Morrissy, Ó Cadhain, Ó Dúill, Park, Redmond. Irlandesi
490 Di Giacomo, Dossi, Moretti, Neera, Negri, Pariani, Pirandello, Prosperi, Scerbanenco, Serao, Tozzi. Maestrine. Dieci racconti e un ritratto
491 Margaret Doody. Aristotele e la giustizia poetica
492 Theodore Dreiser. Un caso di coscienza
493 Roberto Bolaño. Chiamate telefoniche
494 Aganoor, Bernardini, Contessa Lara, Guglielminetti, Jolanda, Prosperi, Regina di Luanto, Serao, Térésah, Vertua Gentile. Tra letti e salotti
495 Antonio Pizzuto. Si riparano bambole
496 Paola Pitagora. Fiato d'artista
497 Vernon Lee. Dionea e altre storie fantastiche
498 Ugo Cornia. Quasi amore
499 Luigi Settembrini. I Neoplatonici
500
501 Alessandra Lavagnino. Una granita di caffè con panna
502 Prosper Mérimée. Lettere a una sconosciuta
503 Le storie di Giufà
504 Giuliana Saladino. Terra di rapina
505 Guido Gozzano. La signorina Felicita e le poesie dei «Colloqui»
506 Ackworth, Forsyth, Harrington, Holding, Melyan, Moyes, Rendell, Stoker, Vickers, Wells, Woolf, Zuroy. Il gatto di miss Paisley. Dodici racconti gialli con animali
507 Andrea Camilleri. L'odore della notte
508 Dashiell Hammett. Un matrimonio d'amore
509 Augusto De Angelis. Il mistero delle tre orchidee
510 Wilkie Collins. La follia dei Monkton
511 Pablo De Santis. La traduzione
512 Alicia Giménez-Bartlett. Messaggeri dell'oscurità
513 Elisabeth Sanxay Holding. Una barriera di vuoto

514 Gian Mauro Costa. Yesterday
515 Renzo Segre. Venti mesi
516 Alberto Vigevani. Estate al lago
517 Luisa Adorno, Daniele Pecorini-Manzoni. Foglia d'acero
518 Gian Carlo Fusco. Guerra d'Albania
519 Alejo Carpentier. Il secolo dei lumi
520 Andrea Camilleri. Il re di Girgenti
521 Tullio Kezich. Il campeggio di Duttogliano
522 Lorenzo Magalotti. Saggi di naturali esperienze
523 Angeli, Bazzero, Contessa Lara, De Amicis, De Marchi, Deledda, Di Giacomo, Fleres, Fogazzaro, Ghislanzoni, Marchesa Colombi, Molineri, Pascoli, Pirandello, Tarchetti. Notti di dicembre. Racconti di Natale dell'Ottocento
524 Lionello Massobrio. Dimenticati
525 Vittorio Gassman. Intervista sul teatro
526 Gabriella Badalamenti. Come l'oleandro
527 La seduzione nel Celeste Impero
528 Alicia Giménez-Bartlett. Morti di carta
529 Margaret Doody. Gli alchimisti
530 Daria Galateria. Entre nous
531 Alessandra Lavagnino. Le bibliotecarie di Alessandria
532 Jorge Ibargüengoitia. I lampi di agosto
533 Carola Prosperi. Eva contro Eva
534 Viktor Šklovskij. Zoo o lettere non d'amore
535 Sergej Dovlatov. Regime speciale
536 Chiusole, Eco, Hugo, Nerval, Musil, Ortega y Gasset. Libri e biblioteche
537 Rodolfo Walsh. Operazione massacro
538 Turi Vasile. La valigia di fibra
539 Augusto De Angelis. L'Albergo delle Tre Rose
540 Franco Enna. L'occhio lungo
541 Alicia Giménez-Bartlett. Riti di morte
542 Anton Čechov. Il fiammifero svedese
543 Penelope Fitzgerald. Il Fanciullo d'oro
544 Giorgio Scerbanenco. Uccidere per amore
545 Margaret Doody. Aristotele e il mistero della vita
546 Gianrico Carofiglio. Testimone inconsapevole
547 Gilbert Keith Chesterton. Come si scrive un giallo
548 Giulia Alberico. Il gioco della sorte
549 Angelo Morino. In viaggio con Junior
550 Dorothy Wordsworth. I diari di Grasmere
551 Giles Lytton Strachey. Ritratti in miniatura
552 Luciano Canfora. Il copista come autore
553 Giuseppe Prezzolini. Storia tascabile della letteratura italiana
554 Gian Carlo Fusco. L'Italia al dente

555 Marcella Cioni. La porta tra i delfini
556 Marisa Fenoglio. Mai senza una donna
557 Ernesto Ferrero. Elisa
558 Santo Piazzese. Il soffio della valanga
559 Penelope Fitzgerald. Voci umane
560 Mary Cholmondeley. Il gradino più basso
561 Anthony Trollope. L'amministratore
562 Alberto Savinio. Dieci processi
563 Guido Nobili. Memorie lontane
564 Giuseppe Bonaviri. Il vicolo blu
565 Paolo D'Alessandro. Colloqui
566 Alessandra Lavagnino. I Daneu. Una famiglia di antiquari
567 Leonardo Sciascia scrittore editore ovvero La felicità di far libri
568 Alexandre Dumas. Ascanio
569 Mario Soldati. America primo amore
570 Andrea Camilleri. Il giro di boa
571 Anatole Le Braz. La leggenda della morte
572 Penelope Fitzgerald. La casa sull'acqua
573 Sergio Atzeni. Gli anni della grande peste
574 Roberto Bolaño. Notturno cileno
575 Alicia Giménez-Bartlett. Serpenti nel Paradiso
576 Alessandro Perissinotto. Treno 8017
577 Augusto De Angelis. Il mistero di Cinecittà
578 Françoise Sagan. La guardia del cuore
579 Gian Carlo Fusco. Gli indesiderabili
580 Pierre Boileau, Thomas Narcejac. La donna che visse due volte
581 John Mortimer. Avventure di un avvocato
582 François Fejtö. Viaggio sentimentale
583 Pietro Verri. A mia figlia
584 Toni Maraini. Ricordi d'arte e prigionia di Topazia Alliata
585 Andrea Camilleri. La presa di Macallè
586 Guillaume Prévost. I sette delitti di Roma
587 Margaret Doody. Aristotele e l'anello di bronzo
588 Guido Gozzano. Fiabe e novelline
589 Gaetano Savatteri. La ferita di Vishinskij
590 Gianrico Carofiglio. Ad occhi chiusi
591 Ana María Matute. Piccolo teatro
592 Mario Soldati. I racconti del Maresciallo
593 Benedetto Croce. Luisa Sanfelice e la congiura dei Baccher
594 Roberto Bolaño. Puttane assassine
595 Giorgio Scerbanenco. La mia ragazza di Magdalena
596 Elio Petri. Roma ore 11
597 Raymond Radiguet. Il ballo del conte d'Orgel
598 Penelope Fitzgerald. Da Freddie
599 Poesia dell'Islam

600
601 Augusto De Angelis. La barchetta di cristallo
602 Manuel Puig. Scende la notte tropicale
603 Gian Carlo Fusco. La lunga marcia
604 Ugo Cornia. Roma
605 Lisa Foa. È andata così
606 Vittorio Nisticò. L'Ora dei ricordi
607 Pablo De Santis. Il calligrafo di Voltaire
608 Anthony Trollope. Le torri di Barchester
609 Mario Soldati. La verità sul caso Motta
610 Jorge Ibargüengoitia. Le morte
611 Alicia Giménez-Bartlett. Un bastimento carico di riso
612 Luciano Folgore. La trappola colorata
613 Giorgio Scerbanenco. Rossa
614 Luciano Anselmi. Il palazzaccio
615 Guillaume Prévost. L'assassino e il profeta
616 John Ball. La calda notte dell'ispettore Tibbs
617 Michele Perriera. Finirà questa malìa?
618 Alexandre Dumas. I Cenci
619 Alexandre Dumas. I Borgia
620 Mario Specchio. Morte di un medico
621 Giorgio Frasca Polara. Cose di Sicilia e di siciliani
622 Sergej Dovlatov. Il Parco di Puškin
623 Andrea Camilleri. La pazienza del ragno
624 Pietro Pancrazi. Della tolleranza
625 Edith de la Héronnière. La ballata dei pellegrini
626 Roberto Bassi. Scaramucce sul lago Ladoga
627 Alexandre Dumas. Il grande dizionario di cucina
628 Eduardo Rebulla. Stati di sospensione
629 Roberto Bolaño. La pista di ghiaccio
630 Domenico Seminerio. Senza re né regno
631 Penelope Fitzgerald. Innocenza
632 Margaret Doody. Aristotele e i veleni di Atene
633 Salvo Licata. Il mondo è degli sconosciuti
634 Mario Soldati. Fuga in Italia
635 Alessandra Lavagnino. Via dei Serpenti
636 Roberto Bolaño. Un romanzetto canaglia
637 Emanuele Levi. Il giornale di Emanuele
638 Maj Sjöwall, Per Wahlöö. Roseanna
639 Anthony Trollope. Il Dottor Thorne
640 Studs Terkel. I giganti del jazz
641 Manuel Puig. Il tradimento di Rita Hayworth
642 Andrea Camilleri. Privo di titolo
643 Anonimo. Romanzo di Alessandro
644 Gian Carlo Fusco. A Roma con Bubù

645 Mario Soldati. La giacca verde
646 Luciano Canfora. La sentenza
647 Annie Vivanti. Racconti americani
648 Piero Calamandrei. Ada con gli occhi stellanti. Lettere 1908-1915
649 Budd Schulberg. Perché corre Sammy?
650 Alberto Vigevani. Lettera al signor Alzheryan
651 Isabelle de Charrière. Lettere da Losanna
652 Alexandre Dumas. La marchesa di Ganges
653 Alexandre Dumas. Murat
654 Constantin Photiadès. Le vite del conte di Cagliostro
655 Augusto De Angelis. Il candeliere a sette fiamme
656 Andrea Camilleri. La luna di carta
657 Alicia Giménez-Bartlett. Il caso del lituano
658 Jorge Ibargüengoitia. Ammazzate il leone
659 Thomas Hardy. Una romantica avventura
660 Paul Scarron. Romanzo buffo
661 Mario Soldati. La finestra
662 Roberto Bolaño. Monsieur Pain
663 Louis-Alexandre Andrault de Langeron. La battaglia di Austerlitz
664 William Riley Burnett. Giungla d'asfalto
665 Maj Sjöwall, Per Wahlöö. Un assassino di troppo
666 Guillaume Prévost. Jules Verne e il mistero della camera oscura
667 Honoré de Balzac. Massime e pensieri di Napoleone
668 Jules Michelet, Athénaïs Mialaret. Lettere d'amore
669 Gian Carlo Fusco. Mussolini e le donne
670 Pier Luigi Celli. Un anno nella vita
671 Margaret Doody. Aristotele e i Misteri di Eleusi
672 Mario Soldati. Il padre degli orfani
673 Alessandra Lavagnino. Un inverno. 1943-1944
674 Anthony Trollope. La Canonica di Framley
675 Domenico Seminerio. Il cammello e la corda
676 Annie Vivanti. Marion artista di caffè-concerto
677 Giuseppe Bonaviri. L'incredibile storia di un cranio
678 Andrea Camilleri. La vampa d'agosto
679 Mario Soldati. Cinematografo
680 Pierre Boileau, Thomas Narcejac. I vedovi
681 Honoré de Balzac. Il parroco di Tours
682 Béatrix Saule. La giornata di Luigi XIV. 16 novembre 1700
683 Roberto Bolaño. Il gaucho insostenibile
684 Giorgio Scerbanenco. Uomini ragno
685 William Riley Burnett. Piccolo Cesare
686 Maj Sjöwall, Per Wahlöö. L'uomo al balcone
687 Davide Camarrone. Lorenza e il commissario
688 Sergej Dovlatov. La marcia dei solitari
689 Mario Soldati. Un viaggio a Lourdes

690 Gianrico Carofiglio. Ragionevoli dubbi
691 Tullio Kezich. Una notte terribile e confusa
692 Alexandre Dumas. Maria Stuarda
693 Clemente Manenti. Ungheria 1956. Il cardinale e il suo custode
694 Andrea Camilleri. Le ali della sfinge